L'AUTEUR

Avant de devenir écrivain, David Arnold a été enseignant, père au foyer, producteur et musicien. Il vit à Lexington, dans le Kentucky, avec sa femme et leur fils.

Retrouvez l'univers de
DAVID ARNOLD
sur les réseaux de la collection R

COLLECTION R

DAVID ARNOLD

JE T'AI AIMÉ DANS UNE AUTRE VIE

Traduit de l'anglais (États-Unis)
par Cécile Ardilly

Éditrice : Elsa Whyte

Titre original : *I Loved You in Another Life*
First published in the United States of America by Viking
an imprint of Penguin Random House LLC, 2023

ISBN : 978-2-221-27111-7
Dépôt légal : mars 2024

Loi n° 49-956 du 16 juillet 1949 sur les publications
destinées à la jeunesse et aux jeunes adultes

Éditions Robert Laffont – 92, avenue de France, 75013 Paris

À Wingate, dont le cœur brille comme le mien.
À Stephanie, dont l'amour est comme la neige des îles Lofoten.
Et à Steven Spielberg, dont la réponse a été « Non ».

PREMIÈRE PARTIE

REQUIEM

EVAN

un oiseau dans un arbre en pleine nuit

Mon petit frère préfère les coins. Il aime s'y asseoir en silence, et j'aimerais que les gens comprennent que s'asseoir en silence dans un coin, ce n'est pas un code universel qui signifie *je suis triste, je suis seul, au secours*. Tout ce qu'on peut affirmer avec certitude, c'est que le gamin silencieux dans un coin a envie d'être assis en silence dans un coin ; franchement, on ne pourrait pas éviter de coller une étiquette à tous les gamins du monde assis dans un coin ? Ça ne coûte pas grand-chose. Ce n'est pas comme si on voulait se servir de ce coin, à la base. Bon, OK, je suis sûr qu'il existe en effet *certains* gamins taciturnes dans *certains* coins, qui sont bel et bien tristes, qui se sentent seuls et qui ont besoin d'aide. Je dis juste qu'il ne faut pas forcément les mettre *tous* dans le même panier. Le silence et la tristesse, ce sont deux choses différentes. Je voudrais seulement qu'on en prenne davantage conscience, c'est tout.

— OK, dit Ali en me retenant les cheveux pour que je ne dégueule pas dessus.

Et même si je ne la vois pas, je sais qu'elle me regarde de ce regard doux, réservé au moment où elle veut me faire savoir qu'elle me comprend. Alors je divague à propos des gamins silencieux, et elle sait que je parle de mon frère, Will. Elle le sait car elle me connaît par cœur.

— Après ça, tu m'aimeras plus, dis-je.

— Hein ?

— Y a pas moyen que tu m'aimes encore après ça.

— De toute façon, c'est surtout toi qui me kiffes.

Je ris entre deux haut-le-cœur et éprouve soudain le besoin de mettre les choses au clair.

— Ça ne veut rien dire, tu sais.

— Évidemment, répond Ali.

— Je suis un adulte responsable, dans l'ensemble.

Elle dit « Respire, Evan », et je me demande si elle se trouvait dans la cave, à la fête, quand Heather a dit quelque chose du style « tout ce qui compte dans la vie se fait facilement ». Genre le corps qui respire tout seul, même quand on dort, et le cœur qui bat en continu, quoi qu'il arrive, et c'est à ce moment-là que j'ai dû m'en aller. Tu étais là, Ali ? Tu sais pourquoi j'ai dû m'en aller ? Je suis parti parce que le cœur est un muscle. Je suis parti à cause de ce qui arrive aux muscles qu'on ne sollicite pas pendant un long moment, et même si cette cave était blindée de monde, moi je ne percevais qu'une cacophonie de voix, je n'effleurais que des mains cruelles, je ne voyais que des yeux avides.

Tu me suis Ali ? Je suis parti à cause de l'atrophie. Et si j'y pense trop fort, j'ai peur de cesser de respirer. Si j'y pense trop fort, j'ai peur que mon cœur cesse de battre et ensuite, quel cœur rayonnera pour Will ?

— Le mien, rétorque Ali. Et puis, de toute façon, c'est pas pour ça que t'as quitté la fête.

— Ah bon ?

— Non. T'es parti pour la même raison qui t'as poussé à boire trois vodkas tonics. Ce qui, pour une constitution aussi fragile que la tienne, reviendrait plus ou moins à injecter à une musaraigne une dose de sédatif assez puissante pour abattre un bébé élan. (Ali saisit une de mes mèches rebelles de sa main libre et la ramène délicatement dans celle qui retient mes cheveux.) Tu t'es mis une race et tu t'es enfui à cause de ce que Heather a dit au sujet de Will.

Je m'essuie la bouche du dos de la main et me redresse. On est dans le parc au bout de la rue où habite Heather Abernathy ; c'est la distance max que j'ai pu effectuer avant que mon estomac ne tente d'entraîner avec lui mes organes internes.

— Heather Abernathy est un sac à merde, réplique Ali. Et son putain de nom devrait être illégal tellement il est imprononçable.

Ô, Ali Pilgrim ! Avec son regard doux et son esprit vif, son cœur pur, son amitié féroce, et son coup de marteau qui jamais n'a raté une tête de clou. Personne ne nous comprend. Ce qu'on partage, on ne le trouve ni dans les livres ni dans les films. Pas une seule fois je n'ai entendu une chanson et songé, *Ah, tiens, c'est exactement Ali et moi.* Quand deux personnes sont toujours fourrées ensemble, le malentendu est inévitable, quoique prévisible – vive le cliché de l'adolescent aux hormones en ébullition. À croire que ça n'a jamais traversé l'esprit de quiconque que si j'adore ma meilleure amie, c'est simplement parce qu'elle est géniale. (Entendons-nous bien : mes hormones sont en ébullition, mais pas avec Ali, c'est tout.)

Bref, on n'écrit pas à propos de nous, même si on est partout.

— Ça va ? demande-t-elle.

— J'ai l'impression que mon estomac est remonté dans ma gorge et que mon œsophage s'est pris un coup de boule.

Ali hoche la tête.

— Je trouve ta métaphore de biologie acrobatique tout à fait appropriée.

En plus des larmes, de la tête qui cogne et des violents vomissements, c'est la fin du mois d'août à Iverton, dans l'Illinois, une combinaison unique et terrible pour qui a tendance à suer de l'entrejambe (votre humble serviteur), donc, en gros, ouais, je fais peine à voir.

Le parc baigne dans le silence.

Un oiseau est posé paisiblement sur un arbre voisin ; il nous observe.

— T'as déjà vu ça ?

Ali se tourne dans la direction que je lui indique.

— Oui, j'ai déjà vu un oiseau dans ma vie.

OK, mais j'ai lu un jour un truc au sujet d'un scientifique du dix-septième siècle qui croyait que les oiseaux migraient sur la Lune, parce que tout ce qu'il savait, c'est que son oiseau favori disparaissait chaque année à la même période. Il a même calculé combien de temps ça prendrait d'aller jusqu'à la Lune, ce qui apparemment coïncidait avec les cycles migratoires, et comme la science des années 1600 n'était pas vraiment blindée de données cosmiques (sur la pression atmosphérique dans l'espace), quand il a élaboré la théorie selon laquelle les oiseaux puisaient dans leur stock de graisse pour leur voyage interstellaire, et quand il a affirmé qu'ils dormaient quasiment tout du long, à savoir deux mois, tout le monde était genre : « Ouais, probablement, ça doit être ça. »

— Tu as l'alcool bavard. (Le regard d'Ali passe de l'oiseau à moi.) La plupart des gens s'expriment moins bien dans ta situation.

— C'est la première fois que j'en vois un comme ça. La nuit. Posé comme ça.

J'imagine cet oiseau volant dans les confins de l'espace, seul et endormi, et c'est la scène la plus paisible qui soit.

Une chanson s'élève d'une des maisons qui bordent le parc ; c'est une mélodie à la fois calme et puissante, d'une beauté mélancolique. Je ferme les yeux et écoute la femme chanter, j'imagine les notes s'échappant d'une fenêtre voisine, rebondissant contre les installations de l'aire de jeux, d'arbre en arbre. Sa voix est un murmure délicat, intime et tourmenté, et quoique les paroles soient inaudibles, inutile de les percevoir pour comprendre sa douleur.

Avec certaines chansons, la cicatrice est évidente même si la plaie ne l'est pas.

— Je me fais du souci pour toi, Evan.

J'aimerais lui dire qu'elle a raison. Que ma vie d'avant est un bâtiment effondré, ma nouvelle vie un triste composite constitué de gravats. Mais avant que je puisse prononcer ces mots, une nouvelle vague de nausée me submerge, et je replonge dans les buissons. Ali reprend son rôle protecteur, tirant mes cheveux vers l'arrière tandis que je me vide, et je songe que Heather Abernathy avait tort : respirer n'est pas facile, pas pour moi ; peut-être que je n'ai pas à rappeler à mon cœur de continuer à battre, mais c'est un train fou lancé à toute vitesse en ce moment ; surtout, Heather Abernathy a eu tort quand elle a dit ce truc à propos de mon frère.

— Heather Abernathy est un sac à merde, dis-je.

Et là, je me mets à pleurer tout en dégueulant, et Ali tente de m'enlacer avec un bras, l'autre retenant mes cheveux.

La chanson résonne à travers le parc ; l'oiseau est posé tranquillement en hauteur.

— Je suis un adulte responsable, dans l'ensemble, dis-je.

Ali me répond qu'elle sait, et je me demande comment c'est possible d'aimer à ce point une personne et de la haïr tout autant parce qu'elle me connaît si bien.

SHOSH

une matinée plutôt ordinaire

L'aube estivale était particulièrement vive, une explosion de roses et de mauves si éclatants que tous ceux qui avaient la chance d'être éveillés devaient se sentir irradiés par ces nuances. Du moins, c'est ce que Shosh pensait tandis qu'elle absorbait la scène, debout au bord de la piscine. C'était le genre de lever de soleil à provoquer des questionnements philosophiques sur son rôle dans l'Histoire, sur sa raison d'être, sur la vie et la mort et la vie encore ; le genre de spectacle face auquel une machine à fabriquer des questions existentielles comme elle pouvait s'abîmer dans la contemplation de la chronologie entière de l'univers et méditer sur la place infinitésimale qu'elle occupait dans l'ordre des choses ; le genre de lever de soleil qui…

— Greta-putain-de-Gerwig ! T'es pas d'accord ?!

Tirée de sa rêverie solaire, Shosh se tourna vers une fille en bikini dont le visage affichait une expression d'indifférence perpétuelle.

— Quoi ? dit Shosh.

La fille avait un téléphone dans une main, dans l'autre une bière qu'elle sirotait avec l'assurance mesurée d'une buveuse de l'aube invétérée, comme pour dire : « Ouais, les putains de canettes en aluminium, ça me connaît. »

— *Lady Bird*, répondit la fille. *Les Quatre Filles du docteur March*. Enfin, je préfère Winona Ryder à Saoirse Ronan dans le rôle de Jo, mais en vrai, on va pas se mentir, la seule chose qui nous intéresse dans ce film, c'est les cheveux de Chalamet. (Elle vint taper sa canette contre la bouteille de Shosh pour trinquer, comme si elles étaient complices.) T'es branchée mumblecore[1], nan ?

— Je sais pas, rétorqua Shosh.

— Oh. Moi c'est Heather.

Shosh évalua les chances qu'il y ait plusieurs Heather à cette fête.

— Abernathy ?

La fille sourit en contemplant la piscine.

— Ouais.

Avant que Shosh ne trouve quoi dire, la seule et unique Heather Abernathy – à qui appartenait la piscine devant laquelle elles se tenaient et qui avait organisé la fête qu'elle venait de ruiner en beauté quelques instants plus tôt – se mit à présenter son scénario original.

— Ouais, en fait, c'est des dragons et des trônes, mais c'est davantage comme si Wes Anderson avait envahi Port-Réal[2]. Complètement avant-gardiste.

---

1. Mouvance du cinéma indépendant américain, ainsi nommée car elle se caractérise notamment par des échanges à peine articulés (*to mumble* : marmonner) sur des questions existentielles. *(Toutes les notes sont de la traductrice.)*

2. Référence à la capitale du royaume des Sept Couronnes dans l'univers de *Game of Thrones, le Trône de Fer*, imaginé par George R. R. Martin.

La propriété des Abernathy (un peu comme Heather elle-même) était un étalage bling-bling savamment orchestré : tout était beaucoup trop luxueux, d'une symétrie touchant à l'ignoble ; la piscine, un grand bassin en forme de huit, était éclairée par le fond ; le jardin était agrémenté d'une pergola à deux étages, d'un pavillon d'été et d'une fontaine à cascade. Presque tout le monde était rentré chez soi, à l'exception de quelques clampins plus ou moins dévêtus, inconscients ou endormis comme des soldats tombés lors de la bataille la moins noble du monde. Stevie, la sœur de Shosh, les surnommait *les traînards en trois étapes... ceux qui cherchent absolument à traîner aux soirées, y traînent jusqu'à la fin pour se retrouver à traîner par terre ivres morts.*

À ce souvenir, un sourire lui échappa, puis Shosh brandit sa bouteille en direction du soleil levant – *Santé !* – et avala d'un trait la dernière goutte de whisky.

— Franchement, regarde-toi, reprit Heather en tendant la main vers elle pour toucher l'ourlet de sa manche. Tu serais parfaite dedans.

— Dans quoi ?

— Dans le rôle principal. (La main de Heather remonta le long de la manche du manteau trempé de Shosh.) Dans mon film.

— Ah oui. La famille Tenenbaum Targaryen.

— En plus, t'es drôle. Et puis t'as le look parfait pour le rôle. (Heather explora Shosh d'un regard avide.) Qui porte un manteau en août sans qu'on lui fasse de remarque ?

Si les styles étaient des climats, Shosh Bell serait en mode tornade. Elle portait un tee-shirt arborant l'inscription FUCK GUNS fourré dans un short en jean taille haute, des duck boots de la marque Sperry et un manteau à carreaux en laine, son favori, un Stella McCartney oversize qu'elle avait dégotté dans une friperie à un prix défiant toute concurrence, le vendeur ignorant la valeur de ce petit trésor. Comme tout être humain doué de raison, puisqu'elle avait trouvé le manteau parfait, Shosh le considérait davantage comme un appendice que comme un simple habit. À ce titre, il était évident qu'il resterait soudé à son corps durant toute la durée de son passage sur terre. De son point de vue, si on ne pouvait pas exprimer son identité avec ses vêtements, à quoi bon se lever le matin, pas vrai ?

Malheureusement, à l'heure actuelle, sa tenue n'était rien d'autre qu'un amas de tissus ruisselants.

— J'ai appris pour ta sœur, dit Heather en reportant ses yeux sur la piscine. Ça craint, putain.

Shosh brandit la bouteille, maintenant vide.

— Il y a encore de l'alcool à l'intérieur ?

Heather lui tendit le reste de sa bière.

— Je suis sérieuse au sujet de mon film. On devrait en discuter. File-moi ton numéro.

— C'est plus trop mon délire.

— De filer ton numéro ?

— De jouer.

Heather répondit que c'était dommage et qu'il faudrait se suivre sur les réseaux sociaux, qu'elle avait le sentiment que la nuit les avait réunies, mais Shosh avait cessé de l'écouter. Un oiseau qui s'envolait vers le soleil levant avait capté son regard, et ce n'était pas tant l'oiseau qui avait retenu son attention que *l'impression* de l'oiseau, la manière dont ses ailes se déployaient, sans battre, dans un vol complètement naturel et facile. Le temps ralentit, et l'oiseau lui parut d'une beauté infinie, prenant une dimension sacro-sainte. Shosh eut la sensation de s'élever avec lui tandis qu'elle l'observait.

— Tu sais que Chris a appelé les flics, hein ? dit Heather.

— Ouais.

Comprenant qu'elle n'en obtiendrait pas davantage, Heather ajouta :

— OK, bon… Bonne chance, j'imagine.

Et elle pivota vers la maison.

— Hé, la héla Shosh.

— Ouais ?

Dégoulinante d'eau, plus ouragan que tornade, Shosh dit :

— Pourquoi tu crois que je l'ai fait ?

— Je sais pas. Mais t'es devenue une putain de légende.

Ce fut seulement lorsque Heather eut disparu à l'intérieur de la maison que Shosh remarqua la horde de visages blottis autour de la baie vitrée. À peine quelques mois plus tôt, elle avait été au lycée avec ces rigolos, à l'époque où elle croyait encore en sa bonne étoile et qu'elle avait la vie devant elle, Los Angeles à l'horizon. Puis elle avait obtenu son diplôme et son étoile s'était éteinte ; sa vie s'était réduite à un nuage de poussière errant sans but à travers l'espace. Elle leva la main, comme pour saluer la horde, puis la retourna à la dernière seconde et leur adressa un doigt d'honneur.

Titubant en direction de la piscine, elle sentit à quel point elle était une épave. Mais on finit toujours par se prendre un mur, hein. On atteint un point de non-retour où on ne pourra pas tomber plus bas, alors pourquoi s'arrêter ? Une fois au bord de la piscine, elle se laissa tomber sur le sol et agita ses boots dans l'eau. À l'horizon, le soleil était plus haut à présent, un peu moins feu multicolore, un peu plus astre fade.

L'oiseau était parti, et elle éprouva de la tristesse, celle qui suit l'absence de la beauté brièvement côtoyée : « Mélancolie », dit-elle. La peine n'avait jamais paru si douce.

Elle jeta la bouteille de whisky vide dans la piscine, la regarda flotter pendant quelques secondes avant que l'eau ne la remplisse et ne l'entraîne vers le fond. Dans la maison, quelqu'un avait mis de la musique. Elle s'échappait d'une fenêtre ouverte et se faufila jusqu'à elle, au bord de l'eau. Une chanson d'une tristesse parfaite ; l'interprète avait cerné sa mélancolie à un niveau moléculaire. Puis d'autres voix s'élevèrent par-dessus la mélodie, des voix sévères portées par de lourdes bottes. *Qu'ils viennent,* songea-t-elle. Les flics ne pouvaient pas lui infliger pire châtiment que celui que le destin lui avait déjà imposé.

Tandis qu'elle attendait, Shosh contempla la bouteille qui coulait. Elle alla se poser tout au fond du bassin, à côté du pneu avant de la Chevrolet Tahoe de Chris Bond, que, quelques minutes plus tôt – lorsque le soleil avait teinté le ciel d'une explosion de roses et de mauves –, Shosh avait conduite tout droit et à grande vitesse dans la piscine des Abernathy.

— Elle est plus belle au fond, vous trouvez pas ? demanda-t-elle à l'agent qui la fit se lever. Tout éclairée par les lumières qui brillent sous l'eau.

EVAN

la dichotomie de Will Taft

Ce n'est pas tant un réveil qu'une déflagration au ralenti. Le tonnerre que j'ai déchaîné contre les buissons du parc la nuit dernière n'est rien en comparaison des éclairs furieux dans mon crâne ce matin. Lentement – tout doucement – je me glisse vers le bord de mon lit, me tourne, pose les pieds par terre. Sur la table de chevet, le réveil indique midi. Le soleil qui brille par la fenêtre est limite agressif. En bas, maman est soit en train de cuisiner soit de construire une maison de poupée en métal, franchement, j'hésite entre les deux.

Ô, vodka tonic ! Sirène de la Nuit, pourquoi faut-il que tu me tourmentes ainsi ?

À vrai dire, c'est ma toute première gueule de bois, et forcément, je me demande comment les gens se démerdent pour s'en taper une seconde. Genre – ta première cuite, OK, tu ne sais pas ce que tu ne sais pas. En revanche, toutes les cuites qui suivent, tu ne peux t'en prendre qu'à toi-même.

Mon téléphone vibre par terre. Je le ramasse et découvre tout un tas de textos d'Ali…

Ali : Bonjour bonjour ! Quelle belle journée !
C'est l'heure de se lever pour la célébrer !
Le soleil brille, les oiseaux pépient, enjoués
Le monde t'attend, à toi de t'en emparer
Debout, debout, lève-toi et viens jouer !

Evan : OMG
C'est quoi ton problème ?!

Ali : EVAN, mon petit !
Attends, ne me dis rien – quand t'as ouvert
les yeux ce matin
t'aurais préféré te rendormir

Evan : J'ai l'impression qu'y a un groupe de gorilles qui fait la teuf dans ma tête.

Ali : Ça a l'air super
Au moins ta mère te traîne pas chez Target
Pour...
Suspense...
Les courses de la rentrée !

Evan : *Non[1]**

Ali : *Oui**

Evan : N'oublie pas d'acheter des rouleaux de scotch en plus 😂

Ali : Je suis toujours en CE2 dans sa tête

Evan : On croit toujours qu'on a assez de scotch et finalement non

Ali : Je pourrais scinder un atome en deux,
elle me féliciterait avec une sucette

1. En français dans le texte.

Evan : Hé
Merci

Ali : ??

Evan : hier soir c'était la cata
Mais mes cheveux ne sentent pas le vomi
Quel plaisir

Ali : ♥

Evan : ♥

Ali : Amuse-toi bien avec tes gorilles

Evan : Deux mots : PACK ÉCONOMIQUE

Quand on partage une salle de bains avec un môme de sept ans, on doit déboucher les toilettes au moins une fois par semaine. Le bouchon de ce matin est particulièrement résistant, et ce n'est qu'après l'avoir neutralisé que je trouve le Post-it sur le comptoir. Je reconnais l'écriture de Will, une sorte de gribouillis qui se résume à un seul mot – *désolé* – et deux flèches, l'une pointant les toilettes, l'autre le dentifrice séché dans le lavabo.

En un sens, mon frère est le stéréotype du gamin de sept ans : désorganisé à un point quasi criminel ; sa chambre est une plaque tectonique de jouets en perpétuel mouvement ; où qu'il aille, il laisse dans son sillage une traînée de papiers d'emballage et de mouchoirs usagés pleins de morve ; quand il sort, il laisse la porte de la maison grande ouverte, les lumières allumées dans toutes les pièces, il oublie de faire ses devoirs, de retirer ses chaussures pleines de boue.

Il a sept ans. C'est comme ça.

Mais d'un autre côté, plus difficile à définir, Will est un être humain tout à fait singulier. Et peut-être que la salle de bains, plus que n'importe quelle autre pièce de la maison, résume cette dichotomie. D'accord il laisse des saletés dans le lavabo et une crotte qui flotte dans les chiottes, mais jamais sans un mot d'excuse. Notre poubelle est fréquemment pleine d'emballages de pansements mais (a) il s'achète lui-même ces pansements avec son argent de poche et (b) ces pansements sont un mécanisme de défense sur lequel il a lui-même mis le doigt. Aussi, je tirerai la chasse d'eau et je raclerai le lavabo autant de fois que nécessaire avant de lui faire le moindre reproche.

Je me brosse les dents, prends une douche éclair et je descends. Maman jette dans la poubelle les restes de ce qu'il serait généreux de qualifier de « petit déjeuner » en marmonnant dans sa barbe.

— Je me suis emballée, c'est ça. Les gaufres de la semaine dernière étaient une réussite et j'ai pris la confiance.

Mis à part les plats de base de Mary Taft – tacos et spaghetti aux boulettes de viande épicées –, il est de notoriété publique que maman est une très mauvaise cuisinière, ce qui n'a pourtant pas l'air de la dissuader. Doucement, je lui retire la poêle à frire des mains, la pose sur le plan de travail et je la prends dans mes bras.

— Bonjour, maman.

C'est étrange d'être plus grand que celle qui m'a donné le jour. J'ignore quand c'est arrivé et ça ne me semble pas normal, mais c'est comme ça, et je sens le souffle de ma mère sur mon épaule tandis que son corps se relâche dans mon étreinte. L'expression *faire un câlin* a une connotation très solitaire ; on peut faire un câlin à quelqu'un qui ne vous fait pas de câlin en retour. En revanche, le nom « câlin » implique une participation mutuelle.

Elle inspire un grand coup…

Ses bras s'animent dans mon dos et me serrent à leur tour, transformant lentement le verbe en nom.

— Ça va ? je chuchote.

Elle hoche la tête, s'écarte de moi, s'essuie les yeux. Vu la conversation qu'on a eue, il y a deux soirs de ça, je n'étais pas sûr qu'il nous reste encore des larmes à verser, mais visiblement si.

— J'ai voulu faire le petit déjeuner.

Elle indique la poubelle.

— OK.

— Tu es rentré tard. Je voulais te faire plaisir.

Je hausse les épaules.

— Le petit déjeuner, c'est surfait.

Elle ouvre le frigo, le fixe d'un regard vide.

— C'était comment, ta fête ?

J'envisage une variété d'analogies pour décrire la soirée héroïque et merdique d'hier. Horrible comme des doigts pleins de fromage ? Ou horrible comme l'introduction d'une publication Facebook ? L'angoisse, un peu comme quand on vous appelle alors qu'on aurait pu vous envoyer un message : voilà, c'était ça ma soirée.

Au lieu de quoi je rétorque la seule chose positive qui me traverse l'esprit :

— Ali était là.

— Tant mieux, réplique maman.

Et même si on dirait une réaction désinvolte de sa part, je sais qu'elle me comprend. Ali est le genre d'amie à être la réponse à tout.

Je m'assieds devant le bar pendant que maman fait des sandwichs. Elle me demande où en est ma candidature pour le programme Headlands, si j'ai commencé ma dissertation, ce qui n'est pas le cas, donc j'élude la question ; je lui suggère de démissionner de l'un de ses boulots, étant donné les circonstances, mais elle ne le fera pas, et elle préfère changer de sujet. Quand il devient clair qu'aucun de nous deux n'est prêt à céder, elle soupire :

— Je n'arrive pas à croire que mon bébé va entrer en terminale.

Et je m'étonne face à cette épidémie d'adultes qui ne savent pas gérer le passage du temps.

— Devine où est Ali en ce moment ?

— Où ça ?

— Chez Target. Sa mère l'a emmenée faire des courses pour la rentrée scolaire.

Maman esquisse un sourire avant de s'écrier :

— Oh merde ! *Merde !*

— Quoi ?

Elle fait volte-face, se plaque les mains sur la tête.

— J'ai oublié le matériel scolaire. Ils ont envoyé la liste et j'ai simplement… *Bon sang*… Il faut que je sois au boulot dans une heure…

— Je peux l'accompagner.

— … c'est ma seule matinée de repos cette semaine…

— Maman. Je peux l'accompagner.

Ses mains retombent le long de ses flancs et elle incline la tête.

— Vraiment ?

— On va y aller aujourd'hui. Pas de souci.

Elle se penche sur le plan de travail, pose une main sur ma joue et affiche cette expression qui semble dire : « J'ai appelé les larmes, elles ne vont pas tarder. »

— Ça me dérange pas, maman.
— Tu ne devrais pas être aussi dévoué.
— OK.
— Mais je suis contente que tu le sois.
— Maman ? Franchement, j'ai rien d'autre à faire.
— Merci.
— Il est dans sa chambre ?
— Il a disparu dans sa navette spatiale ce matin, dit-elle. Avec ses céréales. Je ne l'ai pas revu depuis.
— Va te préparer pour le boulot. Je vais nettoyer la cuisine et ensuite je l'emmènerai faire des courses.

Après m'avoir pris une nouvelle fois dans ses bras, remercié et répété qu'elle serait perdue sans moi, maman regagne sa chambre. Seul dans la cuisine, j'envoie un message à Ali pour voir si elle est toujours à Target.

Ali : OMG Oui
Maman refuse qu'on s'en aille avant d'avoir trouvé un truc appelé « trapper keeper », une espèce de classeur
PTN de VDM
PTNVDM

Evan : Prends-nous du scotch, on arrive !

Ce sont des matins comme celui-ci qui me font m'interroger sur mon année de césure. Mis à part les considérations financières et les questions de candidature, je me vois mal prendre l'avion du sud-est de l'Alaska à Iverton dans l'Illinois chaque fois que maman se plante dans ses horaires de boulot. Une chose que j'ai apprise depuis le départ de papa : quand on est parent célibataire, les responsabilités ne se divisent pas par deux, elles se multiplient de manière exponentielle. Peu importe que je nourrisse le projet de partir un an à l'étranger depuis des années, que je sois obsédé par le Nord depuis toujours, ou que chaque fois que j'aperçois la photo d'un massif de montagnes enneigé, je ressente le besoin de le dessiner sur tout ce qui me tombe sous la main. Peu importe, dans le fond, que papa ait proposé de subventionner la moitié du voyage si je suis pris. Un père absent qui paie pour tout, c'est comme un mathématicien qui fait pousser une tomate : les tomates, c'est génial, mais tu ferais pas mieux de résoudre une putain d'équation ? Toute précaire que puisse être notre situation financière (et elle l'est vraiment), aucune somme d'argent ne résoudra le problème qu'il a créé par son absence.

Je me retrouve face à un dilemme. Si jamais ma candidature est retenue pour le programme Headlands – et même si j'ai droit à la meilleure bourse qui soit – je me vois très mal m'envoler pour Glacier Bay, en Alaska, au printemps prochain, en abandonnant maman seule avec Will pendant six mois.

Et ça, c'était avant la bombe qui est tombée avant-hier soir.

Je range les ingrédients sortis pour la préparation des sandwichs et essuie les miettes sur le plan de travail. Quand je soulève le couvercle de la poubelle, j'aperçois les restes de la tentative de petit déjeuner de maman. On dirait un crustacé visqueux. Notre maison est petite ; je l'entends qui s'affaire dans sa chambre ; la musique est à fond, les tiroirs s'ouvrent et se ferment tandis qu'elle se prépare pour un taf qu'elle ne devrait pas se forcer à garder. Et je prends conscience que la cuisine, la musique à plein volume, le deuxième boulot, tout ça, c'est une manière de fuir les recoins sombres de son esprit.

En montant les escaliers, je me rends compte que la chanson qui provient de sa chambre est la même que celle que j'ai entendue dans le parc cette nuit.

Le parc où j'ai vomi parce que j'avais trop bu à une fête où je n'avais pas envie d'aller.

Peut-être que maman n'est pas la seule à fuir les recoins sombres.

SHOSH

homonyme inapproprié

— Cet endroit pue la godasse chaude. Genre cette odeur de pieds l'été, vous voyez ce que je veux dire ? Quand on retire ses chaussettes et que… (Shosh émet un petit *pfff* en mimant d'une main l'explosion d'un parfum fétide qui se répand dans les airs ; de l'autre, elle pose son portable sur son genou.) Au moins, la dernière fois, j'avais une salle d'interrogatoire rien que pour moi. Vous verriez cette salle d'attente, c'est un vrai foutoir.

— Mais tu n'es pas en état d'arrestation ? demanda Mrs Clark.

— Non, soupira Shosh. Juste détenue.

Mis à part l'odeur, son principal grief à l'encontre du poste de police d'Iverton concernait son assise : le rembourrage en cuir de son siège lui collait aux cuisses. Par conséquent, chaque fois qu'elle changeait de position, elle produisait un bruit de pet et, même si elle était complètement innocente, elle ne pouvait pas accuser le fauteuil sans paraître encore plus coupable aux yeux des autres.

Et ça oui, on la zieutait.

À l'écran, Mrs Clark aidait son enfant – un adorable bambin de trois ans prénommé Charlie – à casser un œuf contre le rebord d'un bol.

— Et ça va ? À part l'odeur de pieds ?

— Ouais. À part l'odeur de pieds.

Il n'existait pas de terme pour définir ce que Mrs Clark représentait pour Shosh. Depuis le tout premier jour de lycée, quand elle était entrée dans la salle de théâtre et avait aperçu sa prof debout sur une chaise dans la posture de l'arbre, les yeux fermés, fredonnant le mot « équilibre » encore et encore comme une sorte de moine bénédictin chelou, il était évident que Mrs Clark n'avait rien de la prof ordinaire. Et peut-être parce que Shosh était talentueuse, motivée, ou pour une tout autre raison, Mrs Clark l'avait prise sous son aile.

Une partie de cette Shosh-là était encore présente aujourd'hui.

— Je n'ai pas lu de poème depuis un bout de temps, fit remarquer Mrs Clark.

Shosh haussa un sourcil puis tourna lentement l'écran de son portable à trois cent soixante degrés.

— Ouais, j'ai eu quelques petits soucis. Au cas où vous ne seriez pas au courant.

— Frost dit que la poésie est une manière de prendre la vie à la gorge.

— Vous connaissez celle du poète Jedi ?

Mrs Clark l'observa par-dessus son saladier.

— Que la métaphore soit avec toi ?

— J'en déduis que oui.

— Shosh…

— OK. J'en publierai un autre, Seigneur ! Ce sont même pas des poèmes, rien que de stupides petits…

— Tout ce que tu crées fait partie de toi. C'est sacré, OK ? La foule peut bien nous déprécier…

— Sachons nous apprécier. J'ai compris.

Au lycée, Shosh n'avait vécu que pour le théâtre. Ça tombait bien : tout ce qu'elle avait appris en cours d'art dramatique s'appliquait à la vie, une leçon que son ancienne prof semblait résolue à poursuivre depuis sa cuisine, à l'autre bout de la ville.

— Tu recevras assez de critiques dans ta vie sans avoir besoin d'en rajouter, reprit Mrs Clark. Mais les critiques ne sont pas créateurs. Ils ne comprennent pas, pas vraiment. (Puis à Charlie :) Pas encore, chéri, la pâte n'est pas cuite.

Perplexe et outré, Charlie rétorqua :

— Je veux des bissscuits.

Si la mignonnerie était un buffet, l'assiette du petit Charlie serait pleine à ras bord. Avec ses petites joues rebondies et son cheveu sur la langue, ce gamin était une vraie menace pour la société.

— Qu'est-ce que tu cuisines, Chuck ? demanda Shosh.

Charlie colla son visage au téléphone :

— Des bissscuits à la myrtille !

Et Shosh eut envie de se fondre dans l'écran pour faire partie de cette jolie petite famille.

— *Et voilà* !* s'exclama Mrs Clark en glissant le plateau dans le four.

Charlie disparut de la pièce en laissant un nuage de farine dans son sillage.

— Écoute… (Mrs Clark déplaça le téléphone.) Il y a déjà plein de personnes qui se chargent de pointer du doigt toutes tes erreurs. Moi je vais me contenter d'être là pour toi. Mais ne va pas t'imaginer pour autant que je soutiens tes conneries ou que je ne vais pas te tirer les oreilles, Shosh.

À ce propos, je suis toujours en contact avec le doyen de l'USC…

— Non merci. Je vous l'ai déjà dit, je ne veux plus entendre parler de tout ça.

Mrs Clark poussa un soupir ; ça flinguait Shosh de penser à tout ce temps que sa prof avait investi dans son avenir désormais inexistant. Des lettres écrites, des coups de fil passés, des contacts créés, seulement dans l'intérêt de Shosh – et tout ça pour rien. Shosh se demandait parfois si Mrs Clark ne souffrait pas plus de sa décision de renoncer à l'université de Californie du Sud qu'elle n'en souffrait elle-même.

— Un détail sur elle ? l'interrogea Mrs Clark.

Ni l'une ni l'autre n'aurait su dire quand ça avait commencé, mais leurs appels s'achevaient toujours ainsi : Shosh se rappelait un souvenir particulier de sa sœur.

— C'est elle qui m'a baptisée, dit Shosh.

— Je l'ignorais.

— À ma sortie de l'hôpital, je n'avais pas de prénom. Maman et papa n'arrivaient pas à tomber d'accord, et au bout d'un jour ou deux, Stevie m'a appelée *Shosh.* Elle avait deux ans, c'est pas comme si elle faisait des phrases complètes. Quand ils lui ont demandé où elle avait trouvé ce nom, elle a répondu qu'elle en avait rêvé.

Un silence d'une seconde. Les larmes montèrent aux yeux de Mrs Clark. Et quand elle ouvrit la bouche pour parler…

— *Stevie Bell ?*

Le téléphone de Shosh glissa par terre.

— *Merde.*

Elle se pencha en avant, le ramassa et leva la tête. Un agent de police la foudroyait du regard.

— Tu es Shosh Bell ? demanda-t-il.

Dans la vie de tous les jours, on avait souvent confondu Stevie et Shosh. Depuis la mort de Stevie, cette confusion avait pour ainsi dire imprégné le cerveau de Shosh : ce n'était pas la première fois qu'elle entendait le prénom de sa sœur quand on prononçait le sien.

— Oui. Shosh Bell. C'est bien moi.

— Ton EPJJ est là. Ta mère aussi.

À l'écran, Mrs Clark interrogea, inquiète :

— Qu'est-ce qu'un EPJJ ?

— Un éducateur de la Protection judiciaire de la jeunesse, répondit Shosh tout en se demandant à quel moment elle avait appris le jardon de ce lieu. Je dois vous laisser. Je vous envoie un message.

Shosh suivit le policier jusqu'à un bureau où attendaient deux femmes à l'expression sombre : Audrey, l'éducatrice (à moins que ce ne soit Aubrey, Shosh s'emmêlait toujours les pinceaux), et la seule et unique Lana Bell.

Shosh posa les yeux sur l'éducatrice.

— Salut... Aubrey ?

— C'est Audrey.

— Hum, et si c'était pas le cas ?

Audrey n'était pas d'humeur à plaisanter.

Shosh s'adressa ensuite à sa mère.

— Et... vous êtes ?

La veille de la mort de sa sœur, Shosh fixait de son regard vitreux le rayon d'une épicerie.

— Tout a l'air identique.

— C'est l'illusion de la variété, avait répliqué Stevie. Peu importe le nombre d'options qu'on croit avoir, c'est juste différentes versions de la même céréale. (Elle avait saisi un paquet de muesli sur une étagère et parcourait la liste des ingrédients.) Maïs.

— Mais non ?

Stevie avait jeté la boîte dans le Caddie et, d'un geste à la virtuosité nonchalante, agité le bras en l'air comme Monsieur Loyal présentant un numéro de lions sautant dans des cerceaux enflammés.

— Rien que du maïs ! Tout autour de toi !

— Comment tu sais ce genre de trucs ?!

Calmement, comme si, plus on parlait bas, plus l'affirmation était honnête :

— J'ai vu un documentaire.

Stevie et Shosh Bell avaient deux ans d'écart et elles étaient comme les doigts de la main. Inséparables. Toujours fourrées ensemble, que ce soit sur le terrain de foot, dans leur jeunesse, où Stevie avait menti sur son âge pour jouer dans l'équipe junior de Shosh ; ou lors des bals de fin d'année, où elles se rendaient fièrement en tandem. Elles étaient deux pour le prix d'une et tout le monde le savait. Elles ne se déplaçaient jamais l'une sans l'autre – y compris pour aller faire les courses.

— C'est quoi ?

Stevie avait fouillé dans le Caddie et avait brandi un morceau de fromage emballé dans de la cire rouge.

— C'est quoi quoi ? avait répondu Shosh.

Elles avaient sillonné les allées pendant un bon quart d'heure, cochant leur liste à mesure qu'elles jetaient des articles dans le chariot, tâchant (difficilement) de ne pas songer au maïs, à son transport, sa transformation, sa métamorphose en tout ce que tout le monde, partout sur terre, ingérait, si bien que quand elles étaient parvenues au rayon fromage, c'était un peu comme si elles avaient traversé avec peine un désert de maïs pour atteindre une oasis nutritive raisonnable.

— Ça. (Stevie avait brandi le morceau de fromage comme un procureur présentant une pièce à conviction incriminante.) Qu'est-ce que c'est que ce truc ?

— Du gouda.

— Hum. Non.

Shosh agita la liste.

— C'est ton écriture. Tu vois ?

— Mais non, je veux dire, ça, ce n'est pas du *gouda.*

Shosh avait arraché le fromage des mains de sa sœur.

— C'est écrit sur l'étiquette : « gouda ». En toutes lettres.

— C'est mou. (Stevie avait choisi un autre morceau de fromage dans le présentoir, déchiffrant l'étiquette avec précaution.) Le gouda, c'est pas mou.

— J'avais oublié que t'étais experte en fromage.

— Qui sait ? Dans une vie antérieure, j'ai peut-être été un *fromager**.

Shosh avait parcouru le magasin du regard comme pour chercher de l'aide auprès d'un client.

— J'ai l'impression d'être dans un rêve…

— Une vendeuse de fromage, si tu préfères.

— … où les apparences sont trompeuses.

— Quoique « *fromager* » ait ce petit attrait onomatopéique.

Shosh avait plissé les yeux.

— Je ne suis pas certaine que ça marche avec ce mot. Bref, tu retournes à Loyola demain. Qu'est-ce que ça peut te faire qu'on mange ce fromage plutôt qu'un autre ?

Stevie lui prit le morceau des mains.

— On va le remettre à sa place. Ça fera le bonheur d'un autre nigaud.

— Peut-être que moi j'aime ça, le gouda mou.

— *Primo,* c'est pas le cas, même si tu le crois. (Stevie avait examiné les piles de fromages, une étincelle dans les yeux, comme si elle sélectionnait une alliance ou une voiture de luxe.) *Secundo*, je tiens trop à ma famille pour la laisser manger un fromage qui n'en est pas un.

— Tu sais, tu pourrais peut-être te taper quelqu'un pendant les vacances.

— Voilà. (Stevie choisit un long morceau d'un fromage étiqueté « EXPLOREZ LES PAYS-BAS ».) Vieilli en cave pendant mille jours.

— C'est con que tu doives repartir si tôt.

— Tu sens comme il est dur ?

— C'est l'été, Stevie.

— C'est comme *ça* que le gouda doit être.

— Nous sommes jeunes et ravissantes et c'est l'été.

— Parfaite cristallisation.

— Tu sais ce que tu devrais faire ? Zapper les cours d'été. Traîner avec moi à la place. Soyons jeunes et ravissantes ensemble, cet été.

— Dur comme de la pierre. Un goût de sauce blanche maturée qui fond dans la bouche. Et devine l'ingrédient secret ?

— Des sous-entendus sexuels à peine dissimulés ?

Avec une révérence exagérée, Stevie avait déposé le gouda dans le Caddie. Elle s'était ensuite tournée vers sa sœur, avait placé ses mains sur ses épaules et, à l'exception des cheveux – Stevie avait des boucles châtain, Shosh une chevelure brune ondulée et une frange droite – leurs visages étaient identiques, comme si elles se regardaient dans un miroir.

— *Le temps*, petite sœur.

Shosh s'était alors exprimée sans détour.

— Ne pars pas.

— Tu sais bien que rien ne me ferait plus plaisir que de passer l'été avec toi. Mais les sessions d'été permettent d'obtenir son diplôme en avance. Ce qui signifie que je pourrai te rejoindre à Los Angeles plus tôt que prévu. OK ?

Dans l'allée suivante, Shosh avait jeté un pot de fromage à tartiner dans le Caddie, Stevie l'avait traitée de barbare, et elles avaient démontré ainsi les principes de base du bonheur. Le bonheur n'est possible que tant qu'on n'en a pas conscience.

Le lendemain, Stevie avait chargé dans la voiture une valise de linge propre et un plat de lasagnes cuisinées par leur mère, les deux sœurs s'étaient serrées dans les bras et dit « Je t'aime », et basta. Il était inutile de se dire adieu ; elles se parleraient le soir même au téléphone…

D'après le rapport de police qu'on avait remis à ses parents, que Shosh avait emporté en douce dans la salle de bains pour le prendre en photo et qu'elle avait mémorisé peu de temps après, l'homme était un dénommé Phil Lessing. Ce jour-là, Phil, s'étant fait virer, avait estimé que la meilleure chose à faire était de se prendre une énorme murge dans le bar du coin. Là, il avait tissé tout autour de lui un cocon de tristesse auquel il s'était abandonné jusqu'à ce que, fin prêt pour en sortir, véritable danger ambulant, Phil prenne ses clés, regagne le parking en titubant et grimpe au volant de son pick-up Ford F-150 construit pour durer.

Shosh n'avait jamais su si tous ces détails l'avaient aidée ou l'avaient enfoncée. Voulait-elle vraiment savoir que le Ford F-150 s'était montré à la hauteur de son slogan, pas une seule éraflure sur la carrosserie, alors que la Prius de Stevie avait fini sur le terre-plein central, pareille à une boule de papier d'aluminium froissé ? Voulait-elle vraiment savoir que la montre en Velcro des années 1980 de sa sœur avait atterri à une quinzaine de mètres de la scène de l'accident ? Voulait-elle vraiment savoir que les premiers intervenants avaient été tout d'abord incapables de distinguer le sang de la sauce tomate provenant du plat de lasagnes éclaté ?

Sans sa sœur, Shosh avait perdu sa raison d'être. Comme ces vers bioluminescents qui flottent dans le noir total au fond de l'océan : si la vie avait un but, Shosh ne le percevait plus ; s'il y avait une direction à prendre, elle ne la voyait plus ; sa sœur avait été son habitat naturel et, quand on le lui avait arraché, Shosh avait dû s'en créer un autre. Alors elle s'était mise à tisser son propre cocon de tristesse. Son père avait une sacrée collection de whisky dans la cave. Leur congélateur était comme un chêne et les bouteilles de vodka qu'il contenait des glands planqués pendant l'hiver. Elle était loin d'être la seule à picoler dans la famille ; ces stocks thérapeutiques étaient sans cesse renouvelés, et si ses parents lui avaient demandé des comptes, ils auraient dû se remettre eux-mêmes en question.

Elle sentait encore les mains de Stevie sur ses épaules, leurs regards plongés l'un dans l'autre.

— *Le temps*, petite sœur.

Caves, cocons, cristallisation : le temps modifiait les choses à un niveau moléculaire. Peut-être que Shosh avait simplement besoin d'un endroit où passer un millier de jours et, comme un gouda néerlandais ou un papillon ornithoptère, elle pourrait en émerger sous une forme extraordinaire.

Ou complète, à nouveau. Ce serait déjà suffisant.

Shosh appuya sa tête contre la vitre du côté passager, dans la voiture de sa mère. Ses cheveux étaient encore humides de son plongeon matinal dans la piscine des Abernathy ; ses habits et son manteau sentaient le chlore. À travers le carreau, le centre-ville d'Iverton défilait de manière floue, et elle s'imagina une autre version de sa vie, une existence où elle vivrait dans un chalet en montagne, près d'un cours d'eau, sous la neige, en Finlande ou en Norvège peut-être, dans une région froide.

La radio était allumée, diffusant la chanson triste qu'elle avait entendue le matin même près de la piscine.

— J'ai suivi un autre itinéraire cette fois, dit sa mère. J'ai coupé par Pasadena, ce qui m'a fait gagner cinq minutes. C'est drôle, non ?

— Quoi donc ?

— Que je connaisse le trajet le plus court de notre maison au poste de police. C'est à se tordre de rire.

Si Shosh était une tornade de la mode, le côté tornade, c'était de sa mère qu'elle le tenait. Lana Bell avait toujours été un peu bordélique, encline à laisser traîner les choses et à oublier de se doucher pendant quelques jours. Elle était institutrice en CP, un truc qui lui correspondait. Ses classes étaient le royaume de l'excentricité et de la fantaisie auquel on aspirait pour son gamin de six ans. Mais, depuis le décès de Stevie, cette fantaisie s'était muée en quelque chose de plus sombre, le genre d'instabilité absente qui pousse les gens à changer de trottoir quand ils vous croisent.

Les Bell n'étaient sans doute désormais plus que l'ombre d'eux-mêmes.

Un espace négatif humain.

— Je ne sais plus quoi faire de toi, déclara l'ombre de sa mère.

Le front collé à la vitre, Shosh observa un oiseau s'envoler vers le ciel.

— Tu vas me dire pourquoi tu as fait couler la voiture de ce garçon dans la piscine de ton amie ?

— C'est pas mon amie, rétorqua Shosh en se demandant si c'était le même oiseau que celui qu'elle avait aperçu au lever du soleil.

— Tu te rends compte que ça aurait pu être très grave ? Si quelqu'un avait été blessé, ou s'il y avait eu une autre personne avec toi dans la voiture ? D'après Aubrey, on peut s'estimer heureux qu'ils ne portent pas plainte…

— Audrey.

— Peu importe ! Sache que c'est toi qui paieras les dégâts de ta poche. Je ne sais même pas… Ça nous affecte tous, tu sais ? T'es pas toute seule à souffrir, Sho, on en bave tous, putain, et je ne peux pas faire comme si… Pourquoi est-ce que tu as fait une chose pareille ?!

Non. Ce n'était absolument pas le même genre d'oiseau.

— Je veux vivre en Norvège, dit Shosh à mi-voix.

Un battement de cil.

— Tu es soûle ?

Shosh répondit que oui, très probablement, et l'ombre de sa mère pesta, et la délinquante juvénile observa l'oiseau, et c'était désormais sa vie, pas un plan logique mais la convergence bizarre d'êtres agissants. « Tu as du sang sur les mains, un oiseau ce serait mieux », chantait la voix à la radio, apparemment omnisciente, et qu'elle soit sobre maintenant ou plus tard, ou jamais, quelle importance, au final ? Qu'est-ce que ça pouvait faire ? Qu'est-ce qui pouvait encore avoir de l'importance alors qu'elle n'avait jamais pu dire adieu ?

Ce mot qu'on redoutait tous, mais dont on avait tous besoin. Ce mot qui faisait mal ; mais elle, elle connaissait la vérité : on croit que le mot adieu n'est douloureux que si on a eu la chance de le dire.

Ce soir-là, tandis que la famille Bell mangeait un plat à emporter devant la télé, Lana Bell demanda à Jared Bell s'ils pouvaient échanger leur voiture le week-end suivant.

— J'ai un colloque d'instituteurs à Milwaukee, dit-elle.

Et le père de Shosh acquiesça sans plus de commentaire.

— Il y a un truc qui cloche avec ta voiture ? demanda Shosh à sa mère.

— La sono ne fonctionne plus depuis des mois. Hors de question que j'effectue le trajet dans le silence.

Plus tard cette nuit-là, étendue dans son lit, Shosh contemplait les pales de son ventilateur de plafond. Et tandis qu'elle imaginait des oiseaux chanteurs en plein vol et des congères norvégiennes, elle fredonna la mélodie d'une chanson qui l'avait suivie tout au long de la journée, une chanson qui l'enveloppait à présent comme une couverture chaude. Une chanson qui, commençait-elle à croire, n'existait peut-être que dans sa tête.

PARIS

• 1832 •

Elle venait du nord, une chanson dans le cœur et du sang sur les mains. L'un était le constant murmure de la revanche ; l'autre la preuve de péchés commis en son nom.

Tout autour d'elle, porteurs et cochers se bousculaient en aboyant dans des langues confuses. Observant les gens qui l'entouraient, elle comprit que les hommes s'enquéraient des bagages et des passeports. Sølvi présenta ses mains vides.

— Paris, souffla-t-elle.

Ce mot, l'expression d'un grand rêve, était sa seule possession.

Un cocher secoua la tête et pointa le sol – « Le Havre » – puis indiqua un point vague à l'horizon. « Paris. »

Épuisée, sans le sou, Sølvi se retourna face à la mer qui s'étendait à l'infini. Le port était en effervescence. Une foule de personnes embarquaient et débarquaient de navires monstrueux. Elle se tenait dans l'ombre du bateau qui l'avait conduite jusque-là – son roulis perpétuel hanterait sûrement son sommeil pendant des années –, ouvrit la bouche et enveloppa l'agitation froide qui la cernait dans la chaude couverture d'une chanson.

Étienne se demandait souvent s'il était seul parce qu'il peignait, ou s'il peignait parce qu'il était seul. *Tant pis*, songea-t-il. *Je peins parce que je peins**.

Il passait ses matinées au Louvre, à reproduire des œuvres en compagnie d'autres étudiants en art. Étienne vivait dans un studio confortable près de la Sorbonne, dont il avait hérité de ses défunts parents. Son goût de vivre, jusque-là alimenté par des déjeuners au jardin des Tuileries ou des promenades sur le Pont-Neuf au coucher du soleil, avait récemment laissé place à un sentiment d'errance croissant. La peinture la plus médiocre retenait davantage son intérêt que quiconque ; tout le monde l'ennuyait. Et lorsque les gens vous ennuient, il ne leur faut pas longtemps pour se lasser de vous.

Impossible de s'ennuyer avec l'estomac vide. Sølvi avait rejoint Paris en se glissant en douce à l'arrière d'une diligence ; il ne lui avait fallu que quelques jours pour découvrir que celui qu'elle était venue tuer – son gougnafier de père – était déjà mort depuis des années.

Elle ne parlait pas un mot de français et n'avait pas un sou en poche ; en revanche elle avait l'esprit vif. Bientôt, elle se mit à chanter dans la rue, apprit quels cafés toléraient sa présence, quels hôtels accueillaient les personnes susceptibles de lui jeter une pièce. La nuit, elle trouvait refuge auprès des vagabonds et des rats, mais durant la journée, elle chantait. Ce n'était plus un chant de vengeance, mais une chanson du Nord évoquant des lieux glacés et familiers, des lumières dansantes dans le ciel. Et bien que personne n'en comprît les paroles, ses chansons hantaient le cœur de ceux qui les entendaient.

Un soir, tard dans la nuit, Sølvi se surprit à suivre un oiseau jusqu'à un pont. Un oiseau venu du nord, comme elle, s'était-elle figuré, tout à fait à l'aise dans le froid. Prenant soin de ne pas déranger la créature, elle s'était perchée sur le rebord près d'elle, sans se soucier du vide ni de la Seine glaciale en contrebas.

— *Hej*, chuchota-t-elle en tendant la main.

Elle se mit alors à chanter, à moins qu'elle n'eût chanté tout du long, elle n'aurait su dire. C'était une chanson unique, un chant d'oiseau, un chant sauvage, comme si plusieurs Sølvi l'entonnaient en chœur.

Ils demeurèrent là, oiseau et femme, muse et initiateur. Leurs voix s'envolèrent le long du fleuve jusqu'à ce que…

— *Aimez-vous aussi les oiseaux* ?*

Il n'avait pas voulu la surprendre. Attiré par sa voix, puis par son apparence – juchée sur un rebord, en haillons, sa chevelure d'un blond polaire agitée par la brise – pour la première fois depuis des lustres, Étienne était tombé complètement sous le charme.

Sølvi fouilla son regard. Son visage était assez séduisant, mais ce sont les yeux qui recèlent tout : il lui suffisait de sonder ceux d'un homme pour tout savoir de lui.

— *Aimez-vous aussi les oiseaux* ?* répéta-t-il.

Quelques jours plus tard, elle traduirait sa question en se servant du livre qu'il lui avait offert. Et, un sourire aux lèvres, elle lui répondrait dans un français encore hésitant.

— *Oui. J'aime les oiseaux**.

Mais pour l'heure, elle chassa les mèches de son visage et posa la main sur sa poitrine.

— Sølvi.

Il sourit ; l'oiseau s'envola.

— Étienne.

Les semaines qui suivirent, ils ne se quittèrent pas. Il la peignait dans son studio ; les contours de son corps prenaient vie sous son pinceau. Pendant qu'elle posait, elle chantait ; des chansons du Nord mêlées à des chants d'amour dépassant la barrière de la langue et, de cette manière, ils apprirent le langage du corps de l'autre ; les jours succédaient aux nuits, ils se glissaient dans le lit, en sortaient, enfilaient des vêtements, les ôtaient, et tandis qu'ils peignaient et chantaient, leur pluriel devint singulier, l'âme de chacun plus entière en présence de l'autre.

Leur amour constituait une métallurgie nouvelle et étrange : avant, ils étaient du fer à l'état brut ; en l'autre, ils trouvèrent le feu.

C'est Sølvi qui eut l'idée des tatouages. Elle en avait vu quelques-uns en prison, ce qu'Étienne ignorerait à jamais. (Il y a certains endroits où on ne retourne jamais, même en souvenir.) Sa dernière peinture d'elle – debout près de la fenêtre, des ailes géantes dans le dos – avait fait germer l'idée dans la tête de Sølvi. Son français s'était amélioré, quoiqu'il demeurât quelque peu rudimentaire ; quand elle lui fit part de sa pensée, il lui demanda pourquoi ils devraient marquer leur corps, dans la mesure où ils n'étaient ni des criminels ni des membres de la royauté. Elle avait alors rejeté les draps, avait grimpé sur lui, s'était penchée à son oreille, et avait susurré :

— *C'est pourquoi**.

Ce fut une raison suffisante pour lui.

Ils dénichèrent un homme dans une cave qui possédait les outils et la pratique nécessaires. Il les avertit que ce serait très douloureux et que la cicatrisation prendrait du temps. En réponse, Sølvi ouvrit le livre qu'elle avait apporté – *Histoire des oiseaux** – et désigna l'oiseau qu'elle leur avait choisi.

— *C'est de la folie**, dit l'homme.

— *Oui*, répliqua Étienne en s'asseyant sur le fauteuil et en posant sa main sur la table. *Une folie à deux**.

Ce printemps-là, alors que Sølvi parlait de mieux en mieux français, et que les tatouages avaient quasiment cicatrisé, elle tomba malade. Les crampes et les vomissements se muèrent bientôt en convulsions. La souffrance était insoutenable. Étienne s'empressa de l'emmener à l'Hôtel-Dieu, un hôpital situé sur l'île de la Cité. Sur le chemin, il se sentit également souffrant. Pendant des mois, des rumeurs de choléra s'étaient répandues à travers Paris comme une traînée de poudre. À présent que la maladie était là, elle se diffusait plus vite encore. Étienne et Sølvi furent installés dans des lits adjacents ; leur état s'aggrava d'heure en heure tandis que l'Hôtel-Dieu s'emplissait de personnes atteintes du même mal.

— Sølvi.

Étienne tendit le bras vers elle, battant faiblement de la main. Une aile solitaire tâchant de voler. Elle approcha la sienne et la colla à celle d'Étienne. Les deux ailes se rejoignirent, l'oiseau fut complet. Étienne esquissa un sourire – puis il lâcha brusquement sa main, se tourna et vomit par terre.

Dans un français écorché, elle lui raconta à mi-voix l'histoire d'une fille abandonnée, abusée, puis enfermée. Elle lui parla d'une fenêtre en hauteur, d'oiseaux perchés à travers les barreaux, de cette fille qui s'imaginait en leur compagnie, allant et venant à sa guise. Toutes les nuits, la fille noyait la misère du lieu dans une chanson, jurant de se venger de celui qui l'avait laissée pourrir là. Et quand l'occasion s'était présentée, elle l'avait saisie : un navire avait croisé son chemin, elle avait embarqué à son bord. Elle n'avait que très peu de souvenirs de son passé véritable, mais il y avait un mot, un endroit, niché dans les confins de sa mémoire : *Paris.* La fille s'y était rendue pour tuer son père ; mais une fois sur place, elle avait appris qu'il était déjà mort. Et une rencontre plus tard, dans son cœur, la vengeance avait soudain cédé la place à un amour immense, surprenant.

— *Fin**, dit-elle une fois son récit achevé.

Mais les yeux d'Étienne étaient vitreux et immobiles.

Au-dessus de leurs lits, une fenêtre haute où filtrait le soleil ; le ciel d'un bleu surnaturel. Et comme elle se demandait ce que la mort lui réservait, si elle allait voyager au-delà du bleu, un chant nouveau pénétra son cœur. Pas de vengeance ou d'amour, mais une promesse. Sa tête tomba sur le côté, face à la dépouille d'Étienne.

— *Je te trouverai*, fredonna-t-elle. *Je te trouverai**…

Et l'âme qui l'habitait rendit son dernier souffle en tant que Sølvi du Nord.

DEUXIÈME PARTIE

NOCTURNE

EVAN

kafkaïen

J'aimerais parler à Maya de maman. De l'oiseau du parc et de l'incident qui s'est produit à la soirée, la semaine dernière, et je ne sais pas ce qu'elle pourrait y faire, mais lui raconter les choses, c'est tout l'intérêt du truc, non ?

— Tu as l'air… (Maya incline la tête sur le côté, examine mon visage de telle manière que je me demande de quoi j'ai l'air.)… joyeux.

Inattendu.

— Ah bon ?

— Oui.

Je hausse les épaules.

— C'est mardi.

— Ah. *E.T.* et Jet's ?

— On a regardé *E.T.* sept mardis d'affilée. Je vais plaider la cause de *Wall-E* et *Fantastic Mr. Fox.* Et pour ce qui est de la pizza, Jet's surpasse de loin les autres restos du coin, mais je dois d'abord passer en revue mes bons de réduction hebdomadaires. Peut-être que ce sera Domino's cette semaine, on verra.

— Papa John's propose généralement de bonnes réductions.

Je fais ce truc où je dilate mes narines et les gens comprennent que je ne plaisante pas.

— Carrément, ouais, Papa John's. Après, j'ai aussi un vieux pneu de vélo de course dans mon garage. On pourrait faire fondre du fromage dessus, ça nous ferait faire encore plus d'économies.

Un silence suit la blague que j'ai lâchée avec assurance : il contient une étrange et terrifiante vulnérabilité.

On aborde le sujet du lycée, inévitablement ; je lui raconte comment se passe ma première semaine de terminale, évidemment. J'ai deux cours avec Ali, j'ai décroché les bons profs (à savoir ceux dont les yeux et la voix ont encore de la batterie), plus une année supplémentaire d'ateliers d'écriture avec Mr Hambright. Somme toute, je devrais sauter de joie. Me rouler par terre de bonheur. Mais parler de la dernière année de lycée, ça amène toujours à évoquer de ce qui se passera *après* le lycée et, ces jours-ci, je préfère encore lancer des blagues qui font un bide plutôt que d'évoquer l'« avenir brillant » qui m'attend.

Quand il devient évident que je n'ai pas le cœur à ça, un silence pesant s'abat sur la pièce.

Dehors, un nuage dérive dans le ciel ; dedans, des ombres défilent sur le tapis. Un lent exode remplace l'autre.

Je n'ai jamais compris les gens que le silence met mal à l'aise, mais je me dis qu'ils ne doivent pas être à l'aise de base. L'absence de bruit favorise la présence d'esprit ; le corps a la place de respirer. Le silence joue un grand rôle dans ce que nous faisons ici. Certains jours, nos séances s'étirent devant nous, immense étendue sauvage et aride où aucune conversation ne peut pousser. D'autres jours, je suis là, genre, *j'ai franchement rien à dire* et on parlera de rien, et je me sentirai quand même mieux qu'au début de la séance. La plupart du temps, néanmoins, l'heure commence et la discussion s'épanouit, radieuse et surprenante. À la fin, je me sens deux fois plus léger et je respire mieux, la moindre petite bourrasque pourrait m'emporter.

C'est ça, la thérapie, je crois : œuvrer à atteindre la gravité zéro.

— Ça fera bientôt un an, fait remarquer Maya.

— Hum ?

— Voilà presque un an que ton père est parti. Comment tu le vis ?

— Je ne sais pas. Mieux que maman.

— Dans quelle mesure ?

— Au moins, je peux en parler. Je peux dire à voix haute à quel point je le hais. Elle, elle essaie de faire comme si ça n'était pas grave.

— Elle ignore le problème, dit Maya.

— Elle le minimise.

— Comment ça ?

Quand on y songe, la plupart des familles se résument aux mêmes éléments essentiels : la géographie (notre maison) ; la biographie (qui nous sommes) ; et la philosophie (pourquoi nous sommes là). Plus qu'un fondement, c'est un accord mutuel. Un code. Par conséquent, quand une personne avec qui on habite s'en va, c'est plus qu'un simple départ ; c'est l'émergence d'un nouveau code. Notre famille a géré ce code de différentes manières : Will s'est réfugié dans son propre monde ; j'ai commencé à avoir des « tempêtes » ; quant à maman…

— Elle appelle ça leur *inversaire,* dis-je.

— Qu'est-ce qu'elle appelle comment ?

— Le premier anniversaire du départ de papa. Un *anniversaire inversé.*

— Ah.

Je dis à Maya que maman, c'est une championne.

Elle répond qu'elle sait.

Papa est un putain de loser.

Elle ne dit rien pendant une seconde puis elle me demande si j'ai eu des tempêtes récemment.

— Pas depuis des semaines.

— C'est super, Evan. Je suis très fière de toi.

À travers la fenêtre, j'aperçois un oiseau sur une branche. Dans une pièce adjacente, quelqu'un met de la musique, la même chanson que celle que j'ai entendue dans le parc la nuit de la fête et dans la chambre de maman le lendemain matin.

— Evan ?

J'aimerais parler de maman à Maya. J'aimerais lui parler de l'oiseau du parc, mais pour une raison que j'ignore, quand je repense à cette nuit-là, mon cerveau devient une plume, mes pensées pépient, et ma bouche se transforme en un bec inutile.

— À quoi penses-tu ? demande-t-elle.

Un autre nuage erre dans le ciel ; je contemple le lent exode des ombres sur le tapis, me repassant avec fureur ce jour-là en détail.

— À la formation du monde, répondis-je.

Quand papa nous a appris qu'il partait, je croyais qu'il parlait de son boulot. Quand j'ai compris que c'étaient nous qu'il quittait, j'ai posé la question qui me semblait logique :

— Pourquoi ?

— C'est comme… la Pangée, a-t-il répondu. (Et je me suis alors demandé s'il avait toujours autant raconté de la merde, ou si ça l'avait pris d'un coup.) Tu te souviens ? Ce projet sur lequel je t'ai aidé pour l'école ? Le monde est en perpétuel mouvement, Evan. Au fil du temps et sans raison particulière.

À l'extérieur, le soleil rayonnant donnait une fausse impression de l'ambiance de cette journée.

— Autrement dit, tu t'en vas sans raison particulière.

Papa a poussé un soupir, comme si c'était moi qui avais entamé cette discussion désastreuse.

— C'est plus compliqué que ça.

Pourtant, ça ne l'était pas. Papa avait bel et bien une raison. Cette raison était brune et s'appelait Stacey. À en croire Facebook, Stacey avait les dents du bonheur, un caniche qui ressemblait à une patate flétrie et un fils presque adulte qui s'appelait Nick. Nick travaillait chez Staples, une boîte qui vend des fournitures pour bureau, et sortait depuis longtemps avec une certaine Ruth. Ruth était conductrice Uber et souriait à l'objectif comme si elle allait le manger. C'était contre cette famille-là qu'il nous avait troqués.

Mais tout ça, je ne l'apprendrais que plus tard.

Ce jour-là, j'ai écouté papa pérorer au sujet de la Pangée, tâchant de me faire croire que ses choix de merde étaient des fatalités, pendant que maman rôdait sur le seuil de la cuisine, un immense verre de vin à la main, invisible et muette.

— Et Will dans tout ça ? ai-je demandé dans l'espoir que papa sache lire entre les lignes.

Quel genre de monstre abandonne un enfant aussi génial ?

Papa a dirigé les yeux vers le premier étage et, un très bref instant, j'ai craint que Will ne soit assis en haut de l'escalier et qu'il n'ait tout entendu. Mais ce n'était pas le cas. Le coup avait été bien orchestré, mon frère passait la journée chez un ami.

— Ne t'en fais pas pour ton frère, ça va aller, a répondu papa.

Puis il a repris son discours, m'a dit à quel point il nous aimait, assuré que rien ne changerait ça, que ce n'était pas notre faute, comme si ça m'avait traversé l'esprit qu'on puisse être responsables de la situation.

Tout en parlant, il s'est déplacé sur le canapé et j'ai songé : *On va devoir acheter un nouveau canapé.* Et quand il a siroté son café dans son mug NASA préféré : *On va devoir acheter de nouveaux mugs*, et sur l'étagère derrière lui, j'ai repéré l'édition originale de Salinger qu'il m'avait offerte pour mes seize ans, dont je devrais évidemment me séparer aussi. Et j'ai pris conscience qu'un foyer, ce n'était pas simplement une maison ou bien des gens avec qui on vit – c'est aussi les objets que ces gens-là utilisent. Les objets ont cette tendance à s'imprégner de ceux qu'ils entourent. Aussi, quand quelqu'un dans la maison vous trahit, c'est une trahison multipliée par mille : votre livre favori perd toute sa valeur ; on ne peut plus boire son café dans la même tasse, s'asseoir sur le même canapé. Et quand ce traître aura franchi le seuil pour la dernière fois, alors il faudra creuser un tunnel sous la maison, ou sortir par la cheminée, parce qu'on l'emmerde, cette porte.

— Je sais que c'est dur, a dit papa, assis sur un canapé dont j'avais déjà fait le deuil. Parle-moi, Ev. À quoi tu penses ?

Dans ma tête, j'ai compté jusqu'à vingt. Lentement.

Maman se tenait dans l'encadrement. ; elle a pris une longue gorgée de vin et m'a décoché un clin d'œil par-dessus le rebord de son verre. Je n'aurais pas su dire si je l'avais toujours aimée davantage que papa ou si notre situation présente m'avait déjà poussé à réécrire toute mon histoire.

On savait tous les deux à quel point il haïssait le silence.

Après avoir compté de nouveau jusqu'à dix en prenant tout mon temps, je me suis approché nonchalamment de la bibliothèque et j'ai saisi l'édition originale de Salinger. *L'Attrape-cœurs*, c'était chouette, mais je préférais de loin la famille Glass. Je possédais un vieil exemplaire de *Franny et Zooey* dans ma chambre à l'étage, mais j'avais toujours eu une faible pour *Dressez haut la poutre maîtresse, charpentiers* ; lui, il méritait d'être mis en vedette dans la bibliothèque du salon. Ça m'avait beaucoup touché quand papa me l'avait offert : c'était la preuve qu'il connaissait vraiment mes goûts et qu'il voulait me faire plaisir. Quand j'avais déchiré le papier cadeau, j'avais tout de suite vu qu'il était ancien – un exemplaire usé, sans jaquette –, mais j'ai découvert que c'était une édition originale seulement lorsque papa m'a dit de jeter un coup d'œil à la couverture. Et quand je l'ai remercié, c'était du fond du cœur. Comme quand on sent que la personne vous comprend vraiment, qu'elle vous cerne parfaitement. Qu'elle vous connaît par cœur.

Sauf que maintenant…

Rétrospectivement, certains détails m'ont interpellé. Comme la tristesse dans la voix de maman quand elle a appris que la librairie de livres d'occasion mettait la clé sous la porte. Ou la manière parfaite dont le papier cadeau, que j'ai arraché avec enthousiasme, avait été plié et scotché. Et en y repensant, les seules fois où papa avait dû emballer un cadeau, il avait payé quelqu'un dans le magasin pour l'empaqueter à sa place.

— La décroissance radioactive, dis-je à mi-voix en contemplant, dans mes mains, la couverture passée, balayée par le souvenir du jour où ce bouquin m'avait été offert.

Et je me suis demandé combien de biens précieux comme celui-ci recelaient deux histoires : l'une intérieure, l'autre extérieure.

— Et la chaleur générée par le Big Bang.

Quand j'ai levé la tête, maman pleurait sur le seuil du salon, mais elle souriait aussi. Les mots « tectonique » et « manteau » et « noyau » me sont venus à l'esprit, et j'ai su qu'on allait s'en sortir.

— Je ne suis pas sûr de te suivre, a dit papa.

Je lui ai tendu le livre, désireux qu'il perçoive le poids supplémentaire de son histoire. De l'Histoire.

— La Pangée, ai-je dit. Quand ton monde tout entier se brise, il y a toujours une raison.

SHOSH

dépêches des pays froids

Shosh fixait le ciel gris écaille de poisson en écoutant la chanson qu'il lui fredonnait. Lorsque sa mère pénétra dans sa chambre, Shosh ne se retourna pas. Car, de son point de vue, avant de prendre acte de l'entrée d'une personne dans une pièce, il fallait que cette personne frappe.

— *Shosh.* Mon Dieu. Un de ces jours, tu vas tomber par la fenêtre.

Peu de temps auparavant, Shosh s'était rendu compte que les fenêtres de sa chambre étaient à la même hauteur que son matelas. Naturellement, elle avait poussé son lit contre le mur de sorte que, désormais, lorsqu'elle ouvrait la fenêtre, elle pouvait s'allonger dessus avec les jambes qui pendaient à l'extérieur. Certaines nuits, elle restait étendue là, à plusieurs centimètres du vide, à contempler l'apparition des étoiles. Elle les avait vues à quelques reprises disparaître dans le ciel tandis que le soleil se levait.

— Ton père a commandé des plats à emporter. On sera livrés dans vingt minutes.

— OK.

Gris – écaille-de-poisson ou autre – n'était pas le terme tout à fait juste pour décrire la couleur du ciel.

Morne, c'était une couleur ?

— Sho…

— J'ai dit OK, maman.

Shosh aspira une gorgée de Coca Light – la moitié de la canette avait été remplacée par de la vodka ; elle en conservait tout un stock sous son lit – et entendit le déclic de la porte qui se refermait derrière Lana Bell, puis les bruits de pas étouffés dans le couloir.

Dans les jours qui avaient suivi l'incident à la fête de Heather, ses parents l'avaient surtout ignorée. Ils avaient tous les deux du travail, et comme elle avait déjà eu son bac, ils ne savaient vraiment pas quoi faire d'elle. Dans un autre monde, à la même heure, sa chambre aurait été rangée, sa voiture chargée de fringues, de lampes de bureau et autres fournitures destinées à meubler le dortoir de la fac. Elle aurait dû être en train de pleurer en serrant ses parents dans ses bras, avant de grimper au volant pour se diriger vers un avenir éclatant sur la côte Ouest.

Shosh avala une autre gorgée de son breuvage, contempla le ciel. Une soudaine image remontant à quelques années lui vint : une classe de catéchisme, peut-être, des anges, des trompettes, dans les nuages. Et elle se demanda si c'était de là que provenait la musique, sorte de version tordue du divin.

Durant le week-end, elle avait entendu pas moins de trois chansons différentes distinctement, comme si le désastre quotidien de son existence nécessitait une bande-son. Force était d'admettre que les morceaux s'y prêtaient à merveille ; l'accompagnement parfait : céleste et émouvant, il semblait la suivre à la trace, comme un nuage de pluie audible. Parfois, elle distinguait des paroles mais, la plupart du temps, elles étaient lointaines et étouffées, à tel point qu'il lui arrivait de se demander s'il y avait une explication logique – une musique s'échappant de la maison d'un voisin peut-être, ou un bug sur son téléphone.

Comme si son portable l'avait entendue, il se mit à vibrer dans sa poche. Elle le sortit et prit connaissance d'un SMS de Mrs Clark : J'attends toujours, Miss Frost...

Si on représentait la vie de Shosh sous la forme d'un camembert, la plus grosse part revenait, et ce, depuis toujours, au théâtre. La musique arrivait en seconde position, mais comme la combinaison des deux avait indirectement gâché sa vie, elle avait tourné la page. Des semaines plus tôt, quand elle avait annoncé ça à Mrs Clark, sa prof lui avait rétorqué : « Qu'est-ce que tu comptes créer alors ? »

À ce moment-là, Shosh était à moitié bourrée, assise sur une balançoire dans un parc non loin de chez elle.

— Je comprends pas la question.

— C'est plutôt simple, Shosh. Les gens comme nous créent des choses. Lorsque ce n'est pas le cas, nous remplissons cette partie de notre âme avec des choses de moindre valeur. La vodka, par exemple. Donc, ce que j'aimerais savoir, c'est *ce que tu comptes créer.* Je ne demande pas grand-chose, mais sache que mon degré de patience vis-à-vis de ces conversations nocturnes éméchées dépend totalement de ta réponse. Alors réfléchis bien.

— Je suis pas éméchée bourrée.

— Continue comme ça alors. Voyons où ça te conduit.

Après avoir songé à la question pendant une minute, Shosh avait répondu :

— De la poésie.

Ce n'était pas du théâtre, ce n'était pas de la musique – à sa connaissance, personne ne savait avec certitude de quoi il s'agissait vraiment. Une chose était sûre à présent (et elle aurait préféré le savoir avant) : être artiste, c'était dur ; être poète, c'était quasi impossible, bordel.

Sirotant sa boisson à sa fenêtre, elle ouvrit Instagram et fit défiler les photos de paysages d'hiver qu'elle avait enregistrées. Dernièrement, sur un compte qui lui était suggéré, elle avait découvert la photo d'un bungalow de campagne en Norvège et, sans même s'en rendre compte, elle s'était abonnée à ce compte et à une dizaine d'autres du même genre. Désormais, son fil d'actualité était envahi de chalets dangereusement nichés sur les sommets enneigés de montagnes escarpées, parmi des conifères immenses, dans un décor aux nuances pâles, le tout imbibé de l'essence d'un mot qui représentait à la fois une direction et un lieu : *le Nord*.

Hélas, cette nature idyllique se limitait aux frontières d'Instagram. De toute évidence, Shosh n'allait pas faire son baluchon et s'en aller vivre dans un de ces chalets enneigés – même si son cœur thoreauvien[1] en crevait d'envie – aussi, pourquoi ne pas transformer ce fantasme en art ?

Pour ce distique-ci, elle jeta son dévolu sur un chalet d'un orange très doux enfoui sous la neige, baigné de la faible lueur du crépuscule. Le ciel était d'une couleur profonde – pas exactement mauve mais presque. Au-dessus, un arbre mousseux aux branches givrées comme la barbe blanche d'un géant. « Il existe un lieu où l'on aime se réfugier », chuchota-t-elle, et même si les mots lui paraissaient familiers,

1. Henry David Thoreau (1817-1862) est un poète et philosophe américain, célèbre pour sa réflexion sur la vie simple dans la nature.

elle les entra sur son écran. Le second vers lui vint instantanément…

Il existe un lieu où l'on aime se réfugier
Les secrets s'y cachent dans les cimes enneigées

La position du texte était essentielle. Tout en haut de l'image, pas tout à fait centré, dans la bonne police. Dans un coin en bas, elle tapa distique du chalet n° 6 et appuya sur « publier ».

Il y avait tout un tas de choses que Shosh ne pouvait pas prédire dans la vie. Combien de fois ses parents devraient la récupérer au poste de police par exemple, combien de bouteilles de vodka disparaîtraient mystérieusement du congélateur, ou encore combien de véhicules elle plongerait dans des piscines. Seul l'avenir le lui dirait. En revanche, s'il y avait un truc qu'elle gérait comme une pro, c'était ça : dénicher de jolis chalets dans son fil d'actualité, les agrémenter de quelques vers médiocres et appuyer sur « publier » comme une tarée. Niveau obsession, c'était de loin la moins toxique.

EVAN
tempêtes

Je parcours l'appli Jet's et j'examine chaque coupon comme s'il s'agissait d'un problème de maths. Si la pizza au fromage huit parts est à 12,99 dollars, peut-on tenter d'ajouter les breadsticks à 4,99 dollars sachant que x = prix et y = livraison, pourboire et frais de transaction avantageux ?

— Frais de transaction avantageux, je répète à voix haute dans ma minuscule cuisine.

Écoutez, je fais partie de ces gens qui sont intimement convaincus que les mots ont de l'importance. On ne peut pas se contenter de glisser un adjectif derrière un substantif pour lui donner le sens qu'on désire. Tout comme un canal dentaire agréable ou un enterrement enjoué, il ne peut pas exister de frais de transaction avantageux, malgré tous les qualificatifs positifs du monde.

La porte d'entrée s'ouvre, et j'entends le bruit familier du sac à dos de Will qui tombe par terre ; d'ici quelques secondes, il déboulera dans la pièce vêtu de son pull à capuche rouge dont il ne se sépare jamais, l'œil vif et le visage rosi par son trajet à vélo de l'école à la maison. On parlera de notre programme pour le dîner (Jet's ou Domino's), pour le film (*E.T.* ou à peu près tout) et, ensuite, on étalera nos devoirs sur la table de la salle à manger jusqu'à ce que débute la Bubba Night.

— Les coupons Jet's sont plutôt pourris, mon pote, je lance depuis la cuisine. On peut ajouter les gressins si on prend à emporter, ou alors on choisit de se faire livrer et on oublie les gressins… T'en penses quoi ?

Mais il ne me répond pas. À la place, j'entends le bruit sonore de ses pas dans l'escalier, la porte de sa chambre qui s'ouvre et claque, l'engrenage interne de mon cerveau, surpris par cette tournure inattendue.

Je m'approche de l'escalier et porte les yeux sur le palier du premier étage, qui est un échantillonnage plutôt représentatif du reste de la maison : exigu, moquette passée, murs défraîchis qui auraient bien besoin d'une nouvelle couche de peinture. Face à la chambre de Will, la mienne. Calées entre les deux, des toilettes avec un lavabo. Quelques pièces ont beau avoir changé après le départ de papa, l'étage est heureusement resté complètement à nous.

Le rituel de la Bubba Night a commencé il y a des années de ça, quand Will avait deux ans, que les choses étaient encore simples et que tout allait comme sur des roulettes. Les parties de poker de papa tombaient le même soir que les cours de fitness collectifs de maman proposés par l'association YMCA locale et, tout d'un coup, le mardi soir est devenu la « Bubba Night » (*bubba* étant le surnom que Will m'avait donné). J'étais jeune, mais assez âgé pour qu'on m'autorise à le garder pendant quelques heures. Depuis, tous les mardis soir, on commande une pizza et on se mate un film. En gros, on a la maison rien qu'à nous pour toute la soirée.

Aujourd'hui, ce n'est plus pareil. Papa n'est plus un « papa » à proprement parler, davantage un chien qui sort la tête par la fenêtre de la voiture en marche. Le YMCA, c'est un luxe qui appartient au passé. Dans l'année qui a suivi le départ de papa, maman a pris un deuxième boulot dans un restaurant mexicain au bout de la rue, El Sombrero, où elle s'est fait embaucher comme barmaid. Avant, on allait fréquemment manger là-bas, mais plus maintenant. (*Cf.* : luxes du passé.) Tout ça pour dire que même si Will et moi on a désormais la mainmise sur la maison tous les soirs de la semaine, ces jours-ci, le rituel de la Bubba Night demeure intact. Le mardi soir a toujours été et sera toujours la soirée pizza-films et magie.

Parvenu en haut de l'escalier, je frappe doucement à la porte de Will.

— Entre !

La chambre de mon frère est un amas chaotique permanent de peluches, de BD de *Dog Man*, de maquettes Lego, de rails de train, de Minions éparpillés et de figurines *Star Wars*.

— Hé !

Bien que je ne le voie pas, je sais exactement où il se trouve.

Dans un coin de la pièce, des tréfonds d'un immense carton, s'échappe un « Salut, Evan » étouffé.

L'année dernière, on a acheté un nouveau réfrigérateur et, franchement, j'ignore qui, de maman ou de Will, était le plus excité par cette acquisition. Maman pour le distributeur de glaçons automatique, Will pour la boîte géante dans laquelle nous a été livrée la machine. Après avoir fait une razzia de lampes de poche et de papier alu dans la maison, articles qu'il a ensuite fixés à des endroits stratégiques du carton, il a fini par construire une réplique très impressionnante de la navette spatiale de E.T. Au grand dam de maman, il s'est ensuite emparé d'un marqueur indélébile et a écrit de part et d'autre de son engin deux mots en lettres majuscules : TÉLÉPHONE et MAISON.

Si on le laissait faire, il vivrait dans le carton du réfrigérateur.

— Will, ça te dérangerait de sortir de la navette spatiale une seconde ?

Un long froissement de papier résonne dans l'antre de la fusée. Finalement, sa petite tête s'aventure dans un hublot latéral : une peau de porcelaine, une tignasse brune hirsute à la raie impossible à tracer, des yeux bleus lumineux entourés de longs cils qui provoquent une sorte de coup de foudre chez la plupart des gens qu'on croise. Quand on regarde Will, on sait d'instinct que l'homme est généralement bon et que la vie est un cadeau magnifique. D'emblée, on sent que c'est un gamin adorable, doux, trop bien pour ce monde. Et je ne dis pas seulement cela car c'est mon être humain préféré sur terre (ça oui !), mais il y a cet éclat sur son visage, une expression à la fois heureuse et triste, lourde et légère, comme une bougie qui se consume au fond d'un puits. Il est sans doute ultra-bordélique et oublie parfois d'arrêter de parler, mais je l'aime plus que tout.

— Te voilà.

— Me voilà.

— Tu m'as manqué aujourd'hui, mon pote.

— Toi aussi.

Et soudain je remarque : *Pas de pansements.*

J'essaie de dissimuler ma surprise, de faire comme si l'absence de pansements n'avait pas d'importance.

— Je ne sais pas si tu as entendu ce que je t'ai dit à propos des coupons. À mon avis, on ferait mieux d'oublier les gressins pour ce soir et d'opter pour la livraison. Je suis pas trop d'humeur à prendre à emporter, tu vois ?

J'attends une réponse, n'importe laquelle, mais il reste planté là, à me regarder fixement, sans ses pansements.

C'est le moment de passer à la vitesse supérieure.

— En plus, je suis carrément chaud pour mater *E.T.* ce soir. C'est le bon soir, tu penses pas ?

Will incline la tête.

— T'as pas dit que t'avais besoin d'une pause avec *E.T.* ?

— J'ai changé d'avis.

Qu'on soit bien clair : Will planque des morceaux de cupcake Reese dans son bureau, porte un sweat à capuche rouge chaque jour de la semaine et est sûrement le seul môme de CE1 à se rendre à l'école à vélo. Ce n'est qu'à deux pâtés de maisons de chez nous, mais quand même, il a fallu batailler pour convaincre maman d'accepter. La goutte d'eau, ça a été quand il a déclaré : « Je suis un fan de *E.T.* maman. Les fans de *E.T.* se déplacent à vélo. »

Les fans de *E.T.* se déplacent à vélo. Que répondre à ça ?

— T'en penses quoi ? je demande. Je prépare *E.T.* ?

Il fait son truc avec la tête, qu'il balance légèrement avant de fermer les paupières, comme si tout dépendait de la réponse à cette question.

— Non… (Et puis, calmement :) J'ai déjà pleuré aujourd'hui.

Il esquisse un demi-sourire et replonge dans sa navette spatiale ; et moi je reste planté là, le cœur dans les chaussettes.

Pendant quelques secondes, je l'écoute qui s'affaire dans son carton géant et je dis :

— OK. (Puis j'ajoute la seule phrase que j'ai en réserve.) Je bouge pas.

Il y a cette scène dans *E.T.* où le gamin, Elliott, se coupe le doigt sur une lame. Une gouttelette de sang jaillit. Il lève le doigt et dit : « Aïe », et E.T. brandit son propre doigt, fluorescent comme une luciole, et cicatrise la coupure d'Elliott en l'effleurant. En arrière-plan, la mère d'Elliott est en train de lire *Peter Pan* à sa petite sœur – la fée Clochette est mourante, et la seule manière de la sauver, c'est de prouver qu'on croit aux fées en frappant dans ses mains.

Une semaine après le départ de papa, Will est sorti de la salle de bains couvert de pansements. Maman et moi, on s'est inquiétés, naturellement, mais hormis cette particularité, il se comportait tout à fait normalement, comme si le fait d'être enrubanné de pansements de la tête aux pieds était dans les mœurs. Dans l'année qui a suivi, il n'y a fait allusion qu'à une poignée de reprises, et jamais sous le nom de pansements. Pour lui, ce sont des « boucliers anti-bobos ».

Je n'ai pas peur du grand amour. Et peut-être que c'est bizarre pour un mec de dix-sept ans de penser comme ça, mais parfois je me demande quel genre de père je serai et ça m'inquiète. Ça m'inquiète parce qu'un père est censé aimer son enfant plus que tout au monde et, en ce qui me concerne, cette place est déjà prise. Ça m'inquiète parce que, quand je prends Will dans mes bras, je sens à quel point sa vie est fragile et je me le figure comme un petit oiseau frêle perdu en pleine tempête, que j'aimerais sauver en frappant dans mes mains et en disant que j'y crois, mais je ne peux pas. J'aimerais pouvoir lui dire que son bouclier anti-bobos le protégera, mais je ne peux pas faire ça non plus. En vérité, les créatures fragiles s'en sortent rarement bien en notre monde ; très souvent, elles n'y demeurent pas longtemps.

Les tempêtes me démarrent dans le bide.

Une terreur accablante, aussi palpable qu'imprévisible.

Puis, lentement, elles se faufilent de mon ventre à ma poitrine en prenant de l'ampleur ; elles m'ancrent dans le sol, me coupent le souffle, me privent de mes mouvements. À partir de là, elles éclatent dans toutes les directions, une détonation soudaine qui se diffuse à travers mes épaules, mes bras et mes mains, sous forme de picotements d'une vivacité cauchemardesque, et mon visage me brûle, mon cœur cogne…

Respire…

Respirer, c'est tout.

Sentir que j'existe.

Distinguer ce qui est réel de ce qui ne l'est pas.

Dans ma chambre à présent, je ferme la porte et, tout autour de moi, l'air se mue en brume ; marcher jusqu'à mon lit est une véritable épreuve d'endurance ; j'ai l'impression d'avancer dans l'eau avec toutes les peines du monde. Je m'assieds au bord de mon matelas, mon cœur est un feu d'artifice arythmique tandis que des images de Will s'entrechoquent dans ma tête sous forme de flashs : Will dans son carton de réfrigérateur ; Will qui dessine à sa table, pris d'une fièvre frénétique, celle de créer quelque chose de nouveau. Ses dessins incohérents, la manière dont il agrafe les pages ensemble pour former un livre, la façon qu'il a d'aimer les choses qu'il aime, comme une personne en train de se noyer se raccroche à une bouée de sauvetage ; Will qui croit que limonade se dit « limolade » et, entre l'absence de pansements, le refus de regarder *E.T.* et le fait de sauter notre rituel du mardi, je me dis que quelque chose cloche, quelque chose cloche, quelque chose *cloche-clocheclocleclochecloche...*

Respire...

Sentir que j'existe.

Distinguer ce qui est réel de ce qui ne l'est pas.

Les tempêtes engendrent des tempêtes ; en avoir une amène à en avoir une amène à en avoir une...

Respire...

— Cinq objets que je vois, dis-je en parcourant la pièce des yeux.

Une guitare poussiéreuse dans un coin, un ; la vieille platine de papa, deux ; l'ancienne radio de papi, trois ; le canapé d'occasion, quatre ; le carnet de croquis sur la table de chevet, cinq.

— Quatre choses que je peux toucher.

Les draps, un. L'ordinateur, deux, le portable dans ma poche, trois. Le fusain, quatre.

Trois choses que j'entends...

Deux choses que je renifle...

Quand je sors une pastille à la menthe du tiroir de ma table de chevet (une chose que je peux goûter), la tempête se calme, le feu d'artifice cesse, et le ciel de la chambre commence à se dégager.

Je reste immobile, dans l'attente. Certaines tempêtes surviennent par vagues. D'autres vous frappent violemment et vous terrassent. Trop tôt pour savoir de quelle nature est celle-là.

Quand elles ont commencé, il y a un an, elles survenaient tout le temps. À l'époque, maman était constamment au téléphone – tout d'abord avec mon médecin, puis avec Maya.

C'était une période d'écoute, d'apprentissage de nouveaux termes : « techniques d'ancrage » ; « décatastrophisation » ; « pleine conscience ». Maya m'apprend à parler le langage des tempêtes, et elle m'enseigne comment les appréhender de sorte qu'elles diminuent ou qu'elles frappent moins fort.

L'une des premières choses que je lui ai dites, c'est que le terme *crise de panique* ne me semblait pas juste. « Comment ça ? » m'a-t-elle demandé, et je lui ai expliqué que le mot *panique* était trop faible à mon sens, et *crise* trop familier. « Ça ne reflète pas ce qu'on ressent. » Quand Maya m'a demandé ce que je ressentais dans ces moments de panique, j'ai lâché le mot qui décrivait le mieux la nature incontrôlable de ce qui se passait dans mon corps quand ça me tombait dessus : « Tempêtes. » Maya a hoché la tête et dit : « On les appellera comme ça, alors. » Et c'est à partir de là que j'ai commencé à lui faire confiance.

Épuisé, je tombe à la renverse sur mon lit et contemple les pales du ventilateur de plafond qui tournent au ralenti. Je m'interroge sur l'absence de pansements et sur ce qu'elle signifie. Je me demande ce que je suis censé foutre de ma soirée ; c'est mon premier mardi en solo depuis des années. Et je me demande s'il existe plusieurs types de tempêtes : certaines qui ressemblent à des attaques de panique, et d'autres à des cartons de réfrigérateur.

SHOSH

amphibiens rénégats

Les histoires de Ranelot et Bufolet, Grenouille et Crapaud, figuraient parmi les plus anciens souvenirs d'enfance de Shosh. Contrairement aux innombrables personnages, films et peluches qui passèrent de l'*obsession* au *grenier* en un claquement de doigts, Ranelot et Bufolet demeurèrent au fil des ans, inébranlables, véritable ciment de la relation des deux sœurs.

— Je suis carrément Bufolet, avait déclaré Stevie un soir de l'année précédente, autour de Thanksgiving.

Comme le voulait la tradition familiale, elles avaient passé trois jours à s'empiffrer, pas seulement de nourriture, mais aussi d'épisodes de *Star Wars* ; la série tout entière y était passée. Après ce marathon, pour changer de mode, elles s'étaient lancées dans les premières saisons de *Project Runway*, qu'elles regardaient à présent, avachies sur le lit.

— Tu déconnes ! s'exclama Shosh. Y a pas moyen que tu sois Bufolet.

— Bufolet est vraiment trop en manque.

— Justement. C'est pour ça que c'est moi ! Clairement.

Elles possédaient l'intégrale des livres de Lobel, et en connaissaient toutes les histoires par cœur, mais leur préférée était celle intitulée « Seul ». Dans cette histoire, Bufolet débarque un beau matin chez Ranelot qui s'est absenté en laissant un mot où il explique vouloir être seul. Fou d'inquiétude, Bufolet part à sa recherche et, après l'avoir trouvé sur un rocher au milieu d'une rivière, s'empresse de retourner chez lui pour préparer sandwichs et thé glacé. Lorsqu'il rejoint la rivière, il ordonne à une tortue de le transporter jusqu'au rocher. Celle-ci fait sagement remarquer à Bufolet que si Ranelot désire être seul, peut-être qu'il ferait mieux de le laisser tranquille, ce qui fait vriller Bufolet évidemment. Et tandis qu'il se met à hurler des excuses à Ranelot pour son comportement parfois pénible, il glisse du dos de la tortue et tombe dans la rivière. À la fin, Ranelot raconte à Bufolet qu'il s'est réveillé d'humeur joyeuse et qu'il avait simplement eu besoin d'un petit moment pour s'asseoir et méditer à son bonheur. L'histoire s'achève sur ces phrases : « Ils mangèrent des sandwichs mouillés sans thé glacé. Deux amis proches assis seuls ensemble. »

— Je me suis engagée à te suivre où que tu ailles, quelle que soit l'université où tu atterris, dit Stevie. Si ça c'est pas une preuve de manque ! Degré pathologique. C'est du Bufolet tout craché.

Cette conversation, elles l'avaient depuis des années, plus ou moins la même version, à quelques détails près, un peu comme un jeu vidéo qu'on ne termine jamais, une partie qu'on enregistre pour la finir plus tard. Quant à savoir laquelle des deux sœurs ressemblait le plus à tel ou tel amphibien anthropomorphe, ça n'importait que pour la prévision de leur tatouage : l'une se ferait tatouer Ranelot, la Grenouille ; l'autre Bufolet, le Crapaud ; sur chaque dessin figureraient les mots *seul ensemble.*

— Ranelot est un maître Jedi, dit Shosh en se redressant en position assise sur le lit. J'arrive à peine à la cheville de Luke, et encore, dans mes bons jours.

— Si George Lucas distribuait des superlatifs, j'obtiendrais celui de « Padawan le plus pathétique ».

— Si Jar Jar avait un gosse avec Salacious Crumb, et que ce gosse se bourrait la gueule ? Ce serait moi.

— Je suis aussi inutile que la cape de Dark.

— Pourquoi il porte une cape ?

— Pourquoi porter une cape, tout court ?

— Les gens qui portent une cape sont chelous.

— Tu sais qui n'est pas chelou ? Arnold Lobel.

Shosh baisa deux doigts et les brandit en direction du ciel.

— Qu'il repose en paix.

— Passeur de contenu queer de qualité depuis 1970.

À l'écran, Heidi Klum venait d'achever un monologue de trois minutes sur ses propres seins quand Stevie appuya sur *pause.*

— Tu penses parfois au début de « Seul » ? Ranelot se réveille et décide d'aller passer du temps sur un rocher dans la rivière. Et qu'est-ce qu'il fait en premier ?

— Il laisse un mot, répond Shosh.

— Ce n'est pas comme s'il avait des projets. Mais il laisse un mot. Parce qu'il savait que Bufolet allait passer.

Souvent, c'était un peu comme si les deux sœurs se cachaient sous la même couverture et vivaient dans un monde secret que personne d'autre ne voyait.

Quelques minutes plus tard, durant l'un des discours larmoyants de Tim Gunn, l'une des sœurs remarqua, « Tim Gunn est carrément Ranelot », et l'autre répliqua, « À fond

Ranelot » et, lorsque cet épisode s'acheva, elles laissèrent le suivant s'enclencher. Bien qu'aucune d'entre elles ne l'exprimât, elles savaient qu'au final, on se fichait pas mal de qui était comme Bufolet et qui était comme Ranelot ; tout ce qui comptait, c'était leur monde secret sous la couverture et la certitude que, même quand elles étaient seules, elles étaient ensemble.

EVAN

dispositif nocturne

Septembre est arrivé. Une de ces nuits de fin d'été où les moustiques se déchaînent, comme s'ils sentaient que la météo est sur le point de tourner, que leur durée de vie sur terre s'est quasi écoulée, et qu'il faut foncer tant qu'il est encore temps.

J'ai toujours aimé dessiner durant la nuit. Notre jardin est un salmigondis d'un demi-hectare où cohabitent de minuscules plantations et des buissons hirsutes, sans oublier le très vieux pommier dans son coin ; le tout délimité par un grillage. À l'époque où papa était encore là, on avait choisi tous les quatre des objets petits mais significatifs, et on les avait mis dans une boîte qu'on avait enterrée sous cet arbre.

Comble de la métaphore, l'arbre est apparemment en train de pourrir.

Je m'assieds dans l'herbe soyeuse avec mon casque sur les oreilles – connecté mais silencieux, dans l'attente d'une musique –, mon carnet de croquis devant mon visage, et c'est presque comme si je n'étais pas là. Comme quand Will était tout petit et qu'on jouait à cache-cache ; il fermait les yeux, croyant que, s'il ne me voyait pas, je ne le voyais pas non plus. Le désir d'invisibilité.

Ça fait deux jours que maman est alitée. Je lui tiens compagnie quand je rentre du lycée, je fais diversion auprès de Will. Nous avons décidé de lui dire *certaines* choses mais pas *tout*. Maman ne veut pas qu'il se fasse du souci et en même temps, on n'a pas envie de mentir au petit sur toute la ligne. Elle a songé à transposer la situation présente dans le contexte de l'ablation de ses amygdales.

— Tu te rappelles comment tu te sentais après ? lui a-t-elle demandé. La tête qui tourne ?

— C'était drôle, la tête qui tourne.

— OK, eh bien, c'était drôle au début mais après, tu as eu mal pendant quelques jours, mais ce n'était pas grave, hein ? Je vais subir le même genre d'opération, mais ça va aller, ce sera rien de grave, comme pour toi.

— Quel genre d'aberration ? a-t-il demandé en la fixant.

Je l'ai dévisagée. *Je t'avais prévenue.*

— Le genre d'aberration qui ne te regarde pas, a-t-elle rétorqué.

Ensuite, elle lui a expliqué qu'elle ne pourrait pas le porter pendant quelque temps ni le prendre dans ses bras comme d'habitude, et puis j'ai mis *E.T.* avant qu'il ait l'occasion de poser davantage de questions.

On est pas mal en tête à tête, maman et moi, ces derniers jours. Le soir, on joue au Scrabble dans sa chambre. J'essaie de la convaincre de lâcher son second boulot au Sombrero. De toute façon, l'assurance maladie est fournie par son travail principal en tant que secrétaire juridique. Mais elle insiste, on a besoin de cet argent, en plus le restaurant s'est montré très compréhensif – on lui accorde le temps qu'elle jugera nécessaire –, donc elle conserve les deux emplois. On parle du lycée, mais je vois bien qu'elle a la tête ailleurs parce qu'on passe de ce sujet à un débat sur la validité du terme « cholère » au Scrabble, au mot « mot », à la différence entre « mot » et « Mot » avec une majuscule, et à présent on discute de son éducation religieuse.

— J'ai passé la quasi-totalité de ma vingtaine à marquer mon territoire, me dit-elle. Et la quasi-totalité de ma trentaine à en modifier les limites. (Elle m'explique que sa foi a évolué, ce qui ne la rend pas moins vraie, importante ou réelle.) Ce n'est pas tant être convaincue, que trouver du confort dans l'incertitude.

Et je lui réponds que ça a du sens, même si ce n'est clairement pas le cas, et je me demande dans quelle mesure la mortalité affecte le langage, toutes ces grandes idées dans des lieux confinés, comme un zoom arrière avec un script détaillé.

Je vais dire ça : avec un énorme total de cinq points, espérons que le terme « Dieu » vaille davantage dans la vie réelle qu'au Scrabble.

La brise sur mon visage.

Les insectes vaquent à leurs occupations.

Deux semaines se sont écoulées depuis la fameuse nuit dans le parc avec l'oiseau silencieux et la chanson triste. Le jour suivant, j'ai entendu la même chanson provenant de la chambre de maman ; et d'autres similaires au lycée, dans le cabinet de Maya, dans ma chambre, dans la voiture. Il y a quelques années, Ali m'a fait connaître une artiste dénommée Julianna Barwick, et ces chansons me font penser à elle : célestes, à plusieurs niveaux, des chants semblables à un sachet plastique pris dans le vent. Ils sont a capella, pour la plupart, quoique dans une des chansons on entende un piano qui aurait été comme enregistré tout au fond d'une grotte. Tout est chatoyant et hors de portée.

Il n'y a pas de logique à leurs allées et venues. Si les tempêtes débutent dans le ventre et se diffusent progressivement vers l'extérieur, les chansons sont l'extrême inverse, commençant dans l'éther pour se faufiler jusqu'à mon âme. Intangibles, invisibles, exaspérantes, comme une pluie torrentielle sur fond de ciel bleu. J'essaie de me rappeler que la musique est omniprésente, partout, tout le temps : elle s'échappe des voitures qui passent, des fenêtres ouvertes, des portables dans les poches, mais juste au moment où je me persuade d'une explication logique, j'entends de nouveau la musique, dans tout son illogisme.

Il y a quelques jours, j'ai eu l'idée de faire un enregistrement de la chanson, mais quand je l'ai repassé sur mon portable, je n'ai rien entendu, que des crépitements. J'ai examiné le visage des personnes qui m'entouraient, à la recherche d'un indice, d'un signe prouvant qu'ils l'entendaient, eux aussi, mais rien.

Ces jours-ci, le sommeil est un couloir distribuant un nombre infini de pièces.

Donc je sors, je m'assieds sur l'herbe avec les insectes nocturnes et je dessine. Je m'inquiète pour maman dans son lit, pour Will dans son carton et pour le cerveau dans ma tête. Et quand la chanson finit par résonner, elle s'élève petit à petit, se brisant comme une vague au ralenti, la voix de l'interprète montant et retombant doucement, m'imprégnant jusqu'à la moelle de son eau mousseuse.

— Qu'est-ce qu'il m'arrive ? je demande à la lune estivale.

Face à son silence, je troque sa lumière contre celle d'un appareil plus réactif : j'ouvre Apple Music. Je mets le premier morceau bruyant que je trouve ; je dessine, me déconnecte, disparais.

SHOSH

contemplations matinales

Shosh se tenait dans le couloir à l'étage, à quelques centimètres d'une porte qui n'avait pas été ouverte depuis des mois.

Il était soit trop tard pour qu'on puisse parler de nuit, soit trop tôt pour parler de matin – quelle importance, de toute façon. Il n'y avait pas si longtemps, l'amour avait coulé dans cette maison comme le sang dans les veines. Les matinées en avaient été l'illustration parfaite : la recette de gaufres secrète de son père ; l'entrain avec lequel sa mère passait d'une pièce à l'autre, ouvrant grand les rideaux comme pour répondre à un appel du soleil levant, fredonnant des chansons sorties de son imagination. Leur monde n'était pas parfait, mais il portait le vernis de la perfection, un lustre réservé à ceux dont l'existence était intacte, dont les proches étaient en bonne santé et heureux. À l'époque, Shosh faisait mine d'être agacée par tout ça, mais en vérité, à présent, chaque fois que son réveil sonnait et qu'elle se réveillait dans une chambre vide, chaque fois qu'elle glissait une gaufre congelée dans le grille-pain, elle percevait les résidus de son ancienne vie dans une maison soudain privée d'amour, embaumée d'un assortiment de bouche-trous décevants.

Mais d'une certaine manière, quelque part au-delà de cette porte fermée, la chaleur de l'amour demeurait.

Elle avança la main et fit courir un doigt sur le vinyle encadré accroché à la porte. Stevie avait déniché ce disque dans un vide-grenier, et quand Shosh avait fait remarquer qu'elle ne possédait pas de platine, sa sœur avait répondu : « C'est *Pet Sounds*, Shosh. On laisse pas passer une occase pareille. »

Et pourtant, le disque était là, abandonné, malgré tous les efforts de sa sœur.

Au moins une fois par jour, Shosh se plantait à cet endroit. Elle n'ouvrait jamais la porte. Pour autant qu'elle sache, elle était restée fermée depuis la mort de Stevie, et tous ses effets personnels à l'intérieur étaient exactement comme elle les avait laissés. Cet espace, c'était tout ce qui restait, non seulement d'une maison autrefois emplie d'amour, mais de la croyance que l'amour était le moteur de l'univers. Évidemment, Shosh n'était plus dupe à présent. L'amour avait poussé les sœurs à élaborer un plan pour être réunies, et l'univers s'était servi de ce plan pour les séparer.

Tandis qu'elle fixait le vinyle encadré, sa pochette verte se floutа et Shosh aperçut son propre reflet dans le verre.

— Tu as oublié de laisser un mot, murmura-t-elle.

Et elle imagina sa sœur dans l'au-delà, assise sur un rocher au milieu d'une rivière, seule…

Un réveil résonna dans la chambre de ses parents.

C'était donc le matin.

Shosh brandit sa canette en guise de salut et vida d'un trait son vodka-Coca Light. Pour la première fois depuis longtemps, l'envie de chanter la démangea.

EVAN

les appendices de Gordon Walmsley

Le jour de la rentrée en classe de première, on a pénétré Ali et moi dans la cantine, et Ali a dit : « Cet endroit, je peux pas », et j'ai fait « Ouais », et elle a ajouté : « Ça sent comme dans une usine de levure dirigée par une famille de blaireaux malades », et j'ai répondu « Bon, d'accord », et c'est ainsi que nous avons déplacé notre pause-déjeuner dans la bibliothèque. Comme aucun de nous deux n'est un fou du changement, nous voilà donc, un an plus tard, à manger parmi les lettrés, sans le moindre blaireau malade en vue.

Ali est avachie sur un canapé, ses bottines sur la table basse comme si elle était chez elle ; elle mange son sandwich beurre de tournesol-miel habituel en faisant mine de lire *Du côté de chez Swann.* Je ne me rappelle pas qui a eu cette idée mais, très tôt, on a décidé de passer nos pauses-déjeuner à la bibliothèque à parcourir les livres les plus prétentieux qui nous tombaient sous la main.

— Ça se présente comment, ton bouquin ? je dis, sachant pertinemment qu'elle n'a pas dépassé la première page.

— Super, évidemment.

Ma théorie est que les seules personnes à vraiment comprendre Proust ne l'admettent jamais. Bon, je sais que les goûts et les couleurs, ça ne se discute pas, pas de problème, mais je sais également qu'il faut posséder des compétences spécifiques non pas pour *lire* Proust mais pour l'*apprécier.*

— Redis-moi de quoi il parle, celui-là ?

Ali mord dans son sandwich à pleines dents et me fixe du regard par-dessus les pages de son livre.

— Enfin, c'est pas vraiment l'intérêt du bouquin, nan ? Proust est au-dessus de tout ça.

— L'intrigue, les personnages, etc.

— Tout à fait.

— Mais si tu devais résumer…

— C'est très… *surréaliste,* dit-elle en agitant son sandwich comme pour illustrer le surréalisme de la chose. J'imagine que ça parle d'un homme qui a un rapport difficile au sommeil. Songer au sommeil le réveille, en fait.

— Intéressant.

— En effet.

— C'est littéralement la première page.

Proust s'effondre sur le ventre.

— Tu l'as lu ?

— J'ai lu la première page. Ce qui a suffi à me convaincre que je ne voulais pas en lire plus.

Si on devait remonter aux origines de notre amitié, on se retrouverait propulsés en CE2, en plein spectacle de gymnastique, dans les coulisses faiblement éclairées, durant un bref entracte.

La frontière est mince entre des gamins faisant de la gym et un troupeau de macaques sauvages se balançant au bout d'une liane. Une distinction qui passait largement inaperçue auprès de mes pairs. Je n'étais encore qu'un petit bonhomme, mais je commençais à remarquer des trucs dans le genre, je commençais à questionner le pourquoi des choses. Comme la poutre d'équilibre de quinze centimètres de haut. Même à huit ans, je me disais : « Sérieux, de qui on se moque ? » Et ça aurait pu en rester là, sauf que la semaine d'avant, j'avais construit une statue de la Liberté Lego impeccable, et que personne n'en avait rien eu à foutre. Comme les lettres n'étaient pas d'usage à cet âge-là pour noter les élèves, après avoir obtenu des 4 dans toutes les matières (« validation des acquis », quoi que ça signifie), j'avais utilisé Google pour noter mes propres évaluations.

Des A partout. Et encore une fois, tout le monde s'en fout.

En revanche cinq sauts périlleux consécutifs ? Bingo ! Excellent ! Pluie d'éloges. Un public d'adultes ordinairement raisonnables perd la tête. Je me rappelle effectuer le dernier saut, entendre la salve d'applaudissements bruyants, et poser les yeux sur mon costume en me demandant si c'était à cause de mon collant ou de l'écharpe en satin qu'on nous obligeait à porter. Et brusquement, il m'était venu à l'esprit que l'attirail requis était disproportionnellement essentiel à la quête de l'excellence en gymnastique.

Le temps que je quitte la scène, j'avais compris que c'étaient des conneries.

Le pire, quand on repère les conneries, ce ne sont pas les conneries en soi, mais la peur d'être le seul à mettre le doigt dessus.

Tout ça pour dire que j'étais dans un état d'esprit plutôt existentiel quand mon camarade macaque-en-collant Gordon Walmsley avait sorti son couteau suisse flambant neuf de sa poche et commencé à l'exhiber fièrement.

— Il possède plein d'appendices, répétait Gordon comme s'il venait d'apprendre le terme « appendice » et qu'il était surexcité à l'idée de l'employer.

Jusqu'à ce jour, la seule chose que je savais de Gordon, c'est qu'il avait d'immenses dents et que son haleine sentait le tex-mex. Autrement dit, je me tenais généralement à l'écart de son visage.

— Hé, Evan, dit Gordon. (Une odeur de tortilla émanait de sa personne.) Faut que tu voies ça. (Je pariais que non.) Y a même un cure-dent, tu vois ?

Quand on vous raconte des conneries et qu'on met le doigt dessus, il faut assumer une certaine responsabilité.

— Et une lime à ongles, au cas où.

Ce n'est pas que je voulais frapper Gordon Walmsley en pleine figure ; son visage appelait un coup de poing, et comme j'étais le seul macaque conscient de son état, il m'incombait de faire en sorte que ça arrive.

Gordon Walmsley avait alors déplié une des grandes lames.

— Mais ça, c'est mon appendice favori.

Et le coup est parti. Je l'ai frappé. En plein dans ses dents géantes.

Il s'avérait que ces dents nécessitaient pour les abriter une tête plutôt bulbeuse, laquelle requérait comme support un cou de taureau, lequel se posait sur un corps semblable à un gros poteau : Gordon Walmsley était énorme, et je me serais fait démolir sans l'intervention de cette petite tornade surgie de nulle part, qui lui a *botté le cul.*

Depuis ce jour, Ali Pilgrim m'a sauvé la mise un nombre incalculable de fois. C'est un *consigliere* rôdé au combat, une force de la nature et, par-dessus tout, ma meilleure amie au monde.

Elle jette *Du côté de chez Swann* sur la table basse, ouvre un sachet de chips, et indique d'un geste de la tête l'ouvrage que je lis.

— Je croyais que tu détestais Melville.

— Je déteste *Moby Dick.* (Je rabats la couverture du bouquin.) C'est *Bartleby.*

— De quoi ça parle ?

Je pose le livre, attrape mon carnet de croquis.

— Je préférerais ne pas.

— Tu es insupportable.

— Mais non – c'est le sujet du bouquin. (Tout en dessinant, j'explique la philosophie du personnage de Bartleby, qui chaque fois que son patron lui demande de faire quelque chose, se contente de répondre : « Je préférerais ne pas. »)

— Je préférerais ne pas, dit Ali pour tester la réplique.

Et dans des moments pareils, je ne peux pas m'empêcher de penser à l'année prochaine. Que je me retrouve à Headlands ou pas, qui sait où atterrira Ali. De toute façon, on ne sera probablement pas dans la même ville, et je me demande comment ce sera sans elle. Son jean déchiré et ses bottines à lacet, ses tee-shirts graphiques et ses chemises en flanelle ; le fait que je suis le seul à la connaître aussi bien et que pourtant, quand elle entre dans une pièce, tout le monde se penche imperceptiblement dans sa direction.

En CE2, quand elle a mis au tapis le macaque-tortilla, j'ai éprouvé une sorte d'épiphanie, comme on en connaît lorsqu'on a sept ans. *Cette fille, c'est la bonne.* En grandissant, j'ai compris que je ne l'intéressais pas comme ça, et puis j'ai compris qu'elle n'aimait pas les garçons comme ça, voire même qu'elle n'aimait personne comme ça, et nous en sommes là, et je l'aime tellement. J'adore son amour pour

X-Files, Bienvenue à Schitt's Creek et pour tout ce qui est relatif à la Terre du Milieu : sans complexe. J'adore sa passion pour les potins de stars : sans honte. J'adore son goût pour le chili con carne : avide. Et plus que tout, j'adore l'amour qu'elle se voue à elle-même : inconditionnel. Quand on a une meilleure amie comme elle, on éprouve une sorte de sentiment de possession, et cette complicité, on veut l'exhiber comme des charms sur un bracelet. *Je te connais. Voici un bracelet qui le prouve.*

Mes meilleures idées me viennent quand je dessine, même quand les dessins en eux-mêmes ne sont pas fameux.

— Tiens, dis-je en arrachant la page de mon carnet de croquis et en la lui tendant. Pour que tu te souviennes de moi.

Ali la consulte et affiche aussitôt un sourire. Le dessin est une ébauche de nous deux assis à la cantine, entourés de blaireaux qui dégueulent.

— Evan.

— Ali.

— Tu sais que tu peux tout me dire, hein ?

— Oui ?

— Tant mieux. Parce que t'as pas arrêté de caler tes cheveux derrière tes oreilles cet aprèm.

— Hein ?

— C'est un tic révélateur chez toi.

— Absolument pas ! Je fais tout le temps ça.

— Rarement, sauf quand tu es soucieux.

J'imagine que c'est ainsi quand on partage une telle complicité avec une personne. On la connaît par cœur, et c'est réciproque.

— Je pensais à l'année prochaine, c'est tout. Que tout ça va me manquer.

— Non, il y a autre chose. (Dans son regard, l'expression de douceur habituelle est remplacée par de la curiosité.) Depuis l'autre nuit dans le parc. Je crois que mon inconscient est à l'affût de tout ce qui m'a paru étrange dans ton comportement depuis, mais qu'il a attendu jusqu'à aujourd'hui pour communiquer les données à mon cerveau.

— Ton inconscient devrait vérifier ses sources.

— Tu es sporadiquement distant depuis la fête de Heather.

— « Sporadiquement distant » ?

— Fais pas ça.

— Quoi donc ?

— Ça. Ce truc, là. Répéter calmement mes paroles pour ne pas répondre. Allez. Dis-moi.

— Ali, écoute...

— Ah ! (Elle pointe du doigt ma main qui, à mon grand dam, est sur le point de caler une mèche derrière mon oreille.) On était chez Heather, dit-elle. Tu t'es enfilé une demi-douzaine de vodkas tonics...

— J'en ai bu *trois.*

— ... Heather a dit de la merde sur ton frère. Tu es parti, je t'ai suivi, tu as dégueulé dans le parc... (Songeuse, Ali marque une pause.) Qu'est-ce que j'ai raté ?

— Ali.

— Tu sais que tu vas finir par cracher le morceau.

D'abord Maya, maintenant Ali, et je ne sais pas pourquoi c'est si dur pour moi de parler de maman. C'est comme si... tant que je garde le secret, il est possible que ça ne soit pas réel.

— Evan...

— J'entends des chansons, je lâche comme si les mots tâchaient de se presser dans un ascenseur avant que les portes se referment.

Et sans laisser à mon cerveau le temps d'analyser la manière dont j'utilise les chansons pour esquiver le sujet « Maman », je me replonge dans cette fameuse nuit au parc, je décris le moment où j'ai entendu la première chanson et j'explique que depuis, où que j'aille, j'en entends davantage, comme si une voix me susurrait des secrets au creux de l'oreille.

— C'est complètement ouf, dit Ali.

— Merci.

— Tu en entends une, là ?

J'écoute un instant.

— Non.

Elle hoche la tête lentement, délibérément.

— Bon. Vu le ramassis inapproprié de molécules que représente Heather Abernathy, t'avais déjà toutes les raisons de te bourrer la gueule. Mais si j'étais la seule à entendre une chanson, moi aussi je chercherais peut-être à boire pour oublier.

Je ne clarifie pas le malentendu. Si les chansons peuvent justifier ma beuverie de l'autre soir, tant mieux.

— De quoi elles parlent ? demande Ali.

— Elles sont plutôt calmes, pleines d'échos. Y en a une qui m'évoque un arbre sous la neige, je crois. Mais je ne sais pas vraiment.

Ami enfouit son visage dans ses mains.

— Quoi ?

— Tu entends des chansons que personne d'autre n'entend, et tu ne les *écoutes* même pas ? Tu t'es pas dit que si tu les entendais, c'était pour une raison ? Que l'univers, ou Dieu, ou un Œil dans le Cosmos, ou toi-même dans une dimension parallèle…

— Moi-même dans une dimension parallèle ?

— Tu t'es pas dit que quelqu'un essayait peut-être de te faire passer un message ?

J'avais envisagé qu'Ali me prenne pour un fou. Pas qu'elle me passe un savon parce que je n'avais pas *écouté* les chansons. Je lui explique que quand j'ai voulu enregistrer la chanson dans mon portable, ça avait juste relevé des crépitements, mais elle me dévisage, les bras croisés. Heureusement, la sonnerie retentit avant qu'elle ne puisse me sermonner davantage sur ma gestion médiocre de la situation.

On quitte la bibliothèque pour rejoindre le flot mouvementé des bavardages dans le couloir.

— Tu penses que je suis fou ?

Ali se tourne vers moi, place les deux mains sur mes épaules, et soudain j'ai l'impression qu'une bulle nous enveloppe au milieu de la mer agitée.

— Je crois que tu devrais te mettre à noter les paroles. Vois quel message te passent les chansons avant de chercher à savoir d'où elles viennent. Et qui sait ? Peut-être qu'elles permettront de résoudre le mystère de l'univers. Rien n'est impossible.

— Sauf catamaran-outan.

Ali plante son doigt sur mon visage.

— C'est pas parce que ça ne s'est pas produit que ce n'est pas possible.

— Ali.

— Rien que leur envergure…

— Alison Pilgrim.

— Tu crois pas un orang-outan capable de diriger un navire ?

— Tu t'entends parler, non ?

— Imagine que tu sois en vacances. Dans un hôtel de luxe. Et que tu loues un catamaran pour un après-midi de détente en pleine mer.

— Ça n'est pas mon genre.

— Dis-moi que tu ne *mourrais* pas si, en montant à bord, tu t'apercevais que le capitaine était un orang-outan !

— Probablement, on mourrait tous.

On se détourne l'un de l'autre, on quitte notre bulle pour affronter le courant déchaîné.

— Ta musique fantôme, dit Ali. C'est tout ce que tu m'as caché, hein ? Il n'y a rien d'autre ?

Je ne me comprendrai jamais. Pourquoi c'est si dur d'aborder les sujets qui comptent avec les gens qui vous connaissent par cœur ? Ou peut-être que c'est justement pour ça que c'est dur. Peut-être que ce serait plus facile de parler des chansons à Maya si elle ne me cernait pas si bien. Peut-être que ce serait plus facile de parler de maman à Ali si elle ne me connaissait pas tant.

— Oui, dis-je en me demandant ce que ça va me faire de mentir à Ali. Je ne t'ai rien caché d'autre.

Tous ces mots, du verre brisé dans ma bouche.

SHOSH

ce que je serais sans toi

Le piano était plus petit que dans ses souvenirs. Plus poussiéreux aussi.

Assise dans l'auditorium désert où résonnait le silence, Shosh effleura du bout des doigts les touches noires et blanches. Elle avait beau faire semblant que non, en vérité, ça lui manquait. Tout. Le piano, les coulisses, la chorale – même ce petit fumet musqué qu'on dégage quand on a peur : l'odeur de la scène. Les yeux fermés, elle percevait la morsure de terreur qui précédait la levée du rideau, et la bouffée de soulagement qui y succédait.

Dans ces moments-là, la vie avait un sens.

Le théâtre avait toujours été la seule activité difficile qu'elle appréciait. Enfant, elle avait monté des scènes de fortune dans la salle à manger, utilisé des cartons et des rideaux, réinventé ses films favoris en y tenant le rôle principal. Au fil du temps, l'imitation avait cédé la place à l'ingéniosité, et Shosh s'était mise à jouer des piécettes originales, souvent accompagnée de Stevie ou de l'un de ses parents au piano d'après une partition qu'elle avait elle-même composée.

Un talent naturel, comme tout le monde le disait et, naturellement, ce fut un talent qui eut besoin d'être cultivé : cours particuliers le week-end, livres sur les techniques et l'histoire du théâtre, auditions pour des rôles d'enfant au théâtre local ; aussi, lorsque Shosh entra au lycée, elle était déjà une star en devenir.

Elle avait toujours été confiante, motivée, résolue. Avec l'aide de Mrs Clark, Shosh avait appris à canaliser sa détermination pour ne pas qu'elle la dévore. Elle avait interprété Cendrillon dans *Into the Woods*, Belle dans *La Belle et la Bête*, et elle avait figuré dans une demi-douzaine d'autres comédies musicales, jusqu'à ce qu'elle prenne conscience d'une chose : elle savait chanter, d'accord, et danser, carrément ; mais c'était jouer la comédie qui lui plaisait le plus. Se mettre dans la peau d'un autre. Elle avait ensuite joué dans *The Wolves* et *Les Sorcières de Salem*. Elle avait lu *La Formation de l'acteur* de Stanislavski et *Respect for Acting* de Uta Hagen, et à travers ses expériences et ses lectures, Shosh avait appris à plonger si profondément dans ses personnages qu'elle n'avait plus la sensation de jouer, mais de vivre.

La culture de ce talent avait fini par soulever l'inévitable question : « Dans quelle université aller étudier ? » Au terme d'innombrables heures de recherches de programmes, de lectures de témoignages et de concertations avec Mrs Clark, elle avait jeté son dévolu sur l'Université de Californie du Sud. Los Angeles l'intimidait, mais la perspective que sa sœur la rejoigne l'année d'après l'avait réconfortée. Étudiante spécialisée en histoire de l'art à Loyola, Stevie avait mis à profit les sessions estivales, et était en passe d'obtenir son diplôme une année en avance, avant de déménager à L.A. pour être avec Shosh.

— Tu n'as pas le droit d'être là.

Shosh fit volte-face. Une fille se tenait dans l'allée derrière elle, cheveux bleus, Converse montantes, les bras croisés, l'air furax. L'auditorium était vide à l'arrivée de Shosh, et elle n'avait entendu personne entrer. En même temps, elle s'était perdue dans ses pensées.

Shosh sortit sa flasque, en but une grande lampée, parcourut les lieux du regard.

— Tu sais… je croyais que c'était que le piano. Mais la salle tout entière a l'air plus petite.

— Que quoi ?

— Que dans mes souvenirs.

La fille inclina la tête de côté comme pour examiner Shosh sous un autre angle.

— Comment tu es entrée ?

— Qu'est-ce qui te fait dire que je suis pas censée être là ? Si ça se trouve, je suis une remplaçante.

La fille porta son regard sur le mur près des marches menant à la scène, où quatre cadres étaient accrochés, chacun contenant une photo ou un article sur la vedette du lycée d'Iverton, Shosh Bell en personne.

— Tu as été prise à l'USC. Et tu n'y es *pas* allée.

— Exact.

— Je veux dire qu'ils ont *accepté* ta candidature.

— Ouais.

— Et tu as répondu *non merci.*

— Techniquement, je n'ai rien répondu du tout.

La fille jeta un coup d'œil en direction de la porte et Shosh prit conscience que son temps était probablement compté. Elle retroussa les manches de son manteau, se retourna face au piano. Il paraissait sans doute plus petit, mais il avait le même toucher.

— Du coup… si tu vas pas à l'USC, insista la fille aux cheveux bleus. Qu'est-ce que tu vas faire ?

Shosh posa ses mains sur le clavier, ferma les paupières.

— « God only knows ». Dieu seul le sait.

Puis, doucement, elle se mit à jouer les premières notes de la chanson du même titre. Elle la connaissait bien, l'avait chantée si souvent avec Stevie. Durant le premier couplet, sa voix emplit l'auditorium comme une goutte d'encre dans de l'eau, lente et pure, et ce fut comme si elle n'avait jamais quitté cette salle, qu'elle reprenait une chanson, une parole après l'autre.

Derrière elle, la porte de l'auditorium claqua, mais elle ne cessa pas de chanter. Et quand elle entendit la porte se rouvrir – encore et encore –, elle chanta plus fort, hurlant ses regrets, sa soif et les mille furies sans nom de son chagrin. Sa chanson envoûtait la salle, et même si elle ne voyait pas la foule amassée dans son dos, elle sentait quand elle avait affaire à un public hypnotisé. Aussi, elle chanta cette chanson qui était à la fois une question et une réponse, cette chanson que sa sœur et elle avaient aimée, même si son potentiel les terrifiait. Et elle ne se demanda plus ce qu'elle serait sans Stevie. Elle savait exactement ce qu'elle était devenue.

EVAN

221b

— T'es sérieux ? demande Sara.

— Nan, t'es pas sérieux, lance Yurt.

Sara interroge Ali du regard.

— Il déconne, pas vrai ? (Puis s'adressant à moi :) Tu déconnes.

— T'es un petit rigolo ? insiste Yurt.

— Non, dis-je. Enfin, oui, je suis sérieux. Et non, je déconne pas.

Sara bascule en arrière sur son siège et croise les bras. Yurt l'observe minutieusement, l'imite à la perfection.

Il est de notoriété publique que l'atelier d'écriture est une classe difficile à intégrer. Non pour des questions de style, mais parce qu'il est bien connu que Mr Hambright se fout complètement des convenances.

— La « confiance », c'est tout ce qui m'importe, a-t-il déclaré le premier jour, d'un ton monocorde fascinant qui lui est propre. Dans ce cours, nous parlerons de processus, de format, de voix. Je ne suis pas là pour faire du babysitting. Je me fiche de vos résultats aux examens. Je n'en ai littéralement rien à faire. Vous êtes de jeunes *adultes*, et je compte sur vous pour faire de votre mieux. Dans le cas contraire, je vous vire de mon cours.

Régulièrement, on racontait que Mr Hambright était à deux doigts de perdre son poste, l'avis général étant que ce prof avait trop de bon sens.

— Comment vont les Girls aujourd'hui ? demande Hambright en s'approchant de notre petit cercle d'un pas nonchalant.

La première semaine de première, tous les quatre – Ali, Sara, Yurt et moi –, on avait co-écrit une fanfiction mashup intitulée Les *Golden Gilmore Gossip Girls*. Elle nous a valu un rire léger de la part de Hambright (marque de distinction par excellence), ainsi qu'un surnom qui nous a collé à la peau : depuis, nous sommes restés les « Girls ».

Tour à tour, on présente à Hambright un bref compte rendu de la progression de nos histoires respectives, empruntant pour ce faire, de manière délibérée, le verbiage approuvé par « Hammy » : laisser mijoter le premier jet et faire reposer ses notes. À mon grand dam, Sara lance :

— Evan est amoureux de la même fille depuis toujours, et il est trop trouillard pour le lui dire.

Je la foudroie du regard.

— Super transition, Sara.

— Je dis la vérité, se défend-elle.

— Y a que la vérité qui blesse, yo, rétorque Yurt.

Jason Yurt est un parasite de la conversation, s'accrochant à toutes les phrases à portée de main. Toutefois, il en a fait un art. Entre d'autres mains, moins capables, ce serait carrément énervant, mais c'est un peu son truc à lui, au point qu'il en a fait une tendance et que le lycée tout entier l'apprécie pour ça.

En outre, on est tous persuadés qu'il est secrètement amoureux de Sara.

— On est censé critiquer notre écriture, dis-je, tentant de dévier la discussion. Pas commenter la vie sentimentale de son voisin.

— Les deux faces d'une même médaille, intervient Hambright. Là, tu voudrais passer à autre chose, mais le rejet amoureux est un motif qui se cache derrière nombre d'œuvres majeures. Le rejet se transforme en solitude, et voilà tu te retrouves dans le royaume de Hemingway et des sœurs Brontë. Sans oublier Cervantès qui, selon une idée communément admise, se trouvait en prison au moment où il a écrit *Don Quichotte*.

— Souris, dit Sara. Pense à la prison qui t'attend.

— Taulard, yo.

Les mains dans les poches, Hambright reprend d'un ton impassible :

— Puis-je m'enquérir de la bénéficiaire indigne de l'amour susdit non réciproque de Mr Taft ?

À ce stade, le groupe est sur le point de sombrer dans un fou rire.

— Je vais juste… rapidement… (Je remonte la capuche sur ma tête et je serre les ficelles pour l'ajuster.) Voilà.

Ali se met à raconter comment je suis tombé amoureux de Sherlock Holmes en CM2.

— Tu étais déguisé en Télétubby, si je me souviens bien.

— J'étais Sonic le hérisson, dis-je et tout le monde se marre, tandis que les détails de ce jour funeste me balaient.

Riley Conway qui arrive à l'école le jour d'Halloween, déguisée en Sherlock Holmes, qui avait joué le jeu à fond, avec son costume en tweed à carreaux, son chapeau authentique et sa pipe. Mon cœur prépubère (entre autres parties de mon anatomie) s'était avéré particulièrement sensible à ce degré d'engagement envers un personnage de fiction, qu'il avait trouvé irrésistible. Depuis, il se peut que j'aie un rêve récurrent dans lequel une conversation animée entre Holmes (Riley) et Watson (votre humble serviteur) mène à une confrontation charnelle inévitable, une sorte de mélange empressé de rêve érotique et de steampunk de mauvais goût.

Ce jour-là, à l'école, notre instituteur de CM2 a dit à Riley qu'il saluait son implication ; quant à moi, je priais pour qu'elle n'ait pas remarqué le déguisement d'occasion Sonic le hérisson qui la dévisageait en douce, planqué derrière le tableau périodique des éléments.

Déjà à l'époque, j'étais un cas désespéré.

— Avance rapide, dit Sara, reprenant les rênes de la conversation. Il y a trois semaines, Cervantès ici présent se trouve à une fête ; il flirte dans un coin avec Sherlock…

— On ne *flirtait* pas ! je proteste.

Mais mon visage est enfoui dans un cocon-capuche, et je ne suis pas sûr qu'on m'entende.

— … quand soudain il se dresse et *disparaît*, poursuit Sara. Pas seulement de la pièce, mais de la fête. Jusqu'à *maintenant*, j'avais *supposé* qu'Evan s'était enfui parce que Riley avait rejeté ses avances.

— Cours, toutou, cours, commente Yurt.

— Je crois comprendre que ce n'est pas ce qui s'est passé, dit Hambright.

— Il ne lui a *jamais* demandé de sortir avec lui, explique Sara.

— Pour sa défense, intervient Ali, et pour des raisons sur lesquelles on ne va pas se pencher pour le moment, il fallait qu'il se tire de cette fête.

Vive Ali Pilgrim ! Héroïne et trésor national !

— Néanmoins..., reprit-elle.

À bas Ali Pilgrim ! Traîtresse à la nation !

— Je ne crois pas que Riley l'intéresse tant que ça.

Je *sens* Sara qui se penche en avant.

— Mais encore ? dit-elle.

Et Yurt d'ajouter : « Vas-y », puis, je déconne pas, le vieil Hammy racle les pieds de sa chaise sur le plancher et s'assied. Quant à moi, je me suis réfugié tout au fond de ma capuche, tant et si bien que le tissu n'est pas loin de craquer.

Ali se lance dans un développement psychologique, affirmant que Riley est un substitut pour une fille imaginaire qui n'existe pas.

— C'est le fantôme parfait, déclare-t-elle. Elle n'est pas réelle, donc personne ne lui arrive à la cheville.

Un silence d'une seconde ; Hambright s'éclaircit la gorge, baisse d'un ton.

— Je vais vous dire quelque chose.

L'air se modifie en un éclair, j'émerge de ma capuche comme une marmotte timide et, quand je regarde tout autour de moi, je m'aperçois que je ne suis pas le seul à avoir flairé ça. Quelque chose est en train de se passer.

Hambright ricane dans sa barbe, et je jurerais l'avoir entendu murmurer « fantôme parfait » avant de poursuivre.

— Quand on est petit, les amis sont aléatoires. Les enfants de sa classe, les enfants de son quartier, les enfants des amis de ses parents, des gens qui se trouvent dans votre orbite. Mais ensuite, on grandit. Et on commence à regarder autour de soi ; on remarque que son groupe d'amis est beaucoup plus restreint qu'avant. Ce n'est pas une mauvaise chose, c'est simplement... plus intentionnel. Moins de personnes dans votre orbite. Mes propos ne s'adressent pas à l'ensemble de la classe, car ce n'est pas le cas de tout le monde. Mais je crois qu'il y a une raison pour laquelle vous êtes amis. Ce n'est pas un hasard, c'est rare à votre âge. Tâchez de vous en souvenir, d'accord ?

Un autre groupe sollicite l'aide du prof. Hambright se lève, sourit et s'éloigne.

— Et d'un seul coup, dit Ali, aussi mystérieusement qu'il est arrivé…

On l'observe qui traverse la salle, les mains dans les poches, pour aller conseiller l'autre groupe de travail.

— C'est quoi, ce truc chez lui ? interroge Sara.

Yurt, dans une démonstration d'autonomie surprenante répond :

— Il arrose la racine.

Toute l'admiration que notre groupe dirigeait vers Hammy se reporte soudain sur Yurt.

— Tu sais, tu dis pas souvent des choses qui ont un sens, commente Sara. Mais quand tu le fais, tu déchires.

Yurt, qui se sent au centre des regards, décide d'en profiter au max ; il croise les mains derrière sa nuque et se penche en arrière sur son siège, si fort qu'il bascule par terre.

— C'était sympa le temps que ça a duré, soupire Ali.

Et la conversation glisse sur le thème de l'université, des projets d'avenir, une conversation que je pourrais réciter dans mon sommeil : Sara aspire à intégrer DePaul, à Chicago ; l'ami du père de Yurt travaille au bureau des admissions de Duke, du coup le clan Yurt croise les doigts des mains et des pieds ; Ali ne se prononce pas trop sur le sujet et, comme toujours, on suppose qu'elle choisira la filière artistique, peut-être le domaine du cinéma ou de la photographie. Quand vient mon tour, on me demande où en est ma candidature pour Headlands, et je réponds qu'il est trop tôt (*vrai*) et que je ne suis pas complètement décidé pour une année en Alaska de toute façon (*faux*), et que même si c'était le cas, je n'ai sans doute pas le petit truc qui fait que je pourrais être reçu au programme Glacier Bay (*pas faux*), et que « si je suis reçu, je n'obtiendrai probablement pas la bourse requise, donc bon… ».

Le groupe me dévisage tandis que je mijote dans un ragoût bouillonnant de confiance en moi.

Heureusement, la sonnerie retentit, ce qui m'empêche de m'humilier davantage. On remballe nos affaires, on se dirige vers la porte, et à peine a-t-on quitté la salle de classe de Hambright qu'on se rend compte qu'il se passe un truc. Les couloirs sont animés d'une effervescence inhabituelle ; tout le monde se précipite dans la même direction. Quand Ali demande ce qu'il y a, un mec lui répond au passage : « Shosh Bell est dans l'auditorium. » Et on se joint au flot qui se presse vers le théâtre. Dès qu'on y pénètre, le vacarme cesse et le brouhaha du couloir s'estompe. Tous les yeux sont rivés droit devant.

Je n'ai jamais officiellement parlé à Shosh Bell, mais je la reconnais pour l'avoir croisée dans les couloirs et dans quasiment toutes les comédies musicales du lycée. À présent sur scène, elle joue un morceau au piano en chantant à pleins poumons. La chanson m'est familière, mais c'est la première fois que je l'entends interprétée de cette manière : comme si elle avait trahi la chanteuse et que celle-ci s'en vengeait maintenant.

— Je tuerais pour avoir ses cheveux, chuchote la fille à côté de moi.

En de pareilles circonstances, le commentaire me paraît bien étrange. Mais dans un sens, je comprends ce qu'elle veut dire.

Shosh Bell a une allure détonnante : elle porte un manteau ample, des bottines, un tee-shirt où figurent des ovnis ; sa tignasse sombre et indisciplinée contraste avec la pâleur de sa peau.

— Féroce et chic, murmure Sara.

— Une crinière imprévisible, marmonne Yurt.

À l'autre bout de la scène, comme si elle attendait en coulisses, la prof de théâtre se tient immobile dans l'ombre d'un rideau, observant le tableau avec une expression que je n'arrive pas tout à fait à distinguer.

Fascinés, on reste plantés là le temps de la chanson, jusqu'à ce qu'elle s'achève et, dans le silence profond de l'auditorium, une personne se met à applaudir. Bientôt, tout le monde se joint à elle et lorsque Shosh lève la tête, malgré la distance, je vois ses yeux : bleu polaire, saillants et tristes. Ce n'est pas le visage de quelqu'un qui vient de se livrer à un numéro de virtuose. C'est le visage de quelqu'un qui tente de remonter à la surface pour respirer.

SHOSH

la mite

— Donc…

— Ouais, dit Shosh. C'était carrément normal, non ?

Mrs Clark hocha la tête.

— À cent pour cent.

Ensemble, elles étaient assises au bord de la scène face à la mer de sièges vides. Plus qu'un second foyer, c'était leur sanctuaire, le lieu où elles avaient passé des heures innombrables à vivre d'autres vies.

— Vous n'avez pas de cours à donner ?

— *Argh.* Ces gamins peuvent bien se débrouiller tout seuls.

— C'est votre pause-déjeuner du coup ?

Mrs Clark sortit une pomme de son sac à main et la croqua à pleines dents.

Shosh sourit, ne dit rien. Elle n'avait pas l'intention d'aborder le sujet.

— Qu'est-ce qui t'a pris, Shosh ?

Ce qui lui avait pris ? Elle s'était retrouvée plantée dans le couloir, chez elle, devant la porte de sa sœur, à fixer le vinyle des Beach Boys, quand elle avait éprouvé le brusque désir de chanter. Mais au lieu de saisir la guitare dans sa chambre, où de se mettre au piano au rez-de-chaussée, elle était venue là.

— Je sais pas.

Mrs Clark mordit de nouveau dans sa pomme, mastiqua et posa les yeux sur le fruit.

— On a construit une terrasse cet été. Enfin, on en a fait construire une. Avec un foyer et une pergola ornée de guirlandes lumineuses. C'est apaisant. Tu devrais venir voir. Un soir, la semaine dernière, Charlie a remarqué toutes les mites attirées par la lumière. Il a un cheveu sur la langue, tu sais ? « Ef que les infectes fe brûlent, maman ? » (Mrs Clark sourit comme sourient les parents attendris par l'adorable innocence de leur progéniture.) Naturellement, il a demandé pourquoi ils fonçaient vers la lumière et, naturellement, je n'en ai aucune idée. Donc j'ai fait des recherches. Ça s'appelle la *phototaxie.* La réaction d'un organisme à la lumière. Les cafards présentent une phototaxie négative – ils la fuient –, les mites une phototaxie positive. Personne ne sait pourquoi, mais il existe une théorie relative à la migration des mites.

— Les mites migrent ?

— Certaines, oui. Et elles se servent de la Lune pour s'orienter. Elles se basent sur la clarté du ciel comparé au sol. Tandis que la Terre tourne sur elle-même, la Lune se déplace dans le ciel et les mites recalibrent leur trajet dans les airs en fonction. Mais elles ne savent pas faire la différence entre la lumière d'une lampe et celle de l'astre donc, à certains moments, la lampe devient leur Lune. Quand elles se heurtent à l'objet, ça les désoriente complètement.

Mrs Clark prend une nouvelle bouchée de pomme et sonde l'obscurité de l'auditorium.

— Je me rappelle une fille, reprend-elle. Confiante, ambitieuse, assidue. *Pleine de vie.* Elle n'avait pas beaucoup d'amis, mais ceux qu'elle avait, elle leur était loyale. Quand elle se mettait à pleurer sur scène, le public pleurait. Quand elle riait, il riait. Elle avait conscience de ce qu'elle possédait et de ce que ça coûtait. Savait où elle allait et comment s'y rendre. Cette fille avait un trajet savamment calibré.

— En gros, je suis la mite, c'est ça que vous insinuez. Et le théâtre est ma Lune ?

Mrs Clark contempla la pomme entre ses mains, et Shosh sut exactement ce qu'elle allait dire avant qu'elle ouvre la bouche :

— Stevie était ta Lune, Shosh. Et au risque de pousser la métaphore un peu trop loin, tu te diriges droit vers la lampe.

Shosh sentit le métal froid de la flasque dans la poche de son manteau et se demanda combien de temps elle devrait encore patienter pour en vider le contenu restant. *Rien ne m'empêche de partir,* songea-t-elle, *et d'aller noyer cette journée dans l'alcool.* Mais alors Mrs Clark passa son bras autour d'elle et Shosh appuya sa tête contre l'épaule de sa professeure. Enfouie sous l'aile protectrice du cygne.

— Cet endroit me manque, avoua Shosh. Mais j'aimerais que ce ne soit pas le cas.

— Si seulement nous pouvions choisir ce qui nous manque.

Shosh avait lu un jour que la nature de l'art dramatique était transactionnelle. L'acteur offrait de petits morceaux de son âme et, en retour, le public lui donnait la seule chose qui avait vraiment de l'importance : toute son attention.

Peut-être que c'était pour cette raison qu'elle était revenue là. Pour voir si elle avait encore un peu d'elle-même à offrir.

— C'est quoi, votre Lune à vous, Mrs Clark ?

— La drogue, évidemment. Prendre de la drogue, vendre de la drogue, tout ce qui se rapporte à la drogue, en gros.

Dans le cocktail des crises existentielles, le rire était un tonique.

— Nan, pour de vrai.

— Pour de vrai ? (Mrs Clark soupira.) Enseigner. Je n'aurais jamais cru ça quand j'étais plus jeune, mais c'est le cas.

Une minute, peut-être plus, s'écoula ainsi, toutes les deux sur scène, et Shosh se demanda si cet endroit pouvait se réinventer à l'infini : salle de classe, foyer, sanctuaire, phare.

— Un détail sur elle ? dit Mrs Clark.

Shosh inspira un coup, et un détail en amena sept autres, les souvenirs de Stevie se multipliant comme apparaissent les premières étoiles dans le ciel, la nuit venue.

EVAN
le Big Bang

— Entre ça et son coup d'éclat chez Heather cet été, c'est évident qu'elle appelle à l'aide, déclare Sara.

— SOS, yo.

À la suite du petit numéro impromptu de Shosh, l'école tout entière s'interroge : comment cette fille qui a obtenu son diplôme avec mention au printemps dernier – une passionnée de théâtre qui, apparemment, était censée intégrer l'USC à l'automne, en route pour la célébrité et la fortune – a-t-elle fini dans l'auditorium, probablement défoncée, clairement bourrée, à chanter « God only knows » des Beach Boys à tue-tête ?

— Quel coup d'éclat chez Heather ? demande Ali.

— Vas-y. OK, t'étais déjà partie quand c'est arrivé, mais on en a parlé partout sur les réseaux ensuite.

Sara nous raconte comment Shosh a foncé avec la voiture de Chris Bond dans la piscine de Heather Abernathy. Elle agrémente le récit de preuves, des photos publiées par une multitude de camarades ayant assisté à la soirée et, à présent, autour de moi, tout le monde dégaine son portable et se connecte sur le profil de Shosh en admirant son attitude rebelle. Ali dit que son manteau ressemble à celui que Kaley Cuoco portait dans *The Flight Attendant.* Yurt ignore qui est Kaley Cuoco, et lorsque Sara lui rétorque : « la fille de *Big Bang Theory* », Yurt invente un surnom pour Shosh qui fait un bide : Big Bang Cuoco.

Voilà ce qui se produit factuellement, bien que je n'enregistre pas grand-chose. J'acquiesce et je souris, mais je ne pense pas à la prestation dont on a été témoins aujourd'hui ni à la jolie fille qui en est à l'origine.

Je songe à un autre type de numéro, qui a débuté à la minute où Shosh a cessé le sien.

Jusque-là, la mystérieuse chanteuse s'est contentée de rester en arrière-plan de ma vie, en musique de fond discrète. Mais tout a brusquement changé. Ça a commencé dans l'auditorium et ça se poursuit maintenant dans les couloirs du lycée en ce moment même –, elle chante au creux de mon oreille, se manifestant de manière très sonore cette fois, sa voix ondule tel un tourbillon, ses paroles sont des vagues, elles m'enveloppent, jusqu'à ce que sa chanson ne soit plus qu'un océan qui m'emporte dans son courant.

QUELQUE PART DANS L'ATLANTIQUE NORD

• 1885 •

Tu te noies et ta pensée se tourne vers le chant imperceptible d'un oiseau.
Tu chantes quoi qu'il en soit, depuis le début.
Rêverie d'enfance –
D'amour et de terres lointaines.
(Si souvent ressentis pareillement.)
La musique sinueuse, les chants qui frémissent sous la langue.
Des études en secret – géologie, philosophie, latin, botanique.
Apprendre à aimer apprendre.
Pas la place d'une femme, dit Père.
Négociations dans le miroir –
Qui es-tu ?
Et à l'église, cette lutte constante.
Attendre un signe, même symbolique.
Pitié, quelque chose, n'importe quoi, mais rien.
Et alors –
Une Voix dans la nuit.

Qui te conduit jusqu'au Massachusetts, jusqu'à toi-même.

Dans la ville d'Amherst, charmante Amherst.

S'épanouir à l'université, des garçons stupides qui poussent dans les arbres.

Et ce fameux jour sur le gazon, à observer les oiseaux.

Les oiseaux rappellent le paradis, dit-elle.

Tu te tournes vers elle, mettant ainsi fin à ton Avant.

J'aime les oiseaux, dis-tu. *Ils peuvent aller partout.*

Sourires, évaluations, présentations.

Je m'appelle Emily, dit-elle.

Siobhan, dis-tu.

Ainsi débute ton Après.

Discussion au sujet de Dieu et de la mort, d'art et d'immortalité, et maintenant –

Observer les oiseaux avec Emily.

Lire avec Emily.

Chanter avec Emily.

Tout avec Emily.

Ta voix est un rêve que j'ai fait, dit Emily de ses chansons frémissantes.

Tu t'émerveilles devant la couleur de ses joues qui rougissent.

Pas dans son cercle de cinq – ainsi soit-il.

Le secret vaut mieux.

Tu as davantage, tu as les Oiseaux, et les Oiseaux ont des ailes.

Mais le Temps s'envole aussi.

Amherst s'achève – Emily est partie.

(Les Oiseaux à jamais gâchés.)

Tu épouses William – un homme respectable.

Parce que le monde est ainsi – et Ainsi Va le Monde.

Un grand voyage de noces, suggères-tu. Au nord, neige et glace.

Peut-être l'amour viendra-t-il sur une terre lointaine.

(Les deux toujours ressentis pareillement.)

Plus tard, dit William. *D'abord, des enfants.*

S'installer à New York, attendre Plus tard.

Et lorsqu'aucun enfant ne vient, tu sais pourquoi.

Quand William tombe malade, tu sais pourquoi.

Quand tu l'enterres, tu sais pourquoi.

Tu n'es que poussière et tu retourneras à la poussière, que luxure et tu retourneras à la luxure.

Demander un signe, même symbolique.

Pitié, quelque chose, n'importe quoi, mais rien.

Et alors –

Une lettre d'Emily.

Très cher Shiv…

(Levez-vous, levez-vous, Ô Magnifiques Oiseaux !)

Et tu repenses à Amherst, charmante Amherst.

Observer les oiseaux sur le gazon.

Ils rappellent le paradis : la raison d'Emily.

Ils peuvent aller partout : ta raison.

Maintenant, à cinquante-quatre ans, tu connais la vérité –

Je suis l'Oiseau.

Ton Plus tard est ici – il est temps de prendre ton envol.

De New York à Liverpool à bord du SS *Arctic Tern* – pas nuptial mais majestueux.

Valise faite, ses lettres dans ta poche.

Je ne peindrais pas un tableau, disent-elles.

Bien qu'elle en soit capable, tu as vu ses
dessins. Mais non.

Je préférerais être l'Élue, écrit-elle.

Tu comprends car tu la comprends.

Ça te fait sourire.
Bon voyage, deux semaines en mer.
Des champs de glace dans l'Atlantique Nord.
Tellement de glace.
Trop de glace.
La lenteur d'un chavirement.
Les gens détalent comme des rats.
Négociations dans des miroirs, *pitié, quelque chose, n'importe quoi,* mais rien.
Tous retournent à la poussière.
Haut dans le ciel, un oiseau de mer plane.
Souvenirs d'Amherst, charmante Amherst.
Ses lettres trempées et sauves dans ta poche.
Des rêveries d'enfance.
D'amour et de terres lointaines.
(Plus ressentis pareillement.)
« Je te trouverai », chantes-tu en sombrant…

TROISIÈME PARTIE

FUGUE

EVAN

écoute...

Je suis raccommodeur de chansons, j'assemble les morceaux de mélodies brisées. Je suis collectionneur de paroles, je passe au crible les trésors à la recherche de connecteurs manquants, je jette les doublons. La musique s'élève depuis la terre, surgie de nulle part, surgie de rien. J'ignore quand ou pourquoi, mais je me tiens prêt. Prêt à entendre ce qu'elle essaie de me dire.

Je la surnomme Oiseau-de-nuit.

Il y a cet endroit, un lopin de terre boisé non loin de notre maison, couvert d'arbres et de buissons hirsutes, parcouru d'un petit ruisseau qui se faufile à travers l'herbe telle une artère intemporelle. Aucun panneau n'indique l'appartenance à la ville ou à la région, aucune INTERDICTION DE PÉNÉTRER ou PROPRIÉTE PRIVÉE. Grignoté de tous les côtés au profit de découpages de terrain et de centres commerciaux, ce petit bois est le vestige d'une autre époque. Même s'il est tentant de se le représenter comme une vieille dame se raccrochant à la vie, je le perçois tel qu'il est en réalité : une nature antique et futée, qui survit dans le monde moderne en se dissimulant juste sous nos yeux.

Chaque jour pendant les deux dernières semaines, durant la fenêtre d'une heure dont je bénéficie avant que Will ne rentre à la maison, je viens ici pour dessiner et écouter. Parfois, Oiseau-de-nuit me rejoint ; parfois non. La clé, c'est d'être paré. Mon portable est toujours prêt, Apple Music n'est plus ouvert (je l'écoutais pour couvrir le son des chansons), l'appli enregistreur audio est éteinte (je l'utilisais pour essayer de prouver l'existence des chansons). À la place, je me suis mis sur l'appli Notes. Suivant les conseils d'Ali, je tiens un carnet de bord des paroles, ce qui m'a permis d'identifier trois chansons différentes :

PAROLES DE CHANSON D'OISEAU-DE-NUIT

(mes notes sont en **gras** ; les paroles en *italique*)

CHANSON n° 1 :

De loin celle que j'entends le plus. Je pense avoir relevé le premier et le troisième couplet en entier, mais je n'ai encore que des passages du refrain et du deuxième couplet. Pas à 100 % sûr du dernier vers. En français ?

(Expire)
J'absorbe tout
(Silence)
Je flâne le long de Brooklyn
Au début c'était froid ; seule, c'est glacé

____

Pour chaque pont que je franchis
(Tu ne gagneras jamais)

____

Du moment que c'est toi plus moi je peux tout supporter
Mais ce calcul t'a fait fuir
Tu dis qu'être heureux, c'est __________
Mais trouver celui qui t'a blessé, c'est mon seul désir,

____

Je m'acharne à chercher aux mauvais endroits
____
Encore un faux départ
____

____
Bientôt, ça ne saurait tarder
Sous la lune éclatante
J'ignore ce que tu as exprimé
Mais ton chant me hante
Je t'aime, je t'aime, je t'aime*

CHANSON n° 2 :
N'ai entendu celle-ci qu'à quelques reprises. Je crois que ces vers se trouvent au milieu mais pas sûr.
Il existe un lieu où l'on aime se réfugier
Les secrets s'y cachent dans les cimes enneigées.
____

____
De la Seine à l'océan, ta voix m'accompagne
Dans cette folie à deux, je te trouverai

CHANSON n° 3 :
Quasi indéchiffrable. Je crois avoir compris ce que je pense être les paroles du début, mais pas sûr. Les voix et le piano se mélangent à tel point qu'il est difficile de les démêler.
Pitié ne demande pas pourquoi jamais je n'essaie
Comme moi tu la connais
La différence entre la mort et l'amour

Déchiffrer la voix d'Oiseau-de-nuit n'est pas toujours facile, et comme ses chansons commencent rarement par le début ni ne se déroulent jusqu'à la fin, il arrive parfois que le même passage d'une chanson se rejoue encore et encore pendant des jours avant que j'entende un nouveau couplet.

D'où l'importance d'être prêt.

Tandis que je patiente, je m'adosse à un arbre et j'ébauche un portrait de Will tout petit, à l'époque où il confondait les mots « obsédé » et « excédé ». « Je suis excédé par *E.T.* », disait-il et on souriait en douce pour ne pas gâcher la beauté de son innocence.

Non loin de moi, un oiseau atterrit sur une branche.

Je détache les yeux de mon carnet de croquis, contemple longuement l'oiseau, si bien qu'on ne sait plus qui de lui ou de moi fixe l'autre.

— Je suis *excédé* par cet endroit, lui dis-je.

Il gazouille. *Pareil.*

Lorsqu'il s'envole, je reprends mon dessin, tâchant follement de capturer l'innocence pure du bout de ma mine de plomb.

SHOSH

plongée dans d'autres vies

La plupart des lieux de sociabilité le sont pour une raison. Prenez une boîte de nuit. Si on n'y va pas avec des amis ou un rencard, alors on y va probablement dans l'espoir de rencontrer quelqu'un, de s'entourer de corps dansant dans l'obscurité, de se plonger dans l'anonymat réconfortant d'une foule animée. Pour retrouver ses copains, on se donne assez naturellement rendez-vous dans un café, et quand on s'y rend seul, on apporte avec soi un bouquin ou un ordinateur, dans l'idée de se livrer à une activité ailleurs que chez soi.

Quand on va au cinéma, en revanche, ce n'est pas pour y trouver de la compagnie. Pendant deux heures, on est assis dans le noir face à un écran géant qui vous donne pour consigne, au tout début, de bien vouloir la fermer. Les salles de cinéma ont été conçues pour offrir une expérience immersive, faire vivre un moment hors du temps où on se plonge dans une autre dimension, une autre vie. Et pour vous tirer de ce voyage merveilleux dans l'existence d'autrui, rien de pire qu'un portable qui sonne ou un ami qui vous parle, qu'un papa qui n'arrête pas de demander ce qui se passe, qu'une maman qui claque la langue en signe de désapprobation chaque fois qu'un personnage jure.

Si aller au cinéma en solo était un sport, Shosh serait championne olympique.

— Je comprends pas, dit le caissier du ciné, à qui on aurait donné douze ans.

— Je veux un billet, c'est tout.

Shosh tendit sa carte bancaire à travers la vitrine.

— Mais vous voulez pas me donner le titre du film.

— C'est pas que je ne *veux* pas, genre ce serait un secret. Ça m'est égal, en fait.

— Ça vous est égal, répéta l'employé.

— C'est ça.

L'homme-enfant poussa un soupir, prit sa carte, la passa dans le lecteur, déchira le ticket et les lui remit tous les deux.

— Vous allez détester.

Le Discount était le genre d'endroit qui ne cachait pas sa véritable nature. Un entrepreneur avait négligé le règlement de zonage, et l'établissement avait été construit avant qu'on se rende compte qu'il n'avait pas le droit de passer des films, vous voyez. Pas les films récents, en tout cas. Donc les costume-cravate s'étaient concertés et avaient mis au point un subterfuge pour rattraper l'argent qu'ils avaient déjà investi dans le projet. À présent, à Iverton, pour la modique somme de deux dollars, on pouvait voir des films à l'affiche depuis quatre mois.

Outre la scène, ce ciné avait toujours été son lieu favori. Anniversaires, vacances, week-ends – elle avait passé la moitié de son enfance au Discount, et quand elle n'y était pas fourrée, elle rêvait d'y être. À la buvette, elle commanda un grand Coca Light avec supplément glaçons. Dans les toilettes, elle vida la moitié du soda dans le lavabo, sortit sa flasque numéro un de la poche de son manteau et en remplit son gobelet à ras bord. Dans le couloir, elle remit son billet à l'ouvreuse qui lui indiqua la salle neuf et, le temps qu'elle y parvienne, les pubs avaient déjà commencé.

Deux heures plus tard, tandis que le générique défilait, Shosh émergea de la salle neuf, se soulagea, vida ce qui restait dans sa flasque numéro un dans les glaçons fondus de son gobelet, et se dirigea lentement vers la salle treize.

Deux heures après, elle retourna à la buvette, commanda un autre verre de Coca Light à moitié prix, puis – direction les toilettes – vida la moitié de son soda dans le lavabo, sortit la flasque numéro deux d'une autre poche (ce manteau n'en finissait pas de l'impressionner !), en vida le contenu dans son gobelet, et rejoignit la salle trois.

Ce fut à peu près à ce moment-là que Shosh commença à perdre le fil. Des détails, en vérité, genre l'heure qu'il était, depuis combien de temps elle se trouvait là, dans combien de salles elle s'était faufilée. Elle détestait les acteurs dans ce film en particulier, quoique ça n'ait rien à voir avec la qualité de leur jeu (discerner bonne et mauvaise interprétation, une aptitude qu'elle semblait avoir égarée également). Non, si elle détestait ces acteurs, c'était parce qu'ils avaient réussi : ils avaient quitté leur petite ville natale pour se retrouver sur cet écran, à Iverton, dans l'Illinois. Ils avaient accompli le rêve qu'elle avait naguère nourri, quand les rêves valaient la peine d'être nourris, et elle songea, « qu'ils aillent se faire foutre » ; à moins qu'elle ne l'ait dit à voix haute. Dans les rangées devant elle, les spectateurs se retournaient pour la fixer, et il lui vint à l'esprit que la personne qui lançait des « *chut* » toutes les deux minutes s'adressait peut-être à *elle*.

— Qu'est-ce que t'as à me dire « chut », putain ? aboya-t-elle en se penchant en avant.

Et tout comme Bufolet avait scellé son sort en grimpant sur la carapace d'une tortue d'eau, Shosh sut qu'elle avait scellé le sien quand l'homme devant elle se leva et sortit de la salle en affichant une expression résolue. Pas question de s'attarder là pour qu'on la flanque à la porte. Elle déguerpit sans demander son reste.

Et elle se retrouva seule sur le parking.

Dehors, il faisait nuit. Pas possible. Elle s'était fait déposer en Uber le matin même. Elle n'avait quand même pas passé toute la journée ici ?!

Elle prit son portable et composa le numéro de Mrs Clark – pour qu'elle vienne la chercher ou juste pour lui tenir compagnie, elle ne savait pas vraiment –, mais elle raccrocha avant que l'appel aboutisse.

Elle était assez sobre pour savoir qu'elle était trop bourrée pour Mrs Clark.

— « Bufolet regarda par les fenêtres », dit-elle en considérant l'appli Uber sur son écran. « Il regarda dans le jardin. »

Non, fini les Uber. Elle se sentait d'humeur mélancolique, et Shosh la mélancolique aimait bien marcher. Elle rangea son portable et se mit en route pour chez elle en récitant l'histoire à voix haute.

— « Il ne vit pas Ranelot. »

Au bout d'un moment, il se mit à pleuvoir, légèrement, d'abord, puis à verse.

— « Ranelot et Bufolet passèrent l'après-midi sur l'île. »

Chemin faisant, rincée de la tête aux pieds, elle pensa à la dernière fois qu'elle avait été aussi trempée. Dans la piscine des Abernathy. Elle s'était faufilée par la vitre du SUV et s'était ensuite hissée hors de l'eau.

— « Ils mangèrent des sandwichs mouillés sans thé glacé. »

Et, à l'instant où elle revenait sur sa décision de ne pas appeler de Uber, elle vit le panneau. Sous la pluie battante, des néons flashaient dans la vitrine, comme s'ils indiquaient un refuge en pleine tempête : TATOUE TON VISAGE.

— « Deux amis proches assis seuls ensemble », dit-elle en entrant dans la boutique.

EVAN

incidences de l'imagination infinie

Je n'aime pas parler de mes séances chez la psy. Mais bon, je comprends. D'abord, je me plains du fait que c'est super dur de partager des choses importantes, et ensuite je dis que je ne veux pas partager des choses importantes. Mes contradictions se déchaînent. Je ne sais pas, peut-être que c'est différent pour les autres, mais à mes yeux, la thérapie n'appartient qu'à moi, et à moi seul, elle n'est pas pour vous.

— OK, dit Maya.

— Pas… je vous visais pas en particulier.

Mais je pense qu'elle a compris parce qu'elle sourit et, soudain, je me rends compte que je la connais très peu.

Maya est une anomalie : douce et dure, évasive et directe, un être humain impénétrable qui a le cœur sur la main. Les murs de son cabinet sont décorés d'œuvres impossibles à commenter : des nuances colorées, des coups de pinceau calmes, aucune prise de position artistique. Pas de photos encadrées. Pas de portraits d'enfants riant aux éclats dans un champ ou de familles pieds nus au lit ; je me demande si elle a des enfants, un ou une partenaire, quelqu'un qui l'attend à la maison quand elle rentre le soir. Peut-être que ce n'est pas ce qu'elle désire. Peut-être que vivre en couple n'est pas une fin en soi pour elle et qu'elle apprécie sa solitude.

— Quelqu'un t'a demandé de parler de nos séances ? s'enquiert Maya.

— Hum ?

— Tu viens d'exprimer assez catégoriquement ton refus de parler de la thérapie. Ce qui n'est pas un problème. Mais je me demande alors qui t'a demandé d'en parler.

— J'ai juste l'impression que vers les années 1980 c'était genre totalement tabou. Et ça craignait, bien sûr. Mais aujourd'hui, c'est devenu une sorte de service de santé de base. Et je sais que parler d'un truc franchement, c'est une façon de le déstigmatiser, mais c'est juste que… Certains d'entre nous préfèrent garder ça pour eux, c'est tout.

Quand je suis dans ce cabinet, mon cerveau traite les infos à une vitesse différente, comme un système d'exploitation piraté qui fonctionne à un million de kilomètres à la minute.

— J'ai cette amie. Enfin, on n'est plus amis. Heather. Elle a organisé une fête à la fin de l'été et elle a pas arrêté : son thérapeute ceci, son thérapeute cela. Et moi j'étais là : « Mais c'est pas comme ça que ça marche. »

— Comment quoi marche ?

— *Ça.* (J'indique le cabinet d'un geste des bras.) Je suis là à cause des tempêtes. Parce que j'ai besoin d'aide. Je viens pas pour me bourrer la gueule à des fêtes et raconter à tout le monde que je suis aussi une thérapie. Comme si ça méritait une médaille.

Maya ne dit rien, mais on sait tous les deux que c'est le genre de silence qui ne durera pas.

Je me rallonge sur le canapé, parcours la pièce du regard et reporte les yeux sur elle.

— Quoi.

— Je pensais à mon père qui s'était fait opérer d'une hernie.

— OK…

— J'étais tout gamin. C'était une procédure ambulatoire mineure, il a repris le travail très rapidement. Mais il a passé le reste de sa vie à caler cette opération dans toutes les conversations. Lors des dîners de famille, pendant les fêtes, en parlant avec des inconnus dans la file d'attente à l'épicerie. C'était impressionnant, en fait, cette manière qu'il avait de dévier la conversation de manière à pouvoir y introduire les mots « intestin protubérant ». Des années plus tard, après sa mort, maman a fait remarquer au cours d'une discussion à quel point il avait eu peur de se faire opérer. Il en avait perdu le sommeil pendant des jours, juste avant, apparemment.

Où qu'elle se soit réfugiée dans sa tête pour y trouver cette histoire, Maya est de retour au moment présent, les yeux sur moi.

— Les gens ont besoin de thérapie pour toutes sortes de raisons. Parfois, ces raisons sont claires. Parfois un peu moins. Certaines personnes pensent qu'en en parlant ouvertement, ça dédramatise la situation. Ça les réconforte d'y mettre un nom. Donc elles en parlent. *Beaucoup*, parfois. Tu n'es pas obligé d'arborer ta thérapie comme une médaille, Evan. Mais je t'encourage à y réfléchir à deux fois avant de juger quelqu'un qui le fait. Il y a des gens qui ont besoin de cette médaille.

J'ai le sentiment – qui m'est récemment devenu familier – de m'être fait complètement humilier. On flotte dans cette ambiance pendant une minute : d'un côté Maya, qui attend patiemment, professionnellement ; de l'autre moi, qui suis comme un chien récemment castré. Elle finit par s'éclaircir la voix :

— Il y a un sujet que j'aimerais aborder.

Mon ventre se noue.

D'après mon expérience, ce n'est jamais bon signe quand un truc dont on veut parler nécessite une introduction.

— J'ai hésité à le soulever, poursuit-elle. Tu ne l'as pas évoqué, et je tenais à respecter cela. Mais je crois qu'il est important que tu saches que j'ai parlé avec ta mère de ce qui lui arrive. Si tu préfères ne pas en discuter, je le respecte. Mais j'ai pensé que tu devais savoir que je suis au courant.

Parfois, pour être tout à fait franc, je hais Maya. Parfois, elle dit un truc si vrai que ça me brûle la peau autour des oreilles. Ça se produit surtout quand elle parle de Will et de mon désir de prendre soin de lui, de le protéger du monde, et qu'elle me rappelle que je ne suis pas son père. Alors là, je suis soudain tenté de foutre le feu à son cabinet.

— Elle m'a dit que les médecins l'avaient diagnostiquée à temps ?

Je lui réponds par un simple hochement de tête ; c'est tout ce dont je suis capable pour le moment.

Il faut reconnaître qu'elle repère mon langage non verbal comme une pro et change d'angle d'attaque :

— Et les tempêtes ? Tu en as eu ces derniers temps ?

Je regarde par la fenêtre.

— Pas depuis le fameux mardi, je réponds succinctement.

Je suis furax en songeant à la conversation de maman et Maya. Une image surgit dans mon esprit : des croix dorées et des tapis mauves, des livres de cantiques rouges dans des casiers en bois fixés à l'arrière des bancs d'église.

— On allait au temple ensemble. La famille de Heather et la mienne.

— Ton amie qui a organisé la fête.

— Ex-amie. Et si je suis allé à cette fête, c'est seulement parce qu'Ali m'a dit que si je sortais pas de chez moi, j'allais devenir comme le trou de balle d'un ermite.

— D'accord.

— L'idée étant que si un ermite ne voit jamais la lumière du jour, imaginez son tro…

— J'ai compris, merci. (Un bref sourire, puis :) Tu vas toujours au temple ?

— Oui. Non. Enfin… On a arrêté quelques mois après le départ de papa.

Sur la table basse, une petite plante en pot. Je n'y connais rien en fleurs. Si on me collait un flingue sur la tempe, je dirais que ce sont des marguerites. Elles sont juste à côté de la boîte de mouchoirs ; je me demande comment j'ai pu passer à côté.

— Quelqu'un est tombé, s'est égratigné le genou ou un truc dans le genre, dis-je.

— Au temple ?

— À la fête. On était dans la cave et quelqu'un s'est coupé.

Des lys, peut-être ? Des iris. Quoi qu'il en soit, elles sont bien ouvertes, jaune et blanc.

— Heather soignait ce type qui s'était fait mal, et quand elle a sorti une boîte de pansements, elle s'est mise à parler de ce môme qui allait au même temple qu'elle – « un gamin chelou », elle a dit, qui portait des pansements sur tout le corps. Elle a ajouté qu'il avait un truc qui tournait pas rond dans sa tête, mais que personne ne voulait l'admettre.

J'en viens à me demander si ce sont de vraies fleurs, si des spécimens si parfaits peuvent être vivants.

— Elle savait qu'elle parlait de ton frère ?

— Il y avait pas mal de monde. Je suis pas sûr qu'elle ait remarqué ma présence.

Maya réfléchit.

— Ce n'est pas la première fois que tu entends quelqu'un parler de Will de cette manière.

— Ce sont des vraies ? (Je pointe du doigt les fleurs sur la table basse.) C'est pas possible, hein ?

— Si. Ce sont de vraies fleurs.

Je me penche en avant pour les renifler et, oui, en effet, ce sont des vraies.

— Evan.

— Je comprends pas comment on peut l'abandonner.

J'effleure un pétale doux, m'attendant un peu à ce qu'il tombe, mais il tient bon.

— Abandonner Will ?

— C'est le plus doux des enfants. Il est gentil et calme, et il se mettrait à vivre dans le carton du réfrigérateur si je l'y autorisais, et c'est juste que je… je comprends pas comment on peut l'abandonner.

— Tu as parlé à ton père récemment ?

Je lui réponds que non, et que si papa veut parler, il sait où me trouver, et puis je me décale vers le rebord du canapé, me penche au-dessus de la table basse, et enfouis bien mon visage dans les pétales de la plante en pot. À un moment donné, je me rends compte qu'il faut que j'arrête avec les fleurs.

— Evan, par curiosité – quand tu as surpris le commentaire de Heather au sujet de ton frère, comment as-tu réagi ?

— Je n'ai rien fait. Je suis parti.

— Partir est une réaction.

— Vous m'avez compris.

— Tu ne lui as rien dit ?

— Non, mais… j'avais beaucoup bu.

— J'ignorais que tu buvais.

— D'ordinaire, c'est pas le cas.

Une minute passe en silence, je vois bien qu'elle attend que je craque. Une forme d'art en soi : rester assis immobile ; fixer du regard ; ne rien dire.

— En fait… je suis pas parti tout de suite.

Maya m'observe, patiente, elle excelle dans son art.

— Après avoir lâché ce truc sur Will, elle s'est mise à lister toutes les manières dont le corps s'autogère. Comment une coupure au doigt cicatrise toute seule. Comment le cœur bat, les poumons respirent, et plus elle parlait, plus je buvais. À tel point que je sentais plus mes pieds, et quand c'est revenu, j'ai filé. Ali a couru après moi. On a réussi à atteindre un parc au bout du pâté de maisons avant que je dégueule.

Vous comprenez, Maya ? Pitié, dites que oui, que vous voyez cette lumière lente, angulaire qui se faufile sur la moquette de ma chambre. Dites que vous voyez l'oiseau silencieux dans l'arbre. Tous mes avants qui s'achèvent, mes après qui commencent. Pitié, dites…

— Vous avez vu le film, hein ?

Elle ne s'enquiert pas du titre, elle sait.

— Ça fait un moment.

— Leur cœur rougeoie. C'est comme ça qu'ils communiquent entre eux, en partie, E.T. et les autres extra-terrestres.

La première fois qu'on l'a regardé, Will a dit que ça lui faisait penser à nous. On était par terre, adossés au canapé, un carton de pizza ouvert sur la table basse. Quand le petit cœur d'extra-terrestre s'est illuminé, Will était captivé. « C'est comme nous, a-t-il dit. Mon cœur brille pour toi. Et le tien brille pour moi. »

Si les sentiments étaient une maladie, je serais au stade terminal. J'attrape un mouchoir dans la boîte, m'essuie les yeux, et quand Maya réplique : « C'est beaucoup plus qu'un simple film pour vous, les garçons – c'est un langage », je comprends enfin pourquoi j'ai fait une fixette sur le pot de fleurs sur la table basse. Il me rappelle le pot du film, celui qui reflète la santé de E.T., fanant et s'épanouissant à l'unisson de sa vie et de sa mort.

— Il a arrêté d'en porter, dis-je à mi-voix.

Un battement de cœur. Maya enregistre l'info.

— Quand ça ?

— Genre y a un mois. Il est parti à l'école un matin, couvert de pansements. Et quand il est rentré dans l'aprèm, ils avaient disparu. Il refuse d'en parler. Je sais pas pourquoi je vous ai rien dit la dernière fois…

— Ce n'est pas grave.

— C'est pas moi qui vais lui dire de s'endurcir.

— Je sais.

— Pas question.

— Evan… Pourquoi as-tu quitté la fête de Heather à ton avis ?

— On est encore là-dessus ? Je vous ai raconté ce qu'elle a dit à propos de Will. Si j'étais pas parti, je lui aurais fichu mon poing en pleine figure.

— Ce qu'elle a dit sur ton frère est inexcusable. Mais je ne pense pas que ce soit la raison de ton départ précipité.

Cette image encore : ma chambre avec cette lumière qui défile sur la moquette.

— J'arrivais pas à respirer. Heather a beau dire, le cœur est un muscle, et s'il ne brille pas, il meurt…

À l'instant où le mot franchit mes lèvres, je saisis. Et quand je reporte les yeux sur Maya, je découvre l'expression d'une personne qui était parvenue à cette conclusion bien avant moi, et qui attendait que je la rattrape.

— Parfois, dit-elle doucement, calmement, notre corps ne guérit pas tout seul. N'est-ce pas ?

J'attrape un autre mouchoir dans la boîte.

*

Le soir où ma mère m'a annoncé qu'elle avait un cancer, je faisais semblant de dormir. Mes yeux étaient clos, du coup je ne voyais pas sa tête s'aventurer dans l'encadrement de la porte, je ne voyais pas la lumière du palier se faufiler sur ma moquette pour y former un dessin angulaire. Mais j'en avais conscience.

Les choses qu'on mémorise sans le vouloir, des impressions sous les paupières.

— Ev ? a-t-elle murmuré. Tu dors ?

Faire semblant de dormir, c'est la plus puérile des vengeances : réveillé dans le noir, les yeux fermés, *ça lui apprendra.* Comme si c'était sa faute si elle rentrait tard à la maison. Comme si ça lui faisait plaisir d'enchaîner les boulots.

Et pourtant, j'étais étendu dans mon lit comme un gamin vexé qui tenait à mettre les points sur les *i. Oui, maman, tu es en retard. Tant que ça ? Y a qu'à me regarder. Je dors à poings fermés.*

— Evan ?

On était encore en été, une chaleur moite imprégnait la chambre. Vingt-quatre heures plus tard, très précisément, Ali me retenait les cheveux en arrière pendant que je dégueulais dans le parc.

J'ai entendu la porte qui se refermait, et je ne sais pas ce qui m'a pris, mais j'ai ouvert les yeux et redressé le buste.

— Maman.

La porte s'est rouverte en grand.

— Hé. Je voulais pas te réveiller.

On a chuchoté en jetant des coups d'œil vers la porte de l'autre côté du palier. Depuis le départ de papa, notre amour mutuel pour Will s'est mué en un truc nouveau, une sorte d'hybride de rapport fraternel et parental, comme si, en l'absence de notre véritable père, on avait uni nos forces pour combler le vide qu'il avait laissé.

En un sens, Will était la constante dans la variable de notre famille : *jamais* il n'arrivait qu'on ne pense *pas* à lui.

Maman m'a dit qu'elle voulait qu'on parle, mais elle est demeurée immobile sur le pas de la porte. Je me suis demandé si elle attendait ma permission, et j'ai donc répondu :

— OK.

— Je voulais te parler de…

Elle a suspendu sa phrase, a pénétré enfin dans ma chambre, fermé la porte, et allumé une lampe sur pied.

— Coucou, elle a dit.

— Coucou.

Je m'interroge souvent sur le champ du possible qui s'offrait à ma mère, outre la réalité dans laquelle elle a atterri. Chevelure noire, yeux noirs, cette peau diaphane constellée de taches de rousseur dont on a hérité, Will et moi. Contrairement aux mères de certains de mes amis, elle embrassait son âge avec classe, et elle a beau avoir le teint un peu pâlot ces derniers temps, eh ben, on peut pas franchement lui en tenir rigueur. Ma mère s'exprime comme un roman, brandit de beaux mots avec aisance, des mots précis, parfaitement adaptés au sujet abordé. Elle a le genre d'intelligence qui surprend l'interlocuteur et, intelligente, elle l'est suffisamment pour se montrer bienveillante. Et, par-dessus tout peut-être, elle possède un humour qui découle de son intelligence et de sa bienveillance, et je l'aime tellement. Dans un autre monde, elle aurait sûrement accompli de grandes choses, des choses importantes, des choses… autre chose. Égoïstement, je suis soulagé qu'on vive dans ce monde. Mais je me demande parfois si elle, elle l'est.

— J'ai trouvé un truc, a-t-elle chuchoté en s'appuyant contre le chambranle de ma porte fermée.

Je ne sais pas quelle suite j'attendais. Un collier égaré, peut-être. Une paire de chaussettes derrière une commode.

— J'ai trouvé une grosseur. (Lentement, elle a porté la main à son cœur.) Dans ma poitrine.

Je n'avais pas les mots. J'ai voulu dire quelque chose, mais j'ai à peine pu articuler :

— Quand ?

— La semaine dernière.

— OK.

— J'ai eu une biopsie hier.

— Maman.

— Ça va. J'ai un peu mal, mais…

Les yeux rivés au plancher, elle a secoué la tête, et quand elle a relevé le regard, j'ai vu de nouveau cette expression qu'elle m'avait présentée des années plus tôt, quand j'étais rentré de l'école et qu'elle m'avait appris que notre très vieux chien adoré s'était endormi le matin même et ne s'était pas réveillé.

On avait dit qu'on attendrait avant de reprendre un chien. Histoire d'honorer sa mémoire.

On attend toujours.

— Tu vas bien ? je demande, une question qui m'a paru à la fois stupide et pas stupide.

— On doit m'appeler dans quelques jours. Avec les résultats.

Dans la lumière diffuse de la chambre, elle a posé les yeux par terre avant de parcourir la pièce du regard et j'ai songé : « Elle gagne du temps. » Et puis j'ai compris qu'elle avait vraiment besoin de ne pas être seule à ce moment-là.

— Donc, on sait pas si c'est... (Rien qu'à l'idée de prononcer ce mot, j'ai eu envie de le ravaler et de ne plus jamais le goûter. Vite, avant qu'elle ait l'occasion de répondre :) J'aurais pu te conduire. Si tu avais besoin d'un chauffeur.

— Un ami du boulot m'a accompagnée. M'a laissée me reposer chez lui après. De toute façon, c'était en ambulatoire. J'étais patiente en consultation externe. (Puis, surtout pour elle :) C'est stupide comme expression. Comme si je n'étais pas une vraie patiente parce que je n'y passe pas la nuit. (Elle a enfin croisé mon regard.) J'avais décidé de ne pas t'en parler. Et alors j'ai franchi le pas de la porte, j'ai monté les escaliers...

— Et tu m'en as parlé.

Elle a détourné encore le regard, s'est essuyé les yeux, et ce n'est que là que j'ai remarqué les larmes. Mes propres larmes finiraient par couler mais, à cet instant, j'étais accablé par une révélation née de la subtile distinction entre deux pronoms : j'en voulais à mort à papa de *nous* avoir quittés ;

jusque-là, ça ne m'était pas venu à l'esprit de le détester pour l'avoir quittée *elle*.

Je suis sorti de mon lit, j'ai traversé la pièce pour la rejoindre.

— Je t'aime, maman.

— Moi aussi je t'aime.

Le jour suivant, je suis allé à une fête où Heather Abernathy a dit de la merde sur mon frère et sur le fait que le corps se soigne tout seul, et j'ai dû quitter une cave pleine de cœurs atrophiés. J'ai dévalé la rue, et j'ai dégueulé dans des buissons, et ma meilleure amie m'a prouvé son amitié en me tenant les cheveux, et je me suis mis à entendre des chansons que personne d'autre n'entend, et pour une raison que j'ignore, je peux confier cette histoire de chansons à ma meilleure amie, mais je n'arrive pas à lui parler du cancer de ma magnifique maman, et je peux parler du cancer de ma mère à ma thérapeute, mais je n'arrive pas à lui faire part des chansons. Et puis je me rappelle qu'on vit dans un monde où des gens brillants ont un jour cru que les oiseaux migraient jusqu'à la Lune, et il m'apparaît alors que le champ du possible est infini quand on ne comprend rien.

Le monde, tel un môme qui fait semblant d'être endormi.

Deux soirs plus tard, cette lumière angulaire s'est faufilée à nouveau sur ma moquette. Je me suis redressé comme un ressort sans faire mine de dormir cette fois.

— Coucou.

Elle n'a rien dit ; j'avais compris parce que je la connais par cœur.

Dans les semaines et les mois qui suivraient, on apprendrait d'autres nouvelles, plus ou moins bonnes. Il y aurait de nouveaux médecins, avec de nouvelles terminologies, et des bonnes nouvelles qu'on célébrerait allégrement – l'ablation fructueuse de la masse ; la biopsie du ganglion lymphatique qui s'avérerait bénin, l'annonce qu'une chimio n'était pas nécessaire. Ces nouvelles, modérées par une sorte de prise de conscience, tandis que le soleil se couche :

On se demande ce qui arrivera si le pire se produit.

On reconfigure ses espoirs, on cherche des manières de renforcer la corde brusquement raccourcie entre nos mains.

On négocie avec Dieu dont l'existence potentielle et la non-existence potentielle nous paraissent également terrifiantes.

On parle en pourcentages, comme si les années de vie étaient des dollars épargnés et dépensés.

Depuis qu'on est gosses, on nous rabâche que rien n'est éternel, et pourtant, maintenant, confronté à la mortalité de sa propre mère, on est horrifié à l'idée qu'elle ne soit pas immortelle.

Surtout, étendu dans son lit en pleine nuit, on se demande comment il est possible de vivre dans un monde sans la personne qui nous y a mis.

SHOSH

l'art de voler poliment

Shosh était assise sur la banquette arrière d'un Uber ; elle fixait son portable dont l'écran éclairait son visage comme si elle était un personnage qui se livrait à un monologue sur le devant de la scène, sous les projecteurs. Elle se demandait si elle avait toujours été un imposteur.

— Ça va, ma belle ?

Elle leva la tête et repéra une paire d'yeux bleus qui l'observaient dans le rétroviseur. La conductrice possédait une crinière de boucles blondes et avait plus ou moins le même âge qu'elle, ce qui rendait la situation un peu bizarre et la mit mal à l'aise.

— Tu saignes, fit remarquer la fille.

Elle fouilla sous son volant, sortit un rouleau d'essuie-tout de nulle part et le lui tendit.

En effet, un filet de sang s'était échappé du pansement et faufilé le long de l'avant-bras de Shosh. Elle s'était attendue à ce que le tatouage soit douloureux ; elle n'avait pas prévu autant de sang. Après avoir tamponné le bordel, elle rendit le rouleau à la conductrice avec un merci, puis elle se remit à scruter son écran de téléphone où s'affichait son dernier distique de chalet, de plus en plus consciente de son imposture.

La photo présentait un chalet moderne dans les bois. Le ciel était bleu océan, de la couleur d'un vrai crépuscule ; la neige tapissait le sol et le toit, et s'entrelaçait aux branches noires comme des bâtons de sucre d'orge. Mais ce qui rendait le chalet unique, c'était son asymétrie : la façade droite tout entière était constituée d'un panneau de verre ; à l'intérieur, une lumière chaleureuse chatoyait au-dessus d'un lit qui suggérait que des amants s'étaient trouvés là récemment ; sur la gauche, le toit était prolongé par un auvent qui abritait une petite terrasse en plein air.

Pour accompagner la photo, Shosh avait écrit…

Je suis la peinture fantasque d'un mystérieux paysage
Mes mains sont taillées pour encadrer ton visage

« Pour être artiste, il faut être un cambrioleur habile », avait pour habitude de dire Mrs Clark, l'idée étant que dans chaque pièce où l'on se trouve, les personnes qu'on rencontre apportent de la matière à notre réflexion. Un accent, un tic particulier qui éveille notre curiosité… Bientôt, où qu'on aille, on grappille des choses chez tout le monde, comme un seau qu'on plongerait dans le puits de chacun. Les dessins qui s'en inspirent deviennent une seconde nature. Tant et si bien que de temps à autre, ce qu'on crée nous donne l'impression de déjà exister, de flotter dans les airs, prêt à être cueilli, écrit, exigé.

Contemplant son dernier poème, Shosh se rendit compte que c'était exactement ce qu'elle venait de faire.

— Un petit conseil, dit la conductrice. Tu devrais vraiment pas boire avant de te faire tatouer. Sans aucun jugement de ma part. Mais j'en ai quelques-uns moi-même, et l'alcool fluidifie le sang. À l'avenir, ça pourra te servir. Au fait, je m'appelle Ruth. Hamish.

Ruth possédait un fort accent du Sud, et son élocution donnait le sentiment qu'elle avait grandi entourée de grands frères : rapide, confiante, la voix d'une bagarre de cour.

— Shosh.

— Ouais, je sais qui tu es. T'inquiète pas, tu peux pas me connaître, c'est normal. J'étais dans la classe d'au-dessus à Ivy. En plus, dans le diagramme de Venn des cercles sociaux, on aurait eu zéro connexion. Enfin, je suis plus canon qu'à l'époque ? En partie parce que je me connais mieux ? Mais ouais, quand j'étais à l'école, y avait pas moyen. T'étais inaccessible genre – pas sur une autre planète, mais dans une autre galaxie. Par contre, on serait peut-être amies aujourd'hui.

À l'exception du pick-up de Chris Bond, Shosh n'avait pas conduit depuis la mort de sa sœur. Quand elle ne pouvait pas se rendre quelque part à pied, elle appelait un Uber, du coup, elle était devenue une sorte d'experte en la matière et connaissait les services proposés par la société : les petites bouteilles d'eau minérale, les bonbons à la menthe dans la boîte à gants, le chargeur de portable. Elle avait entendu un tas d'anecdotes et d'histoires, sur des jeunes qu'elle ne rencontrerait jamais, et des endroits où elle ne mettrait jamais les pieds, mais elle pouvait affirmer sans trop s'avancer qu'elle n'avait jamais rencontré personne comme Ruth Hamish.

— Tu rayonnes sur scène, au fait, disait Ruth. Je suis allée voir *Les Sorcières de Salem* quatre fois rien que pour ton jeu d'actrice. J'avais séché les cours la troisième fois pour y assister. T'es putain d'*inspirée.*

Shosh hésita entre le rire et les larmes, et quand elle ouvrit la bouche pour dire « Merci, mais c'était dans une autre vie », voici ce qu'elle répondit à la place :

— Ma sœur a été tuée par un conducteur en état d'ivresse.

Un temps avant que ces yeux bleus croisent de nouveau son regard dans le rétroviseur.

— Merde.

Shosh appuya la tête contre la vitre froide ; les lumières de la ville qui défilaient lui faisaient la sensation d'un baume hypnotique.

— Je suis allée à une fête cet été. J'ai parlé à personne. Juste bu. Au début un peu, et puis beaucoup. Le seul à être plus bourré que moi, c'était probablement ce sac à merde de Chris Bond. Tu le connais ?

Ruth secoua la tête.

— C'est le genre de mec qui se campe près de l'escalier pour mater les filles en jupe qui montent à l'étage. Il peut pas faire une blague sans parler de sexe ou se foutre de la gueule de quelqu'un. Il a dû me demander de sortir avec lui une dizaine de fois. Je lui répondais d'aller se faire foutre, et il rigolait comme si c'était une plaisanterie, et ensuite il faisait courir le bruit que c'était lui qui m'avait jetée.

Shosh se demanda pourquoi c'était si facile de se confier à une totale inconnue. Peut-être que c'était justement pour ça que c'était facile. Il n'y a aucun enjeu quand la confidente n'est qu'une paire d'yeux dans un rétroviseur.

— Il était super tard, reprit Shosh. Les gens commençaient à s'en aller. Je l'ai vu marcher en titubant vers la porte, en faisant tourner ses clés de voiture dans sa main. Et j'ai su ce qui me restait à faire. Il avait garé sa monstrueuse

Tahoe sur le trottoir, devant la maison. J'ai attendu qu'il démarre le moteur, j'ai couru jusqu'à lui et ai prétexté que Heather avait un truc pour lui dans la cuisine. Dès qu'il est rentré, j'ai grimpé au volant, j'ai appuyé sur l'accélérateur, je suis montée sur le trottoir, j'ai traversé le jardin, contourné la maison et foncé droit dans la piscine avec cette putain de bagnole.

Une résolution glaciale suinta de ses os, emplit son corps comme de l'eau dans un ballon jusqu'à ce qu'elle crève d'envie d'être ailleurs, n'importe où, pour commencer une nouvelle vie sous un nouveau nom dans une nouvelle ville.

— La plupart du temps, j'ai l'impression de perdre la tête.

— Parfois, tu crois que tu perds la boule, alors qu'en vrai, ce sont juste les autres qui tournent pas rond.

Shosh détourna les yeux de la vitre pour les reporter sur cette conductrice Uber qui apparemment véhiculait la parole d'un sage.

— T'es une putain de génie, Ruth Hamish.

Ruth haussa brièvement les sourcils, comme pour dire : « Je suis plutôt douée. »

— Donc tu trouves pas ça complètement dingue ? demanda Shosh. Plonger une bagnole dans une piscine ?

Ruth réfléchit un instant, et quand elle prit la parole, elle pesa ses mots comme si elle donnait une citation :

« *Comme je ne pouvais m'arrêter pour la mort,*
Aimablement elle s'arrêta pour moi ;
La voiture ne contenait que nous deux
Et l'Immortalité[1]. »

1. *Poèmes choisis*, traduction de Pierre Messiaen, Aubier, 1956.

— C'est de qui ?

— Qu'est-ce que j'en sais. (Ruth brandit un petit carnet ouvert à la date du jour.) Mon petit ami m'a offert ce calendrier avec un poème par jour. (Elle l'examina de plus près, grillant un feu plutôt orange.) Emily Dickinson.

Le Uber s'engagea dans le quartier de Shosh, et la chanteuse fantôme se fit entendre en fond sonore – évoquant des peintures fantasques et des paysages mystérieux – et Shosh réfléchit aux mots qu'elle avait cueillis dans les airs et qu'elle s'était appropriés. Ce qui la contrariait le plus, au-delà de l'idée du plagiat involontaire, c'était de ne pas comprendre. Comment les chansons avaient-elles infiltré son inconscient au point qu'elle était incapable de distinguer ce qu'elle avait consommé de ce qu'elle avait créé.

Elle ouvrit son téléphone, afficha sa dernière publication en date, et appuya sur « supprimer ».

Lorsqu'elle se garèrent dans son allée, elle remercia Ruth pour la course, mais avant qu'elle descende de voiture, celle-ci griffonna son numéro sur un morceau de papier, le lui tendit, lui dit de l'appeler n'importe quand, nuit et jour.

— Je crois pas qu'avoir plongé la voiture de ce gros con dans la piscine, c'était de la folie, dit-elle. Je pense que tu n'as pas pu sauver ta sœur, donc tu as tenté de sauver la sœur de quelqu'un d'autre.

EVAN

pas de muscles

Ça ne nous arrive pas souvent de dîner dehors. Le planning de travail de maman et les rendez-vous médicaux pour ses séances de radiothérapie nous en empêchent. Mais ce soir, les étoiles se sont alignées. En plus de son congé pour la soirée, maman a remporté une carte cadeau chez Chili's à une sorte de tombola organisée par son boulot. Bingo !

Juste avant de partir pour le restaurant, elle a mentionné les restes dans le frigo d'un ton très adulte, genre : « on ferait mieux de », ce à quoi j'ai répondu en soulignant que ça fait trois semaines qu'on a appris que le cancer ne s'était pas propagé, qu'elle n'aurait pas besoin de chimio, et qu'on n'avait toujours pas fêté la nouvelle.

— On va pouvoir se faire plaisir, dis-je. Des entrées délicieuses sont de rigueur. Au moins des *tenders* de poulet caramélisés.

J'ai vu ses cellules grises s'agiter.

— Ça s'appelle des *crispers,* a-t-elle rétorqué.

— Mais oui, pardi ! ai-je acquiescé.

Et nous voilà assis sur une banquette, chez Chili's, à attendre notre commande : assiettes de crispers *et* entrées délicieuses.

Que voulez-vous que je vous dise ? Nous, la famille Taft, on est un peu foufous, flambeurs jusqu'au bout.

— Ça a marché ? s'enquiert maman.

— Pas encore.

Je suis sur mon téléphone, j'essaie d'enregistrer la carte cadeau de maman sur l'appli de Chili's, ce qui permet apparemment d'obtenir un starter gratuit.

— Et tu me dis que c'est fastoche ?

— Ça dit juste : « Téléchargez notre appli, enregistrez votre carte cadeau, profitez d'une entrée offerte. »

— « Avec l'appli, l'entrée, c'est gratuit. » C'est quand même pas sorcier. J'aurais dû faire du marketing. (Maman souffle en secouant la tête, un toc qui n'appartient qu'à elle.) Oh ! On aurait dû inviter Ali. Chili's, c'est pas son endroit préféré ?

En effet, Chili's est le lieu de prédilection d'Ali. Mais on n'a qu'une seule carte cadeau, qui ne suffira pas à couvrir l'intégralité de notre repas à tous les quatre, et je ne voulais pas que maman se sente obligée de l'inviter. Évidemment, je ne lui explique pas tout ça. Je hausse les épaules, genre : « Trop tard. »

Face à moi, la tête enfouie dans une adaptation illustrée de *E.T.*, Will chante « Avec l'appli, les entrées, c'est gratuit », en boucle sur la mélodie de l'inoubliable bande originale de John Williams.

— Si ça peut te faire plaisir, dis-je, cette appli, c'est de la merde. Ça me rend dingue.

— Tu es en colère ? demande Will sans lever les yeux de son livre.

— Pas contre toi, mon pote. Contre la technologie.

— La technologie ne peut même pas marcher ou parler. (Il tourne une page, et poursuit calmement.) La technologie, ça a pas de muscles. Tu devrais pas être en colère contre un truc qui a même pas de muscles.

Maman esquisse un sourire, puis un haussement d'épaules qui veut dire : « Il marque un point. »

— Il faut que j'urine bientôt, Mary. (Will consulte sa montre, appuie sur des boutons.) Dans deux minutes.

Mon frère est le seul gamin que je connaisse qui se donne un compte à rebours pour aller aux toilettes. Chez la plupart des gens, le *bip* d'une alarme ne retentit que pour le réveil. Chez nous, il signale un besoin pressant.

— Je préfère que tu m'appelles *maman*, tu le sais.

— Ton nom, c'est Mary, réplique-t-il. Comme la mère d'Elliott dans *E.T.* D'ailleurs, les initiales de Evan, c'est aussi E.T.

Je lève la tête de mon téléphone.

— OK, c'est… bizarre.

— Chéri… (Comme pour démontrer qu'elle est notre maman, elle adopte son ton de maman, puis elle dit un truc que je me suis répété un million de fois dans ma tête, mais que j'ai été incapable d'articuler à voix haute :) J'ai remarqué que tu avais cessé de porter tes boucliers anti-bobos.

Imaginez un resto tout au fond de la mer, sombre et figé, le son coupé, les chaises et les tables et les couverts flottant comme des ballons.

Will, enfoui dans son bouquin, ne relève même pas la tête.

— C'est pas un scoop, Mary.

Maman hausse les épaules et opte pour un subterfuge vieux comme le monde : faire comme si elle s'en fichait.

— Ça m'est égal, tu sais. Tu fais un truc tous les jours pendant un an, et soudain tu t'arrêtes. Je suis curieuse, c'est tout.

Hélas, l'alarme de la montre de Will se déclenche : il pose son livre, éteint le *bip* et nous interroge du regard.

— C'est à qui le tour de m'accompagner aux toilettes ?

SHOSH

rien n'arrive par hasard (et autres perles de conneries)

— C'est dingue mais y a pas de Chili's à Evansville, et je rêve de ces fajitas comme si j'étais enceinte jusqu'au cou.

Shosh regarda son amie enfourner une demi-tortilla dans sa bouche ; ça l'aurait dégoûtée si elle n'avait pas été soulagée de passer du temps avec une personne autre que ses parents ou ses bons potes de la police d'Iverton.

— Tu l'es ?

— Chuis quoi ?

— Enceinte ?

— Hmm pas moyen.

Ella Tubb, une ancienne camarade de classe mordue de théâtre, comme Shosh, lui avait envoyé un message le matin même pour lui dire qu'elle était de passage en ville à l'occasion de l'enterrement de quelqu'un de sa famille (une grand-tante qu'elle connaissait à peine), mais est-ce que ça dirait à Shosh de manger un bout avec elle rapido, c'était elle qui régalait.

— Alors c'est comment ? demanda Shosh.

— Ça manque de coriandre.

— Je parlais d'Evansville.

Elle haussa les épaules.

— C'est bien. Le département d'art dramatique est super, même si y a pas un seul prof qui arrive à la cheville de Mrs Clark. On est en train de monter *The Wild Party*. J'interprète Kate. Quoi d'autre ? Ma coloc est barge. Ses parents étaient un truc comme… fondamentalistes évangéliques ? Chalet en montagne, genre connerie de fin du monde ? Donc, voilà. Elle a plutôt vrillé. Elle tient un tableau de ses exploits sexuels sur le mur, du coup c'est marrant.

Dans les mois qui avaient suivi le décès de Stevie, une vague de condoléances avait déferlé sur Internet. Ses amis avaient appelé ou lui avaient envoyé un message pour lui dire combien ils étaient désolés, qu'ils pensaient fort à elle, etc. Manque de bol, c'était l'été qui suivait le bac et la plupart se préparaient à entrer à la fac. D'autres se livraient à des vacances dépravées pour profiter au max de leurs dernières semaines de liberté. Les camaraderies qui avaient tenu quatre ans s'effondraient déjà au moment où Stevie était morte. Le message d'Ella ce matin-là n'en était que plus important.

Pourtant, dans un sens, elle ne pouvait pas s'empêcher d'éprouver de la jalousie à l'égard d'Ella. Le théâtre avait un côté compétitif, indubitablement, mais quand on tient le rôle principal, la compétition, c'est la scène, le rêve.

Ella et elle avaient participé à la même course ; à présent, Shosh regardait depuis les tribunes.

— Comment vont Lana et Jared ? demanda Ella.

Shosh tâcha de trouver les mots qui puissent décrire au mieux l'état actuel de ses parents.

— C'est comme si… on habitait sous le même toit, mais dans des pays différents.

Ella s'essuya la bouche avec une serviette, repoussa lentement son assiette.

— Et toi, comment ça va ? *Franchement ?*

Avant tout ça, Shosh souriait. Elle avait vu des photos, des versions d'elle-même souriante et heureuse. Elle essaya d'afficher un de ces sourires, comme au bon vieux temps.

— Ça va super.

— *Sho.* C'est vrai que tu as foncé avec la voiture de Chris Bond dans la piscine de Heather ?

— Il était ivre mort et il s'apprêtait à rentrer chez lui en bagnole.

— Je vois. Donc tu étais sobre quand tu as pris le volant ? J'ai entendu la version héroïque, Shosh, et je suis pas dupe. Combien de nuits tu as passées chez moi ? Et combien de fois maman a débarqué dans ma chambre en titubant, à deux heures du mat, pour s'évanouir sur le plancher ? Je doute pas de tes bonnes intentions. C'est comme ça avec les addictions. Crois-moi, je sais de quoi je parle.

— Qu'est-ce que tu veux que je te dise ? (Shosh grignota une bouchée de hamburger, tenta de changer de sujet.) Putain ! Elle me manque trop.

— Bien sûr qu'elle te manque. Mais tu peux pas te laisser dépérir comme ça. Ce n'est pas ce que… (Ella suspendit sa phrase, comme si prononcer le prénom de Stevie à voix haute risquerait de rappeler à Shosh qu'elle était morte.) Elle ne voudrait pas ça pour toi.

— Tu ne la connaissais même pas.

Comme un génie surgit d'une lampe, leur serveur apparut devant elles.

— Comment ça se passe pour ma table préférée ? Les fajitas sont bonnes ?

— Tout va bien, merci, répondit Ella.

— En fait…

Shosh s'empara du menu des boissons posé au centre de la table, et pointa du doigt l'image d'un énorme cocktail qui flottait au-dessus d'une plage, tandis que plus haut, plaqués sur un arc-en-ciel, les mots « Tropical Sunrise Margarita » se détachaient d'un ciel estival.

— Je peux avoir ça ?

La joute débuta. Ils se jaugèrent à tour de rôle. Ce fut elle qui prit les devants. Elle évalua le serveur : la quarantaine bien tassée, un peu dégarni, avec un vestige de jeunesse. Comme s'il se raccrochait aux branches. Bien. Il y avait matière à négocier. Ayant passé commande, elle attendit que le serveur réplique : elle sentit son regard se poser sur elle, tâchant d'estimer son âge, elle vit qu'il hésitait entre la jouer cool et s'en tenir au règlement. Dans le cas précis, comme Shosh l'avait prédit…

— OK. (Il leur offrit un sourire.) Deux jolies filles comme vous.

— Mec, intervint Ella. C'est dégueu.

Le sourire du serveur se volatilisa ; il se tourna vers Shosh.

— Je reviens tout de suite avec ta boisson.

Après son départ, Ella s'exclama :

— Beurk.

— Ouais.

— Me dis pas que tu as l'habitude de faire ça.

Shosh haussa les épaules, replongea son nez dans son burger.

— J'ai l'air plus âgée.

— Tu es une bombe incandescente, Sho. Évidemment qu'il t'apporte ta boisson.

— Une bombe incandescente ?

— Et ça, c'est quoi ? (Ella montra du doigt sur l'avant-bras de Shosh le tatouage qui venait de pointer son nez sous la manche de son manteau.) Tu as dupé l'artiste aussi ?

— J'ai dix-huit ans. Je pourrais me faire faire l'intégralité du bras si je voulais.

— C'est un *crapaud* ?

— C'est pas *un* crapaud. C'est *le* crapaud. *Bufolet* pour les connaisseurs. De *Ranelot et*...

— Qu'est-ce qui est écrit ?

À contrecœur, Shosh retroussa sa manche pour révéler le mot tatoué sous le dessin de Bufolet. : « seule ».

— Pas la peine d'en faire tout un plat, dit Shosh.

— C'est putain de triste.

— C'est rien qu'un... écoute, on peut éviter ?

Elles mangèrent en silence pendant quelques minutes, mais quand la bassine de margarita tropicale de Shosh fut servie, Ella reprit le rôle de l'amie inquiète. Elle évoqua un temps pour pleurer et un temps pour tourner la page ; deux fois, elle prononça les mots « rien n'arrive par hasard », et Shosh se demanda ce qui, de son cocktail ou des mots de son amie, était le plus sirupeux.

— Faut que je fasse pipi, dit-elle brusquement, lassée des deux.

Ella indiqua d'un geste du menton le verre-bassine maintenant vide.

— Pas étonnant.

— Écoute... (Shosh sortit son téléphone, composa un message pour Ruth.) Je sais que tu cherches à m'aider. Mais je vais bien. Franchement. (Elle finit son texto et quitta la banquette.) Je peux te faire un virement pour le repas ?

— C'est pour moi. Tu ne prends pas le volant, hein ?

— Je ne conduis pas, rétorqua Shosh.

— Je peux te déposer…

— C'est bon, quelqu'un vient me chercher.

Shosh se pencha en avant, trébucha, se ressaisit, embrassa son amie sur la joue. Elle la remercia pour le dîner, se dirigea vers les toilettes, puis quitta le restaurant en regrettant qu'Ella ne s'en soit pas tenue à l'enterrement, point barre.

Étrange que la confiance soit liée au temps, la quantité de l'un dépendant de celle de l'autre. Shosh n'était pas encore sortie de sa bulle, n'avait pas voyagé. Son monde était limité. Aussi, qu'est-ce qui lui faisait penser qu'elle avait déjà rencontré ceux qui lui seraient le plus chers et qu'elle aimerait le plus ? En ce sens, en matière de confiance, la géographie n'était-elle pas plus importante que le temps ?

Une amie qu'elle connaissait depuis des années, plus là.

Une amie qu'elle venait de rencontrer, toujours disponible par téléphone.

EVAN

épithètes étrangement précis

Quand les gens disent que les porcs sont propres, je suppose qu'ils sous-entendent « comparés aux autres animaux de la ferme ». Si on mettait un cochon dans la salle à manger de votre grand-mère, personne ne serait, genre : « Nan, mais sérieusement, ce cochon est *impeccable*, putain ! » Dans la même logique, on pourrait dire que les toilettes de chez Chili's sont propres – mais ça reste quand même des toilettes publiques.

À l'instant où l'on y pénètre, Will inspire à fond.

— Ça sent succulent et épuisant là-dedans.

Un inconnu ricane dans l'une des cabines.

Je dis à Will de faire son affaire. Il se faufile jusqu'à l'urinoir le plus bas pendant que je l'attends près du lavabo et, bien sûr, c'est ici que Oiseau-de-nuit décide de se joindre à nous. Sa voix est forte, presque autant que l'autre jour, dans l'auditorium du lycée, lorsqu'on contemplait Shosh qui chantait au piano. Il s'agit de la Chanson n° 1, celle que j'entends le plus souvent, mais elle aborde un passage inédit. Je sors mon téléphone, ouvre l'appli Notes, ajoute les nouvelles paroles avec enthousiasme, mes doigts tâchant de suivre, quand…

— On dirait que le môme a besoin qu'on lui fasse la courte échelle.

L'inconnu de la cabine se trouve maintenant derrière moi ; il désigne Will, qui se tient là, les yeux levés vers moi, les bras tendus.

— Ah oui. Désolé. (Je range mon portable, soulève Will par la taille pour qu'il atteigne le robinet.) Pourquoi tu m'as pas demandé, mon pote ?

— Je l'ai fait. Tu étais dans une galaxie très très lointaine.

Quelle que soit cette galaxie, j'y suis encore quand on sort des toilettes et qu'on percute quelqu'un dans le couloir.

— Je suis vraiment désolé.

Lorsque je lève la tête, je constate qu'il ne s'agit pas de n'importe qui : le manteau ample à carreaux, la crinière sauvage et chic, les yeux d'une clarté telle que j'en ai les pieds qui transpirent.

— C'est pas grave, réplique Shosh en gloussant. (Ce rire, ça me rappelle lorsque maman prend un troisième verre de vin, parfois.) Les toilettes de ce resto sont propices à la collision, c'est bien connu.

Elle s'approche et, l'espace d'une seconde, j'ai l'impression qu'elle va se pencher vers moi et m'embrasser. Son haleine sent l'alcool – « malheureux, je songe, mais pas rédhibitoire » –, et alors, d'un ton complice, elle chuchote :

— J'envisage d'écrire une lettre.

Pendant quelques instants, on se dévisage ; elle est si proche de moi que j'entends son souffle. Puis son regard change, l'air s'épaissit, et je ne sais pas comment expliquer ce qui se passe ensuite, mais j'ai l'impression d'être dans un de ces livres pour enfant où un môme trébuche à travers un portail et se retrouve dans un autre monde. Ce n'est pas seulement ses yeux, mais son odeur, ses lèvres, le grain de beauté sur sa joue – c'est un monde que j'aimerais explorer, et pourtant, d'une certaine manière, un monde que je connais déjà.

— Evan, dit Will en me tirant sur la main.

L'instant s'achève ; Shosh baisse les yeux, sourit à Will, et disparaît dans les toilettes pour femmes.

Comme si elle la suivait, Oiseau-de-nuit se dissipe dans son sillage.

— Tu la connais ? demande Will.

— Si on veut…

— Elle est jolie.

— Ouais.

Je m'apprête à raccompagner Will à notre table quand je m'aperçois que mon choix vestimentaire du jour – mon jogging Puma préféré – est une erreur magistrale.

Shosh s'est trouvée très près de moi.

Mon jogging Puma est assez fin.

— Evan.

— Une seconde.

Je sors mon portable, fais mine de scroller pendant une bonne demi-minute et quand je suis suffisamment sûr de pouvoir rejoindre une salle bondée de monde sans me taper la honte de ma vie, je range mon portable et regarde Will.

— OK. Patates ?

— Patates, répond-il.

Je le soulève, le jette sur mon épaule de cette manière qui le fait rire aux éclats, et traverse le restaurant jusqu'à notre table, où maman sourit.

— Livraison pour Mary Taft, dis-je d'une voix grave. J'ai ici un sac à patates portant votre nom.

Les éclats de rire redoublent, et mon esprit est peut-être éparpillé dans un million de directions, mais mon cœur brille de cette lumière singulière.

Quand j'étais petit, un copain m'a donné une figurine LEGO. Je n'avais aucun Lego à cette époque, et je ne savais pas trop quoi en faire, du coup je l'ai baptisée Bumpy (à cause de la bosse ronde sur sa tête), l'ai posée sur une étagère et l'ai oubliée. Et puis, ce Noël-là, on m'avait offert toute une boîte de Lego et soudain, Bumpy a pris tout son sens.

Une bourrasque de vent secoue la fenêtre de ma chambre. Dehors, les prémices de l'automne : un répit face à la chaleur, quand les vieilles choses meurent d'une belle manière, et qu'on se prépare à affronter la colère imminente du lac Michigan. Il est tard mais je suis éveillé, assis dans mon lit, basculant d'une appli à l'autre – de Notes à Maps pour revenir à Notes –, fredonnant les nouvelles paroles et constatant comment, ajoutées à celles que j'avais déjà, la chanson a soudain tout son sens.

(Expire)
J'absorbe tout
(Silence)
Je flâne le long de Brooklyn
Au début c'était froid ; seule, c'est glacé
(Arrête et plonge, vas-y)
Pour chaque pont que je franchis
(Tu ne gagneras jamais)
Brandis-le comme une défaite
Du moment que c'est toi plus moi je peux tout supporter
Mais ce calcul t'a fait fuir
Tu dis qu'être heureux, c'est une vertu en vogue
Mais trouver celui qui t'a blessé, c'est mon seul désir,

Tout à l'arrêt complet
Je m'acharne à chercher aux mauvais endroits
À redire les mauvais mots, à retenir les mauvais visages
Encore un faux départ
Lève-toi maintenant, lève-toi et longe Division Street
Tandis que la splendeur de l'hiver monte, ascension victorieuse
Bientôt, ça ne saurait tarder
Sous la lune éclatante

D'après Maps, il y aurait une dizaine de Division Streets à travers le pays. Mais si on prend en compte le reste des paroles…

J'ouvre mes messages, envoie un SMS à Ali : **T'es réveillée ?**

En quelques secondes, trois points s'affichent, et puis…

Ali : Pour toi ? Toujours

Moi : Faut que j'aille quelque part. Ta voix aimerait-elle se joindre à moi ?

Ali : Appelle quand tu veux

Je sors de mon lit, enfile mon manteau et mes chaussures. La nuit me semble soudain énergique et vivante tandis que je dévale les escaliers, évitant habilement l'avant-dernière marche dont le grincement m'aurait trahi, ouvre la porte d'entrée, la referme doucement derrière moi, appelle Ali…

— Alors on va où ? demande-t-elle en décrochant.

— J'ai entendu de nouvelles paroles chez Chili's ce soir…

Je regrette aussitôt ma phrase.

Silence de mort à l'autre bout de la ligne.

— Intéressant, elle lâche à mi-voix.

— Ali…

— Non, ça va. Enfin, tu sais que Chili's, c'est genre, mon truc, mais c'est pas grave.

— Alison ? On avait une carte cadeau. Ça s'est décidé à la dernière minute. Mais ouais, OK, je m'excuse d'être allé dîner avec ma famille et de ne pas t'avoir invitée.

— Je prends note de ton sarcasme. Continue.

— En fait, je crois que tu avais raison.

— Évidemment. (Puis :) À quel propos ?

De toutes les Division Streets d'Amérique, il en est une particulièrement digne d'intérêt. À moins de deux kilomètres de chez moi. La rue m'est familière non pour sa proximité, mais en raison d'une certaine demeure connue de tous les habitants d'Iverton sous le nom de Phare d'Hiver. Chaque année, le premier décembre, une maison autrement ordinaire située sur Division Street se transforme en légende : le toit et les façades, les fenêtres et les portes, chaque centimètre carré décoré d'ampoules scintillantes ; des faux bonshommes de neige géants observent un faux Père Noël géant grimper une fausse échelle géante sur la cheminée. Et même si tout ça représente en soi une attraction à part entière, ce n'est pas ce qui pousse chaque année le public à se réunir devant ce tableau dans des minivans avec une bonne tasse de chocolat chaud et en pyjama. Non, c'est le bébé Jésus gonflable et illuminé de quinze mètres de haut qui déplace cette foule. Debout, les bras écartés, couronné d'une étoile filante géante portant dans son sillage l'inscription « ASCENSION VICTORIEUSE ».

Les nuits dégagées, on raconte qu'on peut apercevoir l'enfant scintillant depuis les tours de Michigan Avenue.

Si ça se trouve, on les aperçoit depuis l'espace.

C'est ça qui a valu son surnom à la maison : Le Phare d'Hiver.

Après avoir pris à gauche sur Chestnut Street, je fais part à Ali des récentes paroles d'Oiseau-de-nuit, insistant sur les derniers vers du refrain…

Lève-toi maintenant, lève-toi et longe Division Street
Tandis que la splendeur de l'hiver monte, ascension victorieuse
Bientôt, ça ne saurait tarder
Sous la lune éclatante

… Long soupir à l'autre bout de la ligne.

— Sans blague.

— Je sais pas qui est Oiseau-de-nuit ni pourquoi elle m'a choisi moi, mais les chansons commencent à me paraître moins mystiques, et plus géographiques.

— Comme si elle te dessinait une carte, dit Ali.

— La question est : une carte qui mène où ?

Et même si on ne découvrira rien ce soir (il est beaucoup trop tôt dans la saison pour le Christ resplendissant et ses lumières ascendantes victorieuses), Ali reste avec moi au téléphone, à jongler avec différentes théories tandis que je vais et viens sur Division Street. Et je me demande s'il y a déjà eu son plus satisfaisant que le bruit des semelles battant le trottoir en cadence dans la nuit silencieuse, à travers les rues froides et désertes, dans cette nuit qui s'étend comme une toile vierge, avec pour compagnie la voix de ma meilleure amie au creux de l'oreille.

De retour à la maison, j'entre dans la cuisine sur la pointe des pieds pour me servir un verre d'eau et je tombe sur le bulletin de Will sur le plan de travail avec un Post-it de son professeur : « Les résultats en maths de Will sont en dessous de la moyenne – il faut travailler !! » Et pour la seconde fois ce soir, je songe à Bumpy, mon jouet. Je pense au fait que, fréquemment, la valeur est liée au contexte et, fréquemment, on tente de séparer les deux. Je songe aux choses qu'on place sur des étagères poussiéreuses, et je me demande si en d'autres circonstances – placées dans un environnement qui reflète mieux leur vocation –, des imperfections ne pourraient pas devenir des attributs révélateurs.

En sortant de la cuisine, je froisse le Post-it et le jette dans la poubelle.

SHOSH

téléphone fixe

À une certaine époque, les gens n'avaient pas de téléphone – les maisons si.

Shosh se tenait dans la cuisine, contemplant un emplacement sur le mur où, des années plus tôt, avait été suspendu le téléphone fixe. Elle n'en avait aucun souvenir, mais ce carré de mur sans peinture – de la forme exacte de cet appareil de communication préhistorique – était la preuve qu'il avait existé. Un emplacement commémoratif véritablement laid.

Il était tard. Quand elle était rentrée chez elle, ce soir-là, la maison baignait dans le silence ; ses parents dormaient probablement. D'un coup d'épaule, elle s'était débarrassée de son manteau dans le salon, était venue dans la cuisine pour se faire un encas et, même si cette marque au mur avait toujours été là, c'était comme si elle la découvrait brusquement.

Comment pouvaient-ils laisser ce mur dans cet état ? Ce n'est pas comme si ça nécessitait de gros travaux de rénovation. Rien qu'une retouche. En même temps, c'étaient ces mêmes parents qui refusaient de pénétrer dans la chambre de leur fille décédée. L'évitement était leur *modus operandi.*

Une petite voix, à l'arrière de sa tête : « Ce ne sont pas les seuls à ne pas être entrés dans sa chambre. »

Ignorant la voix – qui était stupide et ne comprenait rien à rien, de toute façon –, Shosh sortit son portable et composa un numéro.

— *Salut*, répondit Ruth, la respiration sifflante.

— Je te réveille ?

— Ilestquelleheure ?

— C'était quoi le poème que tu as cité ? Celui d'Emily Dickinson.

Ruth se racla la gorge comme un crapaud-buffle en rut.

— Je sais pas... n'importe...

— Je suis en train de fixer une tache sur le mur de ma cuisine.

— OK.

— Je suis en train de fixer une tache sur le mur de ma cuisine, un carré qui n'a jamais été peint. De la forme d'un téléphone fixe, t'y crois ?

Un battement de cœur, puis :

— Je vais pisser. Je reviens.

Quand Ruth reprit la ligne, Shosh en était à s'interroger sur le délai de prescription des retouches de peinture.

— Je me dis, dix mois, nan ? Passé ce délai, on est vraiment un putain de paresseux.

— La paresse est une des possibilités, répliqua Ruth.

— Tu as une autre explication ?

— Eh ben. Si tu n'es pas trop paresseux pour faire une retouche, c'est que tu essaies de prouver un truc à quelqu'un. Donc tu laisses la chose en l'état. Pour faire passer un message.

Shosh remercia Ruth, raccrocha, puis se procura un pinceau et un pot de peinture à moitié vide dans le garage. Et une fois la cuisine terminée, elle monta à l'étage pour s'occuper du deuxième truc qui la taraudait. Sauf que, au lieu d'ouvrir la porte de la chambre de sa sœur – pas pour la ranger, pas pour y toucher, juste pour y être –, elle passa devant sans marquer l'arrêt, s'enferma dans sa propre chambre, chercha « Emily Dickinson immortalité » sur Google, et lut des poèmes jusqu'au lever du jour.

EVAN

téléphone maison

— J'aimerais bien que tu m'autorises à t'accompagner.

Maman place son bol de céréales dans le lave-vaisselle, à l'étage supérieur plein à craquer, un emplacement fait pour accueillir un récipient de cette contenance. D'un même geste, elle sort une tablette de sous l'évier, la jette dans la machine, la ferme et lance le programme.

S'il existait un sport olympique de lave-vaisselle, personne ne ferait le poids face à ma mère.

— Maman…

— Que veux-tu que je te dise, Evan ? Ces rendez-vous ne sont pas d'une grande importance. Inutile d'en faire tout un plat.

— Super. Donc, n'en faisons pas tout un plat : je t'accompagne.

Elle examine le calendrier sur le mur de la cuisine.

— Je pensais faire un gratin de bœuf style tacos pour la Bubba Night cette semaine. Je culpabilise de vous laisser manger des pizzas à chaque fois.

— On adore les pizzas.

— Je pourrais faire une double fournée, ça couvrirait le mardi et le mercredi ?

Par réflexe, elle se remet à gratter sa poitrine. Hier, quand je l'ai interrogée à ce sujet, elle m'a répondu que ce n'était « qu'une brûlure causée par les radiations ». *Nan mais, pardon ?!* J'ai dû insister pour qu'elle m'explique qu'une brûlure carrée a commencé à se former sur sa peau, de la forme du faisceau de radiations, et qu'elle s'est procuré des crèmes pour soulager la plaie, mais vu que les séances avaient lieu à raison de cinq fois par semaine pendant dix semaines, il n'y avait pas grand-chose à faire, sinon attendre la fin du traitement et prendre son mal en patience. C'est là que j'ai déclaré que je l'accompagnerais aujourd'hui, et elle s'est mise à faire du sarcasme, comme si je pouvais la protéger d'un coup de soleil, et j'ai rétorqué que ce n'était pas la question, et voilà où nous en sommes.

— À condition que vous ne vous resserviez pas trois fois, songea-t-elle à voix haute, en se grattant, les yeux toujours rivés à son calendrier. Je ne sais pas ce qu'il y a dans ces tacos qui transforme mes garçons en meute de renards féroces.

— Groupe.

— Quoi ?

— Les renards ne forment pas une meute à proprement parler, mais un groupe.

— Ah bon ?

— Maman.

— Attends. Comment tu sais ça ?

— Je t'accompagne.

Elle se détourne du calendrier, et je vois dans son regard que mon ton l'a fait tiquer : nous parlons maintenant entre adultes.

— Non, Evan. C'est hors de question.

— Tu as dit que certains patients viennent avec des proches. Je n'aime pas te savoir seule là-bas.

— Dommage.

— Maman…

— Bon sang, Evan, j'ai besoin d'en faire un événement comme un autre !

Elle me tourne le dos ; je me fige, le sang me monte aux joues, et lorsqu'elle fait volte-face, elle sourit à travers ses larmes.

— Tu sais combien de messages je reçois de femmes qui… qui cherchent du soutien, une personne avec qui partager leur expérience ? Peut-être qu'un jour, j'en aurai aussi besoin. Mais pour le moment, je veux que ça reste ordinaire. J'y vais toute seule. Comme pour n'importe quel autre rendez-vous. OK ?

Je ravale mes propres larmes.

— OK.

— OK. (Elle s'essuie les yeux du dos de la main et se tourne de nouveau vers le calendrier.) Donc ce sera gratin de bœuf.

Quand maman a subi l'ablation de sa tumeur mammaire en août, je me suis dit qu'il fallait que quelqu'un en parle à papa. J'ai songé à l'appeler, et puis son nom est apparu dans mes suggestions de profil à suivre sur Instagram. Et comme je n'arrivais pas à *croire* que papa soit sur Instagram, j'ai cliqué sur un compte où j'ai trouvé une mine d'images qui ont déclenché un cauchemar éveillé, suivi d'une de mes tempêtes les plus mémorables à ce jour. Il y avait des photos de Stacy sur la plage. Des photos d'eux qui se baladent avec cette patate flétrie de caniche, ou avec le fils de Stacey et sa petite copine. Et sur tous ces clichés, papa exhibait son bonheur aux yeux du monde entier. Ainsi naquit un nouvel état d'esprit à l'égard de mon père : « Qu'il aille se faire foutre », ai-je dit ce jour-là en jetant mon portable sur le lit.

Mais aujourd'hui, quand maman se rend à sa séance de radiothérapie seule, je décide de l'appeler. D'accord, c'est une sorte de prise de contact, un peu comme si je lui tendais la main. Sauf que, vu mon état d'esprit susmentionné, cet appel est moins un rameau d'olivier qu'une matraque.

Je passe le coup de fil depuis ma chambre.

— Allô ? répond une voix étrangère.

— Euh… salut ?

— Oh, salut ! C'est Evan ?

Et moi qui étais prêt à monter au créneau ; je sens la matraque me tomber des mains.

— Désolé mais… vous êtes qui ?

— Ruth. La petite amie du fils de la copine de ton père.

D'un côté, je sens mon esprit quitter mon corps tandis que de l'autre, je relève l'absurdité du moment. Je suis presque tenté de demander des nouvelles de cette patate flétrie de chien.

— C'est un peu bizarre, j'imagine, nan ? commente Ruth, une remarque qui ne requiert aucune action supplémentaire de ma part. Greg dit que tu vas en Alaska l'année prochaine ? C'est super, mec. J'y suis jamais allée, pas sûre que je pourrais supporter le froid, tu vois ?

Je refuse d'avoir cette conversation avec la petite amie du fils de la copine de mon père, qui en est apparemment à appeler mon père par son prénom.

— *Greg* est là ? je demande.

Le temps que papa prenne le téléphone, j'ai presque oublié la raison de mon appel.

— Salut, fiston.

— Salut, Greg.

Un silence, puis :

— OK.

— Ton portable s'est transformé en ligne fixe ? je demande.

Paf ! Dans les dents !

— Quoi ? Oh… désolé. J'étais… occupé.

Brève réflexion sur ce terme particulier prononcé sur ce ton-là. Conclusion : l'occupation de papa se déroulait soit dans la chambre, soit dans la salle de bains et, dans un sens comme dans l'autre, c'est crade. Passons.

— Maman a un cancer.

Bim ! Comme ça. Histoire que ça lui fasse bien mal.

À l'autre bout de la ligne, pas de réaction. Je l'entends respirer, c'est tout.

Je poursuis.

— On n'attend rien de toi. Je pensais seulement que tu aimerais savoir que la femme avec qui tu as passé…

Merde. Combien de temps sont-ils restés ensemble ? J'essaie de calculer à la volée, mais mon père est plus rapide que moi.

— Vingt et un ans, fiston.

— La femme avec qui tu as passé vingt et une années de ta vie a un cancer du sein, et j'ai pensé que tu aimerais peut-être le savoir.

Dans les secondes qui suivent, la réalité m'accable ; un frisson me parcourt.

— Evan…

— Tu es déjà au courant.

— Ce n'est pas parce que je ne suis pas là que ta mère et moi, on ne parle pas.

Et voilà qu'il se met à m'expliquer qu'il existe bien des manières d'être présents l'un pour l'autre. Un ramassis de conneries, comme toujours. Il me dit qu'il est fier de moi, que maman est entre de bonnes mains, et ça me démange de lui répondre : « Oui, mais mes mains ne sont pas celles qui ont tenu les siennes devant l'autel et qui lui ont promis de rester à ses côtés dans la maladie… »

— Tu es exactement comme lui, dis-je à mi-voix.

— Comme qui ?

L'un des ressorts les plus géniaux du scénario dans *E.T.*, c'est qu'on ne voit jamais le père. Il brille par son absence : quand Elliott et Michael trouvent une de ses vieilles chemises dans le garage et se rappellent son odeur ; ou, au début du film, quand Elliott fait pleurer sa mère rien qu'en évoquant le fait que le père est parti au Mexique ; et plus tard, quand Elliott et Michael ratent le couvre-feu et que leur mère doit partir à leur recherche, on l'entend marmonner le mot « Mexique » dans sa barbe, et on comprend qu'elle n'est pas fâchée contre ses fils qui ne sont pas rentrés – elle en veut à son mari de les avoir quittés.

Dee Wallace. C'est l'actrice qui interprète le rôle de la mère. Je me suis renseigné. « Mexique », dit-elle en reculant dans l'allée pour partir à la recherche de ses enfants.

Parfois, il suffit d'un seul mot pour exprimer un océan d'émotion.

— Va te faire foutre, papa.

Parfois, il en faut quatre.

UNST, ÎLES SHETLAND

• 1899 •

Oncle Arran maudissait le jour où la mère d'Ewan était morte. Pas parce qu'il tenait particulièrement à cette femme, mais à cause de la peinture qu'elle avait léguée au jeune garçon. Il faisait souvent les gros yeux à Ewan, marmonnait que c'était une perte de temps. Ewan haussait alors les épaules, comme pour prouver que la peinture n'avait pas d'importance à ses yeux.

Un mensonge. Il adorait peindre plus que tout.

Ewan passait ses journées à bord du sixareen avec son oncle, à pêcher le hareng ou le cabillaud au large de la côte nord. C'était un travail éprouvant ; le soir, oncle Arran s'effondrait de fatigue dans leur fermette et déclarait avec un profond soupir, dans son patois : « C'est bon d'être chez soi. » Ewan faisait mine d'acquiescer mais, en vérité, il ne se sentait *pas* bien – pas bien dans son propre foyer, pas bien dans sa propre peau. Chaque semaine, il comptait les heures avec impatience, pressé d'arriver à son jour de congé, où il pourrait enfin apporter sa peinture sur la côte et être lui-même.

Quand on naît et qu'on grandit quelque part, ce qui nous semble normal ne l'est pas forcément. Ewan se sentait tout le temps seul, il n'en avait juste pas conscience.

Seul, il l'était moins lorsque sa mère était encore en vie. À cette époque, ils se posaient ensemble face à la mer, contemplaient l'horizon lointain – la Norvège, à trois cents kilomètres de là –, et imaginaient les Vikings sur leurs navires, la terreur d'une invasion imminente et des batailles engendrées, et Ewan humait les poissons, échos d'un passé très ancien mêlé à son présent, ici, sur cette île nichée au cœur de l'Atlantique Nord. Il s'imaginait des paysages magnifiques – des plages de sable blanc et des falaises côtières, des prairies ondoyantes où paissaient des moutons. Mais à quatorze ans, la frontière était mince entre la beauté et l'ennui. Ewan désirait plus. Plus de quoi, il l'ignorait ; tout ce qu'il savait, c'est qu'en peignant, il lui semblait s'approcher de son but.

Il se cantonnait à des petits rochers sur la plage, peignant des tableaux miniatures pour ne pas gaspiller d'un coup ses réserves de peinture. Néanmoins, par moments, son désir mystérieux le consumait trop et les petits rochers ne suffisaient plus ; et lorsque cela arrivait, Ewan se retirait dans un coin de plage où la falaise formait un mur raide et droit face au nord, à l'abri des yeux scrutateurs de son oncle.

Là, dans son alcôve secrète, Ewan la peignait.

La fille n'avait pas de nom. Toute tentative de lui en attribuer un lui parut trop ambitieuse, et comme elle n'existait que dans l'océan de son esprit, Ewan se réjouissait de la peindre sur un fond rocheux encore et encore. La fille avait des taches de rousseur et une chevelure ondulée retenue par un bandeau. Un bandeau unique, orné d'ailes de part et d'autre de sa tête comme si la fille était sur le point de prendre son envol. C'était approprié, puisque Unst regorgeait d'oiseaux de mer. Ils rejoignaient souvent Ewan dans son alcôve secrète, s'y réunissaient en battant des ailes, criant et plongeant tandis qu'il travaillait. Au milieu de ce chaos, Ewan trouvait la paix, et une certaine inspiration pour peindre le visage de la fille jusque dans ses traits les plus fins : comme un oiseau de mer, elle n'était attachée ni à la terre ni à l'eau.

Et ce n'était que lorsqu'il achevait un portrait, et qu'il reculait pour admirer son visage, qu'Ewan tombait d'accord avec son oncle. « Oui, disait-il dans le patois de l'île, on est vraiment bien chez soi. »

*

Tout raconte une histoire. Certaines histoires naissent au mauvais endroit, au mauvais moment. Certaines ont besoin d'être peintes dans un contexte qui leur correspond davantage. C'est ce genre de réflexion que se faisait Ewan un beau matin de printemps quand oncle Arran lui dit de faire son sac. « Allez, on file à la ville », déclara simplement son oncle. Et Ewan frétilla de joie.

Au moins deux fois par an, oncle Arran disparaissait dans la ville la plus proche avec des provisions de laine et de harengs fumés, pour ne rentrer que plusieurs jours plus tard, les mains vides et les yeux tuméfiés, dégageant une forte odeur de vinasse. C'était la première fois que Ewan était invité à l'accompagner et même si ce soudain revirement l'étonnait, la réponse se trouvait probablement dans la toux du vieil homme, qui n'en finissait pas d'empirer. Son oncle n'était ni dans la force de l'âge, ni en bonne santé, ni particulièrement chaleureux ; mais il n'était pas cruel pour autant.

Et s'il devait quitter ce monde, il n'abandonnerait pas son neveu dans les vents du nord.

C'était un voyage d'une journée. Chemin faisant, Ewan écoutait son oncle fredonner en norne des chants mettant en scène des bateaux et de violentes tempêtes. « *Starka virna vestalie, obadeea, obadeea* », chantait Arran. Et Ewan s'interrogea sur la vie de son oncle, il se demanda qui il était maintenant, qui il avait été autrefois.

En pénétrant dans la ville, Ewan découvrit des choses qui n'existaient jusque-là que dans son imagination : bâtiments en pierre, ruelles et boutiques, un quai flanqué de navires, où on faisait rouler des fûts. Les collines étaient toujours là, ainsi que la côte et les prairies, le passé se mêlant au présent.

— Reste donc pas planté comme un faon qu'a perdu sa maman, dit oncle Arran.

Et Ewan se hâta de le suivre le long d'une rue, puis d'une autre. Arran finit par pointer un perron ; il dit à Ewan d'attendre et disparut à l'intérieur du bâtiment.

Ewan s'assit et patienta. Il laissa ses sens s'imprégner de l'effervescence de la ville.

Plusieurs minutes s'étaient écoulées quand, du vacarme, émergea une chanson, une mélodie unique. La chanson s'élevait d'un groupement de tentes en bas de la rue. Des marchands ambulants. Songeur, Ewan contempla les étals, pesant le pour et le contre : son oncle risquait de lui passer un savon s'il bougeait. D'un autre côté, la curiosité était trop forte. Au bout du compte, il ne put résister.

Il se leva, dévala la rue ; parmi les marchands se trouvaient des fermiers, des charpentiers, des pêcheurs. Mais lorsqu'il localisa enfin la provenance de la chanson, il eut du mal à en croire ses yeux : une tente pleine de peintures. Il y pénétra comme on entre dans une église : respectueux, craintif, humble. Des toiles partout, empilées sur les tables, empaquetées dans des caisses. Temporairement distrait par l'abondance de couleurs, il en oublia la chanson, fouillant dans la première boîte à sa portée, où il découvrit des peintures de rues pavées, de navires voguant sur la mer. Des oiseaux, des instruments de musique, et l'étrange dessin d'une femme sombrant sous les vagues, un maigre sourire aux lèvres. À l'instant où il se levait pour s'en aller (oncle Arran n'allait pas tarder à se rendre compte de son absence), Ewan se figea, et son cœur sombra dans sa poitrine...

Il fixa du regard la peinture, se demanda comment c'était possible. Il était surpris, dérouté, mais il n'y avait pas de doute. La tignasse, les yeux, le nez avec cette pointe qu'il avait toujours détestée.

Tout y était dépeint. C'était lui, tout craché.

Lui sur la peinture. Comme s'il se regardait dans un miroir.

— Bien le bonjour, le salua la vendeuse d'une voix très calme.

Et lorsque Ewan se retourna, il se trouva nez à nez avec une fille de son âge, le visage constellé de taches de rousseur, la chevelure retenue par un bandeau avec des ailes.

— Je t'ai trouvé, dit-elle.

Ils se dévisagèrent un long moment, deux âmes réunies au bon endroit, et le cœur d'Ewan gonfla dans sa poitrine, remonta dans sa gorge, s'envola vers le ciel, sans que ni la terre ni l'eau puissent le retenir.

QUATRIÈME PARTIE

SONATE

EVAN

ce fantôme n'est pas ta fille

Quand la sonnette retentit, je n'ai pas fini de m'habiller. En bas, Will ouvre la porte, puis j'entends le marmonnement d'une conversation. La Grande Inquisition. Je ne l'imagine que trop bien. Et quand je finis de placer sur mon crâne le serre-tête/poignard légendaire de Michael dans *E.T.*, et que je descends les escaliers, Will est en train de passer un savon à Ali.

— Je comprends pas.

Ali me supplie du regard, *au secours !*

Je hausse les épaules, *j't'avais prévenue.*

Elle reporte son attention sur Will.

— Tu as lu *Le Seigneur des anneaux*, nan ?

— J'ai sept ans.

— Ah oui. OK. Bon. Il y a un hobbit qui s'appelle Frodon Sacquet.

— Tu es Frodon ?

— Mieux que ça. Je suis le cousin rebelle de Frodon, *Alfredon* Sacquet.

Will la toise pendant une dizaine de secondes, au terme desquelles je tends le masque d'E.T. et un grand drap blanc à Ali, qui accepte, résignée.

— J'ai vraiment cru que cette année, c'était la bonne, dit-elle en enfilant consciencieusement le masque.

— Alfredon Sacquet ?

— Je trouvais ça drôle.

Ali passe le drap sur son costume, le masque d'E.T., etc. Je lui file une tape affectueuse dans le dos. Je la rassure, l'année prochaine, peut-être, sachant pertinemment qu'elle se déguisera encore en E.T. aussi longtemps que Will le voudra et, à ce stade, le déguisement d'Halloween d'Ali sera le cadet de mes soucis.

Maman sort de sa chambre déguisée en la mère de Michael et Elliott dans le film, et il faut reconnaître qu'elle porte l'ensemble imprimé léopard et le masque de chat comme personne. Quant à Will, naturellement, il est habillé exactement comme Elliott – enfin, c'est toujours le cas, mais en ce moment, il est déguisé comme Elliott qui va faire le tour du quartier pour obtenir des bonbons : il a troqué son sweat à capuche rouge contre un gris, et il s'est barbouillé la figure de peinture grise et a enfilé une cape.

— OK les enfants, s'exclame maman en brandissant un Polaroïd. Ah, vous êtes superbes ! dit-elle en citant la réplique du film.

Quelques clichés plus tard, Will se tourne vers Ali avec le flegme d'un chat qui s'emmerde. Sous son drap blanc très fin, Ali croise son regard et finit par céder ; elle s'accroupit par terre dans sa meilleure posture imitative de la stature de E.T. Après quelques photos supplémentaires, on se met en route pour une soirée de chasse aux bonbons digne d'un casting de fanfiction.

Environ deux heures plus tard, de retour à la maison tels des héros revenus du champ de bataille, on abandonne nos sacs de friandises sur le plancher du salon en présentant à maman un résumé des points forts de la soirée – fous rires et moments d'épouvante. Puis on s'installe face à la télé, prêts à fêter Halloween comme il se doit : en visionnant *E.T.*

OK, Will et moi, on l'a vu environ cinquante fois depuis Halloween dernier, mais maman et Ali non, et quand bien même, chez les Taft-Pilgrim, on ne badine pas avec les traditions d'Halloween. On atteint enfin le moment du film où les personnages sortent chercher les bonbons, et vu la qualité de nos déguisements, on a presque l'impression que les rôles sont inversés et que ce sont les acteurs du film qui sont déguisés en nous. Dans la scène, les jeunes essaient de faire sortir E.T. de la maison sans que leur mère s'en rende compte, donc ils lui mettent un drap sur la tête et font croire que c'est leur petite sœur, et leur mère fait genre : « Oh Gertie, tu es un fantôme si adorable », et si j'ai un reproche à faire à ce film, c'est ce passage du scénario.

— Mais attendez ! s'exclame Ali.

— Oh non, dis-je.

— J'aimerais juste clarifier un truc.

— Ça n'en vaut pas la peine.

Ali indique l'écran.

— Je comprends que cette femme ait beaucoup de choses à gérer mais… elle croit vraiment que E.T., c'est sa fille ?

— Je suis d'accord avec Ali. (Maman déballe des bâtons torsadés à la réglisse et les laisse pendre à sa bouche tout en commentant.) J'ai jamais vraiment adhéré à ce qui se passe là.

Will saisit la télécommande, met le film sur pause, et se lance dans une explication détaillée du passage. J'adore quand il est comme ça, qu'il s'adresse à nous comme si on était des patients dans une salle d'attente et qu'il était là : « Salut, je m'appelle Will Taft, docteur ès *E.T.* et je crains que vous ne souffriez d'une maladie grave : Normalité Sérieusement Chiante. »

Inutile de dire que, lorsqu'il a fini son laïus, il appuie sur « play », et plus personne ne pose de question jusqu'à la fin du film. Et pour la scène finale, bourrés de sucre et chargés à bloc de bons sentiments, on chiale tous les quatre comme des bébés, et comment dire… Certaines familles font du golf ensemble, d'autres font des gâteaux, d'autres encore du jardinage ou vont à la plage. En ce qui nous concerne, on pleure ensemble devant des films qui font chaud au cœur.

— OK, Will. C'est l'heure d'aller au lit.

Maman frappe sur ses genoux, fait un barouf de tous les diables en se levant du canapé, et je ne peux m'empêcher de m'inquiéter. Alors elle croise mon regard, sourit, et ça m'inquiète encore plus. Sourit-elle parce qu'elle va bien, ou sourit-elle pour me faire croire que tout va bien et pour que je ne m'inquiète pas ?

— Qu'est-ce qu'on dit à Evan et Ali pour cette soirée d'Halloween très réussie ? dit-elle.

Will se dirige vers Ali d'un pas maladroit et enroule ses bras autour de son cou.

— Tu fais un E.T. plutôt pas mal.

Et Ali le prend à son tour dans ses bras.

— Merci, Will, répond-elle d'un ton sarcastique plein de bienveillance.

Et il vient se placer face à moi, ses petits bras grands ouverts, la tête inclinée d'un côté, et je prends conscience que pour le restant de ma vie – à compter de ce jour et jusqu'à ce que je meure –, chaque embrassade sera comparée à celle-ci.

— Mon cœur brille pour toi, glisse-t-il au creux de mon oreille.

— Je bouge pas, dis-je.

Et je songe à la physique de l'amour, me demande comment c'est possible de faire entrer le monde entier dans un câlin.

SHOSH

dernières fois

C'était le genre de nuit d'automne où le ciel est criblé d'étoiles. Shosh était assise à la fenêtre de sa chambre, les jambes dans le vide, son attention glissant alternativement de la symphonie d'en haut à la cacophonie d'en bas. Le quartier pullulait d'enfants déguisés. Ils grouillaient comme des fourmis autour d'une miette. Les parents suivaient les petits, tandis que les grands portaient des costumes plus sanglants, plus sexy ; et parmi ce chaos, la chanteuse fantôme célébrait la perte et l'amour et les cimes enneigées.

C'était ça, désormais, sa vie : un film avec une bande originale.

Elle but ce qu'il restait de sa canette, descendit au rez-de-chaussée, en prit une autre dans le frigo ; remonta ; s'assit par terre dans sa chambre, sortit une bouteille de vodka de la planque sous son lit. Par la fenêtre, elle vida la moitié de son Coca Light dans les rosiers mourants, deux étages plus bas, puis elle remplit la canette d'alcool.

De l'autre côté de la rue, une licorne riait avec un Jack Skellington, de *L'Étrange Noël de Monsieur Jack.*

Une bande de superhéros, Marvel et DC confondus, traversait un jardin.

Une fratrie passait ; ils portaient l'uniforme des Cubs et des White Sox.

Comme le monde était harmonieux, le soir d'Halloween !

Son portable vibra ; elle le sortit de sa poche : c'était Mrs Clark qui l'appelait en FaceTime. Mais lorsqu'elle décrocha, elle échangea un regard avec un visage différent de celui de son ancienne prof.

— Coucou bébé Yoda, dit-elle en souriant.

D'une voix à croquer, d'un ton très sérieux agrémenté d'un adorable cheveu sur la langue, Charlie répliqua :

— Ze m'appelle Grogu.

— Exact, acquiesça Shosh. Désolée, Grogu.

Charlie tendit le cou, comme pour passer la tête à travers l'écran.

— Tu es fenfée être qui ?

Shosh prit une expression terrifiante et transforma une de ses mains en serre.

— Je suis… *une créature de la nuit*, lâcha-t-elle d'une voix grinçante.

Charlie poussa un petit cri amusé, lâcha le téléphone, et s'enfuit en courant. Pendant une seconde, l'écran resta bloqué sur le plafond du salon, jusqu'à ce que Mrs Clark ramasse le téléphone.

— Hé, désolée. Il a insisté pour t'appeler. Il voulait te montrer son déguisement.

— Il a bien fait. C'est un grand soir pour ce petit bonhomme.

— Tu n'imagines pas. On était en train de faire du porte-à-porte pour les bonbons quand il a eu une envie pressante. Je ne vais pas t'embêter avec les détails de l'apprentissage de la propreté, mais disons que c'est un gros progrès. Comment vas-tu ?

— Oh, rien de spécial. Je suis assise, j'observe le quartier devenir fou.

— Pitié, ne me dis pas que tu es encore perchée à ta fenêtre.

— Je ne suis pas encore perchée à ma fenêtre.

Ce fut d'abord dans son regard que Shosh le vit – ce passage du jovial à l'acerbe – et elle comprit qu'elle était grillée.

— Je peux te poser une question ?

— OK.

— Pourquoi tu penses que tu bois ?

Il en avait déjà été question entre elles, en filigrane, des allusions tout au plus, mais jamais elles n'avaient ouvertement abordé le sujet. Shosh aurait pu citer une centaine de raisons insignifiantes, les doigts dans le nez, et une raison si énorme qu'elle menaçait de la ronger de l'intérieur. Mais elle ne répondit rien d'autre que :

— Pourquoi pas ? C'est pas comme si j'avais prévu de conduire.

Mrs Clark tressaillit, détourna le regard – probablement en direction de la salle de bains, où le petit Charlie faisait son affaire.

— Je n'ai pas le temps de jouer à ça maintenant, dit-elle dans un soupir avant de reporter son attention sur Shosh. Je suis contente que tu ne conduises pas, Shosh. Ça m'indique que tu es attentive à la sécurité et au bien-être des autres. J'aimerais seulement que tu t'accordes la même considération.

Lorsque l'appel s'acheva, Shosh se rendit compte que Mrs Clark avait omis de lui demander, comme à son habitude, un détail sur Stevie. C'était une bagatelle et, de toute évidence, Mrs Clark avait d'autres chats à fouetter ce soir, mais ce constat lui ficha le cafard. Elle se sentit défaite.

— Un détail sur elle, souffla-t-elle en contemplant le quartier agité, c'est que Stevie adorait la chasse aux bonbons.

En bas dans la rue, un gamin déguisé en fantôme criait sur un Dark Vador, lui reprochant de l'avoir laissé à la traîne, et un souvenir revint brusquement à l'esprit de Shosh : elle avait douze ans, Stevie quatorze. Elles faisaient toujours du porte-à-porte ensemble pour demander des bonbons, sauf que cette année-là, Stevie avait amené une amie. Shosh ne se rappelait pas son nom, mais cette fille s'était pointée chez elles sans déguisement et avait passé la soirée sur son portable, et Shosh en avait voulu à mort à Stevie de l'avoir ramenée. L'année suivante, Stevie avait déclaré qu'elle était trop vieille pour sortir ; autrement dit, la soirée en compagnie de cette conne avait signé leur dernier Halloween ensemble.

Son portable vibra. Des textos de Mrs Clark.

> On parle bientôt, OK ? Je suis là.
> Et fais-moi plaisir.
> Éloigne-toi de cette satanée fenêtre, stp merci.

Reculant sur son lit, Shosh se mit à réfléchir à la formulation de la question de Mrs Clark : non pas, « Pourquoi tu bois ? », mais « Pourquoi penses-tu que tu boives ? » L'insertion de ces deux mots – penses-tu – sous-entendait que Mrs Clark avait son opinion sur le sujet. Quand on pose une question aussi importante, formulée de manière à indiquer qu'on a sa petite idée, on devrait être obligé de présenter son point de vue, songea Shosh, irritée, en revenant sur le fil de leur conversation.

Shosh : Je me suis éloignée de la fenêtre, contente ?

Mrs Clark : Ravie, merci

Shosh : Donc...
Pourquoi pensez-*vous* que je boive ?

Mrs Clark : Tu es la seule à pouvoir répondre à cela

Shosh : Elle est partie. Et elle ne reviendra jamais

Mrs Clark : Je sais
Et je ne doute pas de cette raison
Mais je crois que parfois...
...
...
Il est possible de subir une perte immense, et que cette perte soit si accablante qu'elle en éclipse d'autres.

Shosh était furax. Stevie était tout pour elle ; Stevie était son univers. Mrs Clark le savait ! Mais apparemment, perdre son univers, ce n'était pas un prétexte pour noyer son chagrin dans l'alcool. Elle jeta son portable par terre, fixa le plafond, écouta les cris éloignés des enfants qui quémandaient des bonbons.

Sa mère, elle-même prof, avait toujours eu un faible pour Mrs Clark. « Les meilleurs n'éduquent pas mais conduisent les élèves vers le puits du savoir », aimait-elle répéter. Mrs Clark tout craché. Impossible d'obtenir d'elle des réponses franches ; plutôt que de répondre aux questions, elle vous prenait gentiment par la main et vous conduisait au bord de l'eau.

Il est possible de subir une perte immense, et que cette perte soit si accablante qu'elle en éclipse d'autres.

Shosh ferma les yeux et tâcha de se rappeler la dernière fois qu'elle avait été sur scène – pour de vrai, pas par hasard, dans un moment d'égarement, imbibée d'alcool –, mais elle n'y parvint pas. Pendant des années, elle n'avait vécu que pour le théâtre. Mais, comme ce fut le cas pour leur ultime Halloween, on ne peut pas toujours prévoir quand ce sera la dernière fois. Jusqu'à ce que ce soit la dernière fois.

EVAN

migrations impossibles

— Je dirais pas que je pense aux putois *tous les jours.*

— Très raisonnable de ta part.

— Je me pose des questions sur leur pisse, n'empêche.

— Après tout, tu restes un être humain.

Ali et moi sommes assis sur la moquette de ma chambre ; on regarde d'un œil distrait *L'Étrange Noël de Monsieur Jack* sur mon ordinateur, fidèles à l'esprit d'Halloween. J'ai mon carnet de croquis, et je dessine Jack et Sally en vampires ; maman n'est toujours pas sortie de la chambre de Will, en face, dans le couloir. Dix contre un qu'elle s'est endormie dans son lit. Elle fait toujours ça.

— Genre – le truc qu'on vaporise pour chasser les prédateurs, dit Ali. C'est de la pisse de putois ?

— On découvre des centaines d'espèces nouvelles dans l'océan chaque année, tu savais ?

— Ils sont assez évolués pour savoir se servir de leur propre urine comme d'une arme ?

— Ça pousse à s'interroger sur les fruits de mer qu'on peut manger ou pas, c'est tout ce que je dis.

— Un jour, j'ai rêvé que j'étais pourchassée par un poisson avec des pieds, dit Ali.

— Il t'a rattrapée ?

— Je me suis réfugiée dans un Five Guys à la dernière seconde.

— Bravo, maintenant j'ai envie d'un Five Guys.

— Tu crois que ça veut dire quoi ?

— Je pense que les envies de burgers sont sans ambiguïté.

— Je parlais de mon rêve, Ev.

— Eh ben, y a le premier niveau de lecture, qui est évident.

— Quoi donc ?

— T'as pas attrapé genre quatre seaux de poissons avec ton oncle l'été dernier ? On comprendrait qu'ils veuillent en sortir et t'attraper toi, à leur tour.

On frappe doucement à la porte ; maman hasarde une tête à l'intérieur.

— Coucou.

— Hé. Je croyais que tu t'étais endormie dans la chambre de Will.

Bâillement à s'en décrocher la mâchoire.

— C'est le cas. Ce petit a le lit le plus confortable de la maison.

— Comment il s'est débrouillé ?

— Il est adorable. (Elle pointe du doigt l'ordinateur par terre devant nous.) Jack au pays de Noël ?

— La *ville* de Noël, maman.

Ali pousse un petit cri.

— Heureusement que Will n'est pas là ; il aurait pété un câble.

Et maman de rétorquer, « En fait », puis d'expliquer que même si techniquement le lieu s'appelle « ville de Noël », plus tard, dans la scène de la mairie, Jack la désigne sous le nom de « pays de Noël » dans une chanson. Après nous avoir recadrés, elle regarde le film pendant une seconde, fredonne quelques mesures de « Que vois-je ? » avant de bâiller de nouveau.

— OK, les enfants. Je file au lit.

Je me dresse d'un bond, traverse la chambre et la prends dans mes bras.

— C'était sympa ce soir, dit-elle.

— C'était génial.

Un bref « bonne nuit » à Ali, et maman s'en va.

Ali commente :

— Ta mère, c'est mon héroïne.

— Pareil.

— T'as dit qu'elle avait un deuxième boulot ?

— Oui. Pourquoi ?

— Pour rien. Elle est plus souvent absente. Et elle a l'air fatiguée.

Je ne sais pas combien de temps encore je vais pouvoir cacher à Ali que maman a un cancer. J'ignore pourquoi c'est si difficile pour moi de me confier à elle. Mais la théorie qui l'emporte est la suivante : mon cerveau aurait son propre cerveau, qui est totalement autonome et, bref, ça dépend plus de moi.

Ali s'empare de mon dessin, qui représente Sally, les crocs plantés dans le cou de Jack, en train d'aspirer son sang.

— Je te jure, Evan. Si tu vas à l'université et que tu fais pas une école d'art, je te lâcherai pas. C'est brillant.

— C'est rien qu'un gribouillage.

Je le récupère.

Ali secoue la tête.

— Evan, Evan, Evan.

— Arrête.

— Evan, Evan, Evan, Evan.

On a plus ou moins la même conversation depuis des années. Depuis le jour où, pour son anniversaire, je lui avais offert un dessin encadré de Mulder et Scully au bowling avec David et Alexis Rose. Le truc, c'est que je sais que mes dessins ne sont pas *mauvais.* Mais je sais aussi que pour être bon, il faut être excellent. Et j'en suis loin.

— C'est quoi, les dernières nouvelles d'Oiseau-de-nuit ?

— Rien de nouveau depuis notre excursion au Phare d'Hiver.

— Fais-moi voir les paroles encore.

J'ouvre l'application Notes, lui tends mon téléphone. Sur mon ordinateur, Jack encourage tout le monde dans la ville d'Halloween à se regrouper et à voler Noël.

— Will dit que les chansons du film ont été composées avant le scénario. T'imagines ? Enfin, le travail de coordination que ça demande…

— « Flânant *le long de* Brooklyn ».

Ali lâche mon portable, sort le sien.

— Quoi ?

Pianotant et scrollant sur son écran, elle dit :

— On ne flâne pas le long d'une ville. On flâne *à travers* une ville, ou bien *dans* une ville. Tu sais *le long de* quoi on flâne ?

Sourire aux lèvres, elle me présente son téléphone. Il est ouvert sur l'application Maps, avec un zoom sur mon quartier.

— Brooklyn Way, lis-je. C'est une *rue.*

— Et regarde. (Elle pointe sur l'écran l'intersection de Brooklyn et Division.) C'est ça, hein ? Le Phare d'Hiver ?

— Alfredon Magellan Sacquet.

— Magellan fait l'unanimité.

— Alfredon Ernest Shackleton Sacquet.

On se lève d'un bond, on enfile chaussures, manteau et bonnet.

— Il a exploré quoi, déjà ? demande Ali.

— L'Antarctique, je crois.

Ce n'est qu'une fois dans la rue qu'on se rend compte qu'on a abandonné Jack et Sally à leur sort.

— Des tas de gens adorent la comédie musicale *Hamilton*, mais y a qu'une seule famille avec un patio dénommé la véranda Lin-Manuel.

— En vrai, réplique Ali, j'imagine que vous êtes la seule famille à avoir donné un nom à un patio.

Elle souffle dans ses mains, le nez rouge betterave, et bien que ce soit la nuit d'Halloween, il est tard et notre petit quartier dort à poings fermés ; les rues sont calmes et froides, la lune ressemble à une pomme fluo, grosse et bien mûre. C'est le genre de soirée où ça nous démange de faire des conneries (genre), comme jeter des œufs sur une maison (bien sûr), ou enrubanner un arbre de papier toilette (t'imagines). Ali et moi, on ne ferait jamais ce genre de choses, mais c'est le sentiment que tout est possible qui rend la nuit si animée, effervescente comme une ruche agitée.

On marche en plein milieu de la rue comme si elle nous appartenait.

— Evan ?

— Oui.

— Ça fait genre deux pâtés de maisons que je t'ai demandé où t'en étais dans ta candidature pour Headlands.

— OK.

— Et tu as un peu esquivé.

— Non, je t'ai demandé si tu avais vu *Vaiana*, ce qui nous a conduits à parler du compositeur de la b.o. du film, *Miranda*. Simple digression. J'en venais à ma réponse.

— OK.

— Alors, tu l'as vu ?

— Tu veux parler du conte épique de Vaiana de Motunui, héritière présumée du trône, qui risque tout pour trouver le demi-dieu Maui afin de sauver son peuple d'une certaine malédiction ? Oui, je l'ai vu. Je suis pas complètement inculte.

On coupe par Chestnut et Ash, et on rejoint les rues cardinales : Southview, Westlawn, Eastbrook. Je décris à Ali le sujet d'une des dissertations pour le dossier de candidature, dans laquelle je dois parler d'un de mes livres ou de mes films préférés et expliquer pourquoi il m'a tant touché.

— Tu le fais pas sur *E.T.* ?

— J'y ai pensé. Et puis j'ai direct vrillé, ne sachant pas par où commencer. Bref, ça va te surprendre, mais Vaiana me fait chialer.

— *Sacrebleu** !

— N'est-ce pas. Mais le truc, c'est que je pleure à des moments bizarres. Genre tu vois la scène où elle est petite et découvre l'eau ? Qu'elle ressent l'appel de l'océan ? Ce passage me fait toujours chialer. Et Will se faufile toujours sur mes genoux sans rien dire.

Je m'émerveille sur les bienfaits magiques d'une marche nocturne en compagnie d'une amie, la manière dont ça libère la parole et l'âme. On finit par traverser une partie plus récente du quartier où les urbanistes étaient moins intéressés par la boussole et davantage par les allitérations : Rhodes Road ; Sage Street ; Daphne Drive. Après avoir bifurqué à gauche sur Adalynn Avenue, à l'approche de Division, l'air change et, quelques minutes plus tard, on parvient au carrefour de Brooklyn, au pied du Phare d'Hiver.

— Tu n'as toujours pas répondu à ma question, dit Ali.

— La date limite de dépôt de candidature est le 30 novembre.

Ali sautille dans le froid en observant la maison.

— Je sais que les Headlands pour toi, c'est comme l'océan pour Vaiana, Ev. Ce que je ne comprends pas, c'est ce malaise nouveau, chaque fois que tu en parles. Comme si tu savais que ça, c'était mort.

On reste plantés là, notre souffle formant des volutes de condensation pareilles à des fleurs, s'ouvrant et mourant sous nos yeux. Rien ne prouve autant notre mortalité que notre respiration un soir très frais.

— Maman a un cancer du sein.

Ali suspend son souffle. Puis expire longuement.

— Merde.

— Ou plutôt… elle en *avait* un ? Je ne sais pas vraiment comment…

— Elle va bien ?

— Ils ont retiré la tumeur à la fin du mois d'août.

— *Merde*, Ev.

— D'après l'oncologiste, on a eu du bol. Ça a été détecté tôt, et ça s'était pas étendu. Elle n'a pas besoin de chimio.

— C'est super. Enfin… c'est une bonne nouvelle, hein ?

— Ouais.

— Donc…

— Elle est en pleine radiothérapie, là.

— Je sais pas pourquoi, j'ai toujours cru que la radiothérapie et la chimio…

— Il y a des milliers de combinaisons possibles. Parfois, la radiothérapie et la chimio vont de pair, parfois pas. Maman s'est fait opérer ; on lui a retiré la tumeur mais aussi des ganglions lymphatiques pour voir si ça s'était propagé, ce qui n'est pas le cas. La radiothérapie, c'est pour s'assurer qu'il ne reste plus aucune cellule cancéreuse. Ensuite, elle sera sous traitement hormonal pendant, genre, cinq ans, je crois.

— Ton père est au courant ?

— Oui, il est au courant, qu'il aille se faire foutre. Il n'est pas venu lui rendre une seule fois visite, mais je crois qu'ils se parlent, ce que j'ignorais.

Ali demande s'il y a quoi que ce soit qu'elle puisse faire, et je lui rétorque qu'il vaut mieux qu'elle n'en parle à personne, pas même à maman, qui a été très discrète sur le sujet.

— D'autres survivants du cancer appellent, envoient des messages. Des amis d'amis, pour la plupart, des gens qu'elle connaît à peine. Ils cherchent quelqu'un avec qui partager leur expérience. Maman répond poliment, évidemment, mais elle ne veut pas en entendre parler.

— Attends… L'opération, c'était fin août, tu as dit ?

— Ouais.

— Et quand est-ce qu'elle te l'a dit ?

— La veille de la fête de Heather.

Un battement de cœur. L'étincelle dans les yeux d'Ali, comme dans ceux de Maya, quand on a évoqué la raison de mon départ soudain, ce soir-là. Tu comprends, Ali ? Tout tend vers l'atrophie. Si le corps est une machine, le résultat est inévitable : brisé et abandonné, telle une voiture rouillée sur le bord de la chaussée. Pitié, dis-moi maintenant que tu comprends pourquoi je ne peux pas m'en aller.

— C'est le problème sous-jacent. Tu ne redoutes pas de ne pas être reçu dans le programme. Tu crains de *l'être.*

Et ça me frappe alors. Pourquoi j'ai tout fait pour ne pas le dire à Ali. Je la connais suffisamment bien pour savoir que cette excuse ne suffira pas. Elle me poussera quand même à partir, et je devrai monter mon dossier, lui fournir une liste de raisons pour lesquelles les Headlands, ça ne marchera pas, lui présenter tout ce qui pourrait mal tourner.

Maya a un terme pour ça. La « catastrophisation ». La distorsion cognitive. Une tendance à décrire ou à entrevoir le pire.

Pour moi, c'est juste planifier.

Voilà ce que je vois : qu'arrivera-t-il à Will ? Papa est parti, maman est malade, et même si elle reprend du poil de la bête, imaginons que...

Le cancer revienne. Ça arrive. Et le cas échéant, imaginons que...

Elle ait un accident de voiture. Ou bien qu'elle s'évanouisse et se cogne la tête sur le bord du trottoir ? Imaginons que...

Papa ne revienne jamais, et que Will grandisse sans père ou sans grand frère ? Ou imaginons que...

Papa revienne ? Qu'il veuille rester, et que maman soit trop affaiblie par sa maladie, et que Will soit trop jeune pour lui tenir tête, et que personne ne soit assez ferme pour dire à papa qu'il a laissé passer sa chance, et imaginons que...

Il y ait une tornade, ou une inondation, ou les morceaux d'un avion qui a explosé en plein vol qui s'écrasent sur le toit, ou...

Qu'une guerre nucléaire éclate et que je ne sois pas là pour les défendre contre des pilleurs de la fin du monde ; ou qu'un virus se propage à travers la planète et que je ne sois pas là pour les protéger, ou qu'il se passe autre chose encore, des événements que je n'ai jamais envisagés ou anticipés, que je ne sois pas là pour les préserver de toutes les menaces possibles ?

« Apprends à analyser tes propres pensées et tu pourras rectifier leur trajectoire, me répète Maya. Ça s'appelle *dé*catastrophiser. »

J'essaie. Vraiment. Je sais que mes craintes ne sont ni logiques ni probables. Le problème, c'est que la logique et la probabilité entrent rarement en ligne de compte dans le processus de catastrophisation. Si les crashs aériens étaient probables, personne ne prendrait l'avion. Si l'effondrement d'un pont était logique, on ferait alors systématiquement le tour pour ne pas l'emprunter. L'illogique improbable est exactement ce qui rend une catastrophe si catastrophique. Donc, même si j'aimerais vivre dans un monde où poursuivre mon rêve ne nuirait pas potentiellement à ceux que j'aime le plus, je suis trop occupé à vivre dans un monde rempli de possibilités.

Les gens en parlent comme si c'était une bonne chose.

Exactement comme l'indique la chanson, Ali et moi flânons le long de Brooklyn. Bientôt, on atteint la limite des maisons et on pénètre dans Willow Seed Park, une petite aire de jeux minimaliste et arborée pourvue d'un vieux portique de balançoires, d'un toboggan et d'un manège. Maman et moi, on venait souvent ici avant la naissance de Will.

Toutes les maisons sont plongées dans le noir, les rues abandonnées, le parc déserté.

— C'est quoi déjà, les paroles ? demande Ali.

Tandis que nous sillonnons des rues étrangères en évoquant des craintes familières, et que notre souffle se condense dans la nuit froide, il me semble approprié de réciter des paroles que nous ne saisissons pas vraiment.

Une fois que j'ai fini, Ali se remet à sautiller d'un pied sur l'autre, tâchant d'activer sa circulation.

— Bon, moi je pense que je vais faire médecine. Et me spécialiser en oncologie.

— Ah bon ?

— Quoi, tu penses pas que je ferais un bon médecin ?

Chaque fois qu'on évoque le futur dans notre bande, Ali est celle qui aborde le sujet avec le plus de désinvolture ; sa sensibilité artistique nous encourage naturellement à lui imaginer un avenir tout tracé : un loft en brique apparente à Bushwick, des toiles contemporaines au mur et de la peinture dans les cheveux ; le tournage d'un film indépendant, réalisatrice ou directrice de la photographie ; quelque ancien village dans l'Himalaya, capturé par son œil artistique, récompensé par un prix cinématographique.

— En dehors de *X-Files*, je ne savais pas que tu t'intéressais aux sciences.

Ali esquisse un sourire.

— Amalgamer la science et la science-fiction. Je t'aime ! Peut-être qu'inconsciemment, Scully m'a inspirée. Mais ça fait deux ans que l'idée de devenir médecin me trotte dans la tête.

— Qu'est-ce qu'il s'est passé y a deux ans ?

— La rampe, en été, au skate-park. Le vol plané.

Je revois Ali s'envoler dans les airs après avoir pris trop d'élan, percutant la piste à un angle maladroit et atterrissant à près de quatre mètres de la rampe.

— Le Dr Flomenhoft déchirait, dit-elle. J'en suis même venue à ne pas détester me rendre à mes rendez-vous. Et puis il y a eu la gypsothérapeute qui m'a posé mon plâtre, et elle déchirait elle aussi, et là je me suis dit… peut-être que c'est ça mon truc.

Je me suis toujours figuré Ali comme une plante dans un coin qu'on arrose tous les deux-trois jours, histoire qu'elle reste en vie. Mais très loin d'être au max de son potentiel, pas comme si elle se trouvait dans les bonnes conditions. Non pas que ses parents et ses amis ne la soutiennent pas, mais parfois, quand une personne est à ce point bien dans sa peau, on la néglige un peu, sans s'en rendre compte. Je la connais depuis quasi toujours, et son avenir a toujours été un mystère pour moi. Je crois que dans le fond, ce que j'espère, c'est que, où qu'elle atterrisse, elle soit entourée de gens qui l'arrosent comme il faut.

— Tu sais ce que je pense ?

— Quoi ?

— Je pense que tu ferais un excellent médecin. Sans doute le meilleur qui soit.

— Merci.

On s'arrête sous un réverbère, parvenus à l'extrémité de la rue, et le poids de la métaphore s'en ressent.

— Tu sais ce que je pense ? demande Ali.

— Quoi.

— Je pense que c'est normal de refuser d'affronter des trucs par peur que ça foire, mais ça ne veut pas dire que c'est ce qu'il faut faire. (Elle pivote et me regarde.) Je pense que tu devrais te servir de l'amour que tu portes à ton frère pour te grandir au lieu de t'écraser. Je pense que tu devrais écrire cet essai.

Et d'un seul coup, ma liste de raisons de ne pas partir se désintègre.

On contemple ensemble la lune gigantesque, comme si elle pouvait nous expliquer le pourquoi de notre présence ici, nous déchiffrer la chanson, me souffler quelle décision prendre au sujet de Headlands. Tout ça.

— Combien d'espèces océaniques, tu as dit ? demande-t-elle.

— On en découvre des centaines de nouvelles chaque année.

— Et les gens croyaient que les oiseaux migraient sur la Lune… ?

— En effet.

Finalement, on se remet en route vers chez nous, et quand je songe à toutes les choses que les gens ont cru au travers des âges et qui se sont finalement révélées fausses, ça me semble stupide d'avoir des certitudes. Mais je suppose que c'est ça, la condition humaine : croire en d'impossibles migrations.

SHOSH

connexions manquées

Le spectacle des enfants de l'école primaire d'Iverton se déroulait depuis toujours la semaine qui précédait Thanksgiving, l'occasion pour les élèves d'exhiber leurs talents artistiques dans l'une des trois catégories : une exposition d'art visuel dans les couloirs de l'établissement ; la lecture d'une œuvre originale présentée dans la bibliothèque, ou une performance théâtrale, sur scène dans le gymnase.

La coutume voulait que Shosh donne un coup de main à la classe de sa mère ; les années précédentes, elle était venue accompagnée d'une amie du lycée pour canaliser les gamins sur scène. Elles leur faisaient répéter leurs répliques, et pouffaient discrètement face aux pitreries des CP, qu'on faisait passer pour du théâtre.

Quel bonheur, songea-t-elle en observant depuis les coulisses un groupe de petits se tortillant sur scène quelques instants avant le numéro d'ouverture, une scène tirée du *Magicien d'Oz*.

— Ça te manque, hein ?

Shosh se tourna. Sa mère était à côté d'elle, les yeux sur les enfants.

— Quoi donc ?

Lana Bell contemplait ses élèves, les lèvres retroussées, et bien que personne n'eût qualifié cette expression de sourire, c'était ce qui s'en rapprochait le plus depuis des mois.

— Tu penses que j'ai repris le travail trop tôt. Mais j'avais besoin de quelque chose qui ne soit pas… en lien avec elle. J'avais besoin d'un ancrage, Shosh. On en a tous besoin. (Elle détourna les yeux de ses élèves pour les poser sur sa fille.) Ça te manque, hein ? La scène ?

Elle le sentit dans ses épaules surtout, dans son cou et ses bras aussi. Comme si elle poussait un rocher en haut d'une colline depuis des semaines. Comme si la force mentale requise pour repousser quelque chose qui lui venait pourtant si naturellement l'avait abîmée. Difficile pour elle de mettre le doigt sur ce qui l'agaçait le plus : que jouer lui manque au point qu'elle en souffrait physiquement, ou bien que sa mère l'ait remarqué.

Pendant une petite seconde, Shosh s'imagina prendre sa mère par la taille, enfouir sa tête contre elle, et pleurer. Mais à la place, elle dit :

— Il faut que je fasse pipi.

— Tu vas rater le numéro d'ouverture.

Shosh avait déjà tourné les talons, sauté de la scène, traversé le gymnase. Dès qu'elle gagna le couloir, la voix de la chanteuse fantôme se matérialisa. C'était la même chanson que celle qu'elle avait plagiée par mégarde, celle qui évoquait les secrets planqués dans des arbres enneigés, et elle était sur le point de hurler de rage – frustrée par la musique, par la scène, par son incapacité à échapper à l'une comme à l'autre –, quand un visage familier surgit des toilettes pour garçons.

— Oh. Salut. (Il avait les yeux bleu foncé, les cheveux retenus en demi-queue de cheval, et elle savait qu'elle l'avait déjà vu quelque part, mais où…) Les toilettes de chez Chili's, dit-il.

La chanson était toujours audible, un peu moins sonore peut-être.

— Ah oui. Avec le petit garçon.

Il sourit en fixant ses pieds, cala une mèche rebelle derrière son oreille.

— C'est mon frère. Will. Moi, c'est Evan.

— Shosh.

— Je sais. On était au lycée ensemble. Enfin, j'y suis toujours. J'ai un an de moins.

Evan était mignon, comme ces gros chiens un peu téméraires : il ne savait pas à qui il avait affaire. Soudain, Shosh regretta de ne pas avoir consacré plus de zéro virgule zéro seconde à se regarder dans la glace avant de partir de chez elle ce matin. Cela dit, il avait probablement assisté à (ou entendu parler de) son petit numéro d'ivrogne dans l'auditorium du lycée, et était sans doute au courant de sa prouesse de soûlarde à la fête de Heather Abernathy. Aussi, son apparence actuelle était le cadet de ses soucis.

— Bizarre, hein ? (Il désigna la porte des toilettes.) D'abord chez Chili's, maintenant ici. Ça doit être notre truc. Se croiser devant les toilettes.

Elle était sur le point de répondre pour plaisanter que c'était le ressort parfait d'une comédie romantique. Lorsque la voix de la chanteuse fantôme explosa d'un coup, et impossible d'expliquer ce qui s'est passé ensuite, mais elle aurait juré qu'une lueur de reconnaissance passa dans les yeux d'Evan. Rétrospectivement, elle se rappela un sentiment similaire cette fois-là chez Chili's, la sensation qu'Evan et elle avaient un jour partagé un truc – un moment, une vision, un endroit dans le monde. Mais l'instant s'acheva et ils se retrouvèrent bêtement face à face, deux personnes seules dans un couloir.

— Tu sais, dit-il d'un ton résolu en plongeant son regard dans le sien, ce qui confirma ce qu'elle redoutait, à savoir que sa réputation la précédait. Chris Bond est le roi des cons. Tout le monde le pense.

Cette nuit-là, et toutes les nuits de la semaine qui suivit, Shosh eut du mal à trouver le sommeil. Elle mit ça sur le compte de son chagrin, de ses cuites, du fait que Stevie lui manquait, de la voix incessante de la chanteuse fantôme. Mais au bout de la huitième nuit d'agitation, elle se redressa dans son lit, pressa un oreiller contre sa poitrine, et accepta la réalité à contrecœur : son insomnie portait un nom. Il avait les yeux bleu marine et des cheveux longs retenus en une demi-queue et, sans le savoir, il était craquant.

— Putain de merde, c'est une blague, pesta-t-elle seule dans sa chambre.

Et même s'il est rare qu'une chambre déserte réponde, cette nuit-là, elle trouva la sienne particulièrement hautaine.

EVAN

mic drop

« Ça doit être notre truc. Se croiser devant les toilettes. »

Je suis un cas désespéré.

Mon cas s'est aventuré depuis des jours dans les bois tout seul et on ne l'a pas revu depuis.

— Hé…

Maman me file une tape sur l'épaule.

— Quoi ?

— Je t'ai demandé si tout s'était bien passé.

Elle imite un grand sourire à pleines dents d'émoji, auquel je réponds par un regard d'émoji avec des yeux écarquillés gros comme des soucoupes.

— Question. Tu pourrais pas être encore plus geek ?!

Ce n'est pas comme si je n'avais jamais eu de crush. Et pourtant, de bien des manières, j'ai l'impression que c'est le cas. Quand je vois Shosh, mon corps tout entier se transforme en lampe sensitive : le moindre contact me fait réagir.

Mais il y a autre chose aussi, un truc sur lequel je n'arrive pas à mettre le doigt.

— Tu sais quel livre il a choisi ? demande maman.

Et je manipule mon objectif pour la mise au point, passant du Monde de Shosh au Monde Réel.

— *E.T. Téléphone Maison*, j'imagine. Peut-être *E.T. Téléphone Maison Seul* ? Cela dit, il déteste commencer par une suite.

Pour être sûrs d'être bien placés, on est arrivés tôt à la bibliothèque, mais on aurait dû être plus prévoyants. Les parents de l'école primaire d'Iverton ne plaisantent pas ; apparemment, notre marge de manœuvre n'était pas assez importante, et on se retrouve debout tout au fond de la salle bondée. On doit tendre le cou pour apercevoir l'arrière du crâne de Will.

Une prof se tient devant l'assemblée ; elle nous souhaite la bienvenue, et une boule se forme dans mon ventre. Vous n'imaginez pas l'excitation qui a précédé cet événement à la maison. On ne sait toujours pas avec certitude quelle B.D. originale Will a choisi de lire aujourd'hui, mais il va sans dire qu'il se prépare à cette soirée avec toute la sobriété mesurée d'un pianiste concertiste. Les enfants sont assis au premier rang (à des kilomètres de nous), et même si la plupart d'entre eux pivotent sur leur chaise pour faire coucou à leurs parents, la tête de Will demeure résolument immobile, orientée vers l'estrade.

La prof nous décrit le déroulement des festivités – chaque élève, par ordre alphabétique, ira se placer sur l'estrade et lira son histoire – puis elle conclut :

— Sans plus attendre, je vous prie d'applaudir notre premier élève de la soirée, Jeffrey Abrams, qui va nous lire… (La prof consulte son bloc-notes, marque une pause, et relève la tête d'un air contrit.) « La Bande de Zombies Buveurs de Sang », annonce-t-elle avec un sourire forcé.

Maman chuchote : « Bon sang, Jeff », et la lumière baisse ; un enfant qui fait probablement deux fois la taille de Will monte sur l'estrade d'un pas nonchalant. Il lit un poème sur un bain de sang apocalyptique. À la fin, la salle applaudit pendant que maman et moi restons interdits.

Maggie Boone nous présente ensuite l'histoire de la construction d'une armurerie dans *Minecraft.*

Juliette Diallo raconte comment les Avengers, les Tortues Ninja et Godzilla s'affrontent dans une lutte finale.

Cade Hunter décrit l'origine des muscles des joueurs de football.

Naomi Oliver raconte l'histoire d'un requin-licorne qui mange les gens en plein vol.

À ce stade de l'alphabet, maman commence à jeter des coups d'œil furtifs dans la salle, et je comprends tout à fait sa nervosité : quand on a un Will dans sa vie, on est constamment sur le qui-vive, à l'affût du moindre détracteur. Parfois, ça saute aux yeux, il s'agit de la brute épaisse aux petits yeux méchants ; parfois, c'est celui auquel on s'attend le moins, caché derrière un sourire mielleux. Ce ne sont ni la honte ni l'embarras qui motivent notre inquiétude. C'est l'instinct protecteur : « Ce gamin est à nous et il est incroyable et si vous étouffez sa flamme, je vous briserai les membres. » Chaque fois que j'aborde ce sujet avec Maya, elle me rappelle que Will a beau être hypersensible, il n'est pas impuissant. Ces discussions s'achèvent toujours de la même manière ; je finis par dire un truc du genre : « Il n'est pas comme les autres enfants. » Et Maya me répond : « Je sais. Mais de bien des manières, il l'est quand même. Et tu dois le laisser vivre sa vie. »

Lorsque Abby Shafer achève son histoire, celle d'un chevalier au Moyen Âge qui se livre à une joute qui tourne mal (*spoiler* : il se fait décapiter), la prof présente alors Will. On applaudit, maman siffle, et on fait notre possible pour garder notre sang-froid, malgré nos appréhensions.

Les détracteurs de Will sont partout.

— Mon livre s'intitule *La Question de Will*, annonce-t-il debout sur l'estrade, vêtu de son sweat à capuche rouge, l'expression résolue.

Qu'est-ce que je l'aime.

Il se racle la gorge, tourne la première page.

— Publié pour la première fois aux États-Unis d'Amérique chez Taft Publishing, tous droits réservés Will Taft. (Il s'arrête un instant, se penche vers le micro.) C'est moi.

Quelqu'un pouffe.

Je vais le retrouver et le lui faire payer.

— Autres livres du même auteur, poursuit-il en tournant la deuxième page. *Le Triomphe d'Octopus. Les Minions mangent de la pizza. La Trilogie de* E.T. Téléphone Maison. Ces derniers sont pas mal. *La Grande Échappée de Serpent, Jack et Sally vont sur la Lune. Villes en feu.* C'était un mauvais jour. *Pumba coince Winnie. Debout les copains.* OK, je vais lire celui-là maintenant. (Il tourne encore une page.) C'est un livre illustré. Donc je vais décrire les images au fil de ma lecture. J'y vais.

Il se racle de nouveau la gorge, et se lance.

— « Parfois, je me demande : Qui suis-je ? » C'est une image de moi, debout sur le rebord d'une falaise en train de hurler.

Maman me serre soudain la main – très fort.

Will tourne la page.

— « La question ne quitte jamais ma tête. » C'est une image de moi qui regarde le lecteur, les bras écartés, comme ça. (Il lève les yeux – esquisse un geste censé dire « Qui sait ? » et tourne la page.) « Rien que d'y penser, c'est fatigant. » C'est une image de moi en nage, je m'arrache les cheveux. (Une autre page.) « Eh ben ! » C'est une image de moi qui essaie de prendre mon courage à deux mains. (Page suivante.) « J'espère que je vais avoir la réponse demain ! » C'est la dernière page. C'est une image de moi, qui m'éloigne. Parfois j'aime faire de grands pas – comme ça.

Will entreprend de montrer à la bibliothèque entière ses immenses foulées.

D'autres ricanements résonnent.

Ma liste de personnes à abattre s'allonge.

— Fin, conclut Will dans le micro.

On applaudit et on le félicite, et la plupart des adultes dans la salle nous imitent, mais on voit bien qu'ils ne comprennent pas vraiment ce qui vient de se passer.

— Désolé, attendez, attendez, ajoute Will dans le micro. J'ai oublié de lire la dédicace.

La salle se tait ; la main de maman se resserre autour de la mienne comme un étau.

— Je dédie ce livre à Steven Spielberg qui a réalisé le meilleur film de tous les temps. Et à mon frère, Evan, qui est d'accord avec moi sur ça. Et à ma mère… (Will se penche en avant et colle sa bouche au micro, achevant sa lecture par les mots les plus percutants de la soirée.) Qui est en train de mourir d'un cancer.

Je sais qu'une glace à l'italienne de chez Dairy Queen n'est pas littéralement ce qu'il y a de plus délicieux au monde, mais je vous mets au défi de me contredire quand j'en mange une. Je suis obligé d'allumer la radio pour noyer le bruit qu'on fait tous les trois en dévorant les glaces.

Comme une meute de loups qui auraient un faible pour les sucreries.

Mon portable vibre. C'est un SMS d'Ali. Je l'ouvre et découvre la photo de deux candidatures. L'une pour l'université de Georgetown, l'autre pour celle de Baylor. Des programmes de médecine plutôt pas mal, m'écrit-elle. Qui sait si j'ai mes chances, mais je me lance.

Je like la photo et le message.

Evan : Si je pouvais mettre mon cœur pour de vrai dans cette discussion, je le ferais.

Ali : Il vaut mieux qu'il reste là où il est, t'en as besoin

Evan : JTM tellement.
Avec ma famille là. Il se passe un TRUC ÉNORME. Affaire à suivre.

Pendant qu'on mange, à la radio, un journaliste rapporte les dernières nouvelles. Une accusation d'atteinte à la pudeur visant un homme politique de second rang, et avant que maman n'éteigne, Will demande :

— Qu'est-ce qu'il a fait ?

— Des choses terribles, chéri.

Je vois bien le dilemme dans son regard : même si elle n'est pas du genre à se débiner, on a déjà assez de choses à régler, étant donné ce qui s'est passé ce soir, sans avoir en plus à ajouter le poids d'un nouveau sujet : les Hommes qui se Comportent Mal.

— Il a dit qu'il était désolé, dit Will en désignant la radio. Je l'ai entendu.

Maman, qui est assise au volant, pivote face à lui.

— Tu te rappelles le dîner chez les Ray ? Quand tous les enfants ont eu un paquet de bonbons au dessert ? Tu as fini le tien et tu as mangé celui de Hannah pendant qu'elle avait le dos tourné. Et quand ton père t'a demandé ce que tu avais fait, tu as répondu…

— J'ai pris ses bonbons et je les ai mis dans ma bouche.

Ce qui constitue en partie une famille, c'est ce partage d'histoires, de souvenirs qui servent de référence : « Tu te rappelles quand… », dit-on, et tout le monde se retrouve catapulté à un endroit et à un moment précis, à éprouver un sentiment particulier. On esquisse tous les trois un sourire à ce souvenir. Mais notre joie, gâtée par l'absence de papa, est de courte durée.

— Le monsieur a effectivement dit qu'il était désolé, poursuit maman, le regard absent, et je me demande à qui elle fait vraiment référence. Mais c'est comme quand tu t'es excusé auprès de Hannah. Si tu l'as fait, c'est seulement parce que tu as été pris la main dans le sac.

Je revois soudain papa, qui s'agite sur le canapé, mal à l'aise, tandis que maman sirote un verre de vin sur le seuil de la pièce. Je sais que Stacey a les dents du bonheur. Je sais qu'elle possède un caniche qui ressemble à une patate flétrie, et qu'elle a un fils quasi adulte qui se prénomme Nick, et j'ai même parlé à Ruth au téléphone. Et pourtant, je me demande maintenant si je suis au courant de toute l'histoire.

— C'est la véritable nature d'une personne qui se révèle alors au grand jour, mon chéri. Il arrive parfois qu'une personne ne soit pas celle qu'on croit. (Maman tend la main vers la banquette arrière et la pose sur le genou de Will.) J'aimerais à présent qu'on discute de ce que tu as dit ce soir.

— Je peux avoir une autre glace ?

— Non.

— Je voulais de l'eau.

— Will…

— Cette nuit-là, je voulais de l'eau… Alors je me suis levé pour aller dans la salle de bains. Et je t'ai entendue dans la chambre d'Evan. Tu as dit que tu avais trouvé une grosseur dans ta poitrine. Et puis tu as eu ton aberration comme pour mes amygdales, mais c'est pas vraiment pareil, parce que Siri dit que les grosseurs dans les seins, c'est un cancer.

Maman me décoche un regard accusateur, comme pour me reprocher de l'avoir trahie.

— Il n'a pas utilisé *mon* portable ! je proteste.

Et avant qu'elle ne puisse m'asticoter, Will nous apprend alors qu'il s'est servi d'un iPad à l'école.

— Siri dit que le cancer est une maladie de croissance adormale de cellules. Et quand j'ai demandé si on en meurt, elle a dit oui, mille millions chaque année. Et y a pas de bouclier contre ça.

Son choix de vocabulaire me surprend tout d'abord – et puis je comprends.

— C'est pour ça que tu as arrêté de les porter. Les boucliers anti-bobos.

Il nous raconte comment, à la suite de cette nuit-là, il a collé quelques pansements en douce sur maman pendant qu'elle dormait, dans l'espoir qu'ils la protègent.

— Mais ça a pas marché, hein ?

Maman pleure ; elle caresse le genou de Will. Il hausse ses épaules comme un adulte, désinvolte, pas grave, et ce geste si ordinaire effectué par de si petites épaules me donne envie de le prendre dans mes bras et le garder à l'abri pour toujours.

— Je croyais que les pansements étaient magiques, dit-il en regardant par la vitre le parking sombre et désert de Dairy Queen. Mais la magie, c'est pas vraiment vrai. Je veux seulement croire en des choses vraiment vraies à partir de maintenant.

J'ai l'impression que sous mes yeux, son innocence s'échappe de ses pores et se réunit en un petit nuage au-dessus de sa tête avant de se dissoudre.

Maman détache sa ceinture, descend de voiture, et quand je comprends ce qu'elle s'apprête à faire, je l'imite. Ensemble, on grimpe sur la banquette arrière avec Will, un méli-mélo de bras formant un gros câlin, les joues pressées les unes contre les autres, et s'il est une famille qui parle le langage de l'amour, c'est bien la nôtre.

— Je t'aime, dit-on tous les trois, pas tout à fait synchrones.

Cacophonie de *Je t'aime.*

— Et puis t'étais au lit pendant des mois, insiste Will.

— Ça a duré moins d'une semaine, chéri.

Will pose sur maman un regard où brille une curiosité ardente.

— Tu es en train de mourir ?

Maman lui renvoie un regard d'une même intensité.

— Je ne t'ai rien dit parce que je ne voulais pas t'inquiéter. Je ne sais pas si j'ai eu raison, mais maintenant, tu es au courant, alors… cartes sur table ?

— Cartes sur table.

— Siri a raison ; beaucoup de personnes meurent du cancer. Mais sache que ta vieille mère est la personne la plus chanceuse au monde.

— Pour de vrai ?

— Pour de vrai. En fait, il y a une liste de raisons pour lesquelles je le suis. Primo, on a détecté le cancer très tôt, autrement dit, il n'était qu'à un seul endroit. Quand il se trouve à un seul endroit, il est plus facile à enlever. Secundo, je suis soignée par des superhéros, d'accord ? Et je suis sérieuse, mes médecins devraient porter une cape, voler à travers les airs au secours des chats coincés dans les arbres, ce genre de trucs.

— C'est pas mal.

— Évidemment. Tu vois, ils retirent d'abord le cancer, et ensuite ils le *brûlent.* Ils ne plaisantent pas, ces gars-là. Ce qui m'amène à la troisième raison pour laquelle je suis chanceuse, un truc qui s'appelle la sécurité sociale ; je ne vais pas rentrer dans les détails maintenant, mais disons que tout le monde n'a pas les mêmes possibilités que moi. Certaines personnes n'ont pas accès aux médecins.

— Aux superhéros.

— Voilà, certaines personnes n'ont pas accès aux superhéros. Et certains pourraient peut-être consulter un superhéros mais ils n'auraient pas les moyens de payer. Donc, j'ai de la chance, là aussi. Maintenant, je vais les voir cinq fois par semaine pour qu'ils me soignent, et quand ce sera fini, je devrai prendre des pilules pendant cinq ans environ.

— Cinq *ans* ? (Will compte sur ses doigts.) J'aurai *douze ans.*

— Oui, mon chéri. Et c'est surtout pour ça que j'ai de la chance. Personne d'autre au monde ne vous a tous les deux pour famille. Mon Will. (Elle l'embrasse sur le crâne.) Et mon Evan.

Quand elle pose un baiser sur ma tête, elle enroule ses bras autour de mon cou et je sens le savon à la lavande qu'elle utilise – l'odeur de maman –, et elle me retient une seconde de plus.

— Donc, tu en penses quoi ? Plutôt chanceuse, hein ?

— Ouaip.

Will pousse un soupir exagéré comme le ferait un adulte, se tourne vers la vitre, et je me demande s'il regarde au travers où s'il contemple le reflet de notre méli-mélo d'amour dans la voiture.

— Au fait, dit-il, tandis que ces minuscules particules d'innocence se faufilent hors de sa peau, se rassemblent en un nuage, et disparaissent pour toujours. À partir de maintenant, je m'appelle *William.*

SHOSH

corne d'abondance dystopique

Shosh détestait le centre commercial : les animations surannées, les marchands de camelote ; elle détestait l'odeur qui y régnait, une attaque olfactive de chaque instant ; elle détestait l'équipe de vendeurs en kiosque qui la faisait culpabiliser de les envoyer promener, alors qu'elle ne faisait que passer dans cette putain de galerie et qu'elle voulait être peinarde. Faire du shopping au centre commercial lui donnait le sentiment d'être un robot consommateur à la recherche de joujoux tout neufs sans jamais se questionner sur ce désir d'achat compulsif.

— Bon sang, Shosh. Vas-y, dis le fond de ta pensée.

Shosh et sa cousine – qui s'appelait Karen, et qui prenait à cœur les responsabilités incombant aux Karen[1] du monde entier – n'avaient jamais partagé la même vision des choses.

— C'est bon. Je dis pas que *toi aussi* tu devrais détester le centre commercial, dit Shosh.

1. Dans les pays anglo-saxons, le prénom « Karen » désigne de manière péjorative une femme blanche d'âge mûr qui s'insurge contre tout et qui estime avoir plus de droits que les autres.

— Merci pour la précision, répliqua Karen. Nous, les robots consommateurs, on n'est pas très doués avec les mots.

— *Les filles.*

La mère de Shosh les foudroya du regard en leur passant un immense plat de purée.

— C'est elle qui a commencé, protesta Karen en pointant sa fourchette en direction de Shosh. Avec ses critiques à la con.

— Hé ! intervint tante Helen. Pas de ça aujourd'hui.

Thanksgiving avait toujours été la fête que Shosh appréciait le moins. Chaque année, ils se levaient aux aurores avant de monter en voiture pour un trajet d'environ une heure jusqu'à Elgin, où habitaient les grands-parents de Shosh. En dehors de Stevie, Nona et Pop-pop étaient pour Shosh ses préférés, ce qui en disait long sur l'épouvantable famille de sa cousine, et expliquait qu'elle ait une telle aversion pour Thanksgiving. Helen, la sœur de sa mère, était le type de femme à se prendre pour une victime, elle ne pouvait s'empêcher de glisser dans chaque conversation une anecdote pour illustrer qu'elle s'était fait duper. Quant à oncle Bobby, il était rare que ses propos ne soient pas passablement offensants ; il achevait presque toutes ses phrases par « je dis ça, je dis rien », comme s'il ne venait pas de le dire.

— À mon époque, il n'y avait pas de centres commerciaux.

Pop-pop, qui s'acharnait sur la même tranche de dinde depuis une demi-heure, se mit à décrire l'étrange époque de sa jeunesse, où, si l'on voulait des chaussures, on allait dans un magasin de chaussures, et si l'on voulait une chemise, on allait dans un magasin de chemises.

— Ça nous prenait toute une journée rien que d'aller d'une boutique à l'autre.

— Tu te voûtes, Herman. (Nona lui tapota l'épaule, et il se redressa consciencieusement avant de se rattaquer à son coriace morceau de volaille.) Tu diras ce que tu veux du centre commercial, poursuivit Nona. Cela nous permet de faire une petite marche matinale et ça m'arrange bien. Surtout durant les mois les plus froids.

Pop-pop mastiqua, hocha la tête.

— C'est bien vrai, mon amour.

C'était leur mode de fonctionnement : Nona passait son temps à lui dire de ne pas s'avachir, Pop-pop était toujours d'accord avec ses remarques, et ils faisaient preuve d'une telle tendresse l'un envers l'autre que Shosh se demandait si le mariage avait encore sa place en ce monde. Même avant la mort de Stevie, et l'ombre qu'elle avait projetée sur leur existence, ses parents n'avaient pas été particulièrement attentionnés l'un envers l'autre. Il leur arrivait de se dire « Je t'aime », et peut-être que c'était sincère, et si c'était le cas, c'était le genre d'amour qui ne requérait aucune affection.

— Tu vois ce nouveau resto *international* dans l'espace restauration ? demanda oncle Bobby.

Shosh posa sa fourchette sur son assiette et adressa un sourire hypocrite à son oncle.

— La Maison des Pancakes ?

Sans laisser le temps à Bobby de répondre, la mère de Shosh intervint.

— Si tu fais référence au nouveau resto thaï, je n'en ai entendu que du bien.

Oncle Bobby haussa les épaules et agita son pilon de dinde comme un sceptre.

— C'est de plus en plus compliqué de manger un bon vieux burger.

— Ton resto, il serait pas situé entre un Wendy's et un Burger King ? ironisa Shosh.

Karen lui décocha un regard noir.

— Je croyais que tu détestais le centre commercial.

— Oh que oui. Mais je m'inquiète, vois-tu, le nombre de restos où on peut manger un bon vieux burger est en chute libre.

— Shosh, répliqua son père.

— J'ai même une carte sur mon mur à la maison. Je plante des punaises pour localiser les établissements qui proposent des burgers, et je suis désolée de vous apprendre qu'il ne reste qu'une *putain* de tonne d'endroits de ce genre.

— Ça suffit, Shosh.

— Un peu moins que l'année dernière, où y avait quand même un *bordel de putain* de tonnes d'endroits de ce genre.

La tension était à son comble quand Pop-pop, sans crier gare, commenta :

— On voit de plus en plus de tatouages de nos jours.

Si proche de l'explosion, le silence sembla d'autant plus pesant.

— Pourquoi tu dis ça, papa ?

La mère de Shosh posa ses couverts, les yeux rivés sur son père.

— Tu divagues, Herman, commenta Nona.

Pop-pop poursuivit, sans tenir compte de sa remarque.

— À mon époque, ils étaient réservés aux marins ou aux traînées. Si on voulait un tatouage, il fallait connaître quelqu'un. Évidemment, les temps changent. Pour la génération qui précède la mienne, les tatouages, c'était pour les criminels ou la royauté. Quoi qu'il en soit, je parie que la douleur était la même. (Puis, achevant son morceau de dinde, il décocha un clin d'œil à Shosh.) J'ai pas raison ?

Tous les regards se posèrent sur Shosh.

— De quoi parle-t-il ? demanda sa mère.

Shosh savait que ce jour arriverait. Quand bien même, maintenant qu'il était là, elle le maudit. S'écartant de la table, elle retroussa sa manche, et présenta l'intérieur de son avant-bras.

— Tu t'es fait tatouer ?! s'exclama Jared Bell.

— Quand ça ? demanda Lana Bell.

— Y a, genre, six semaines.

— Je n'en reviens pas.

— Pourquoi une grenouille ?

— C'est pas une grenouille, c'est un crapaud. Bufolet.

Oncle Bobby ricana.

— Les marins et les traînées, je vous dis.

— Tu te voûtes, Herman.

— Tu te rappelles la mare aux grenouilles dans notre jardin, Lana ?

— Je n'arrive pas à croire que t'aies fait ça.

— Le boucan que faisaient ces grenouilles !

— Quand on se fait tatouer une fichue grenouille sur le bras, la moindre des choses, c'est d'en parler à sa mère.

— Un tel tintamarre que ça m'empêchait de dormir.

— C'est Bufolet. Un *crapaud.*

— Vous savez quoi, enchérit oncle Bobby dans ce vacarme. Si Karen se massacrait le corps comme ça, je me fiche qu'elle ait plus l'âge, je lui flanquerais une fessée. Je dis ça, je dis rien.

— Je suis juste à côté de toi, Bob. Et c'est à moi de voir comment j'éduque ma fille.

Alors que la tablée explosait enfin, le tatouage oublié depuis longtemps, le temps ralentit, l'espace se distendit, et Shosh se retrouva assise au milieu de ce trou noir que représentait sa famille et dont elle connaissait pertinemment le champ gravitationnel. Dans un sens, ils le connaissaient tous. C'était cette même traction qui avait transformé ses parents en ombres, et qui la poussait, elle, à planquer une flasque dans la poche de son manteau. C'était cette même force qui les tenait en orbite, les aspirant dans son obscur noyau. Shosh était assise en plein dedans, muette. Et quand elle leva la tête, elle croisa le regard de sa grand-mère, la douce Nona, source de sagesse et d'amour, la seule autre personne à la table qui semblait consciente de l'existence du trou noir. Nona esquissa un sourire tendre et hocha la tête, et Shosh comprit le message : elle l'encourageait à s'exprimer.

— Elle devait s'en faire tatouer un aussi.

Lentement, la table se tut. Hormis Nona, tous esquivèrent le regard de Shosh tandis qu'elle parlait.

— J'ai toujours imaginé qu'on le ferait ensemble. Assises côte à côte, pour observer le progrès de nos tatouages respectifs. (Elle contempla son avant-bras.) « Deux amis proches assis seuls ensemble. » Notre phrase préférée de notre histoire préférée. Ces deux mots : « seuls ensemble ». Ils devaient finir là.

Doucement, elle effleura la peau de son bras, où était inscrit le mot unique. Et même si c'était la moitié de leur projet d'origine, sa signification en était complètement altérée.

Lana Bell se mit à sangloter.

Le reste de la famille s'enfonça dans son siège, le visage inexpressif.

Le trou noir en action.

Pile à cet instant, comme si elle avait attendu le moment propice, la voix de la chanteuse fantôme s'éleva dans la pièce. Elle interpréta une chanson familière, que Shosh avait fini par intituler « Cas désespérés et préoccupations ».

Mais, bien que sa voix fût jusque-là étouffée, telle un lointain écho, la plupart des paroles indistinctes, ces dernières se firent soudain parfaitement audibles. Et même si la chanson en soi était un peu onirique, elle eut l'impression d'émerger d'un rêve rien qu'en l'écoutant, comme si les contours de la vie de Shosh, floutés depuis très longtemps, commençaient enfin à se préciser…

Pitié ne demande pas pourquoi jamais je n'essaie
Comme moi tu la connais
La différence entre la mort et l'amour
Regarde bien pour trouver la beauté cachée
Toutes les bonnes choses viennent à point nommé
La merde qu'ils racontent
Il se fait tard
Viens, assieds-toi et bois avec moi
Oh Dieu, ne parle pas, seulement sois
Sois muet, sois froid, sois corps et âme
Ô amour, cette terre lointaine
Tu referais tout pareil
À Willow Seed
Où fredonnent les arbres
Treize en tout
Puis-je demander pourquoi jamais tu n'essaies
Quand comme moi tu la connais
La différence entre la mort et l'amour

Et juste là, à table, dans la salle à manger de Nona et de Pop-pop, Shosh comprit que la chanson contenait bien plus que des paroles – elle lui donnait des consignes.

EVAN

je ne bouge pas

Will – pardon, *William* – veut que je le borde. Après avoir partagé des sentiments forts, il est pot de colle, et je ne sais pas si c'est parce qu'il s'est montré particulièrement vulnérable avec maman ce soir, mais il me demande moi, et je suis à cent pour cent là pour lui.

Dans la cuisine, maman s'agenouille, enroule ses bras autour de lui, et ils échangent en chuchotant des « je t'aime », « bonne nuit », et « dors bien ». Une fois qu'ils ont fini, je soulève Will et le jette sur mon épaule.

— Madame, c'est vous qui avez commandé ce sac à patates ?

Comme une championne, elle répond du tac-au-tac :

— Non, monsieur. C'est une commande spéciale pour l'entrepôt à l'étage.

J'incline mon chapeau imaginaire.

— Vous êtes bien aimable, madame, dis-je en me dirigeant vers l'escalier.

Will glousse tout du long. Quand je le dépose sur son lit, il rit encore, et lorsque j'allume sa lampe de chevet en forme de lune, je ne m'attends pas à ce qui suit.

Le carton du frigo est encore là, mais ce n'est plus la réplique de la navette spatiale d'*E.T.* Il a été reconverti en une sorte d'engin tout droit sorti de la comédie musicale *Seussical* : une vieille calculatrice et un clavier d'ordinateur sont accrochés à une extrémité du carton, représentant une espèce de carte mère ; des poêles et des casseroles sont attachées avec du fil à intervalles irréguliers ; Will a sélectionné d'anciens jouets – vieux cheval à bascule, table d'alphabet, Lamborghini télécommandée –, qu'il a collés, scotchés ou fixés d'une autre manière sur le mécanisme en carton.

— J'ai précédé à quelques changements.

— Je vois ça.

Les parois sont différentes aussi. Auparavant, les mots « TÉLÉPHONE » et « MAISON » étaient inscrits au marqueur indélébile ; depuis, le message a été étoffé ; on lit maintenant : E.T. a téléphoné à la maison. E.T. est rentré à la maison. Elliott est tout seul maintenant.

Je déglutis avec difficulté. Essaie de repousser la tempête. De m'ancrer ici, dans le moment présent.

— Je sais que E.T. n'existe pas, dit Will. Mais peut-être qu'il y a des extra-terrestres *comme* lui, avec des pouvoirs de guérison. Du coup j'ai construit un appareil de communication. Comme dans le film. (Il indique sa création en carton.) Si ça marche, peut-être qu'ils pourront se servir de leur doigt lumineux pour guérir maman.

Je me demande souvent si je suis aussi instable émotionnellement que je le pense, ou si c'est l'amour de mon frère qui déclenche ce chaos émotionnel.

Je l'aide à ôter ses chaussettes et ses chaussures, à préparer ses vêtements pour demain, et je lui lis une histoire de Ranelot et Bufolet, qui parle d'un cerf-volant qui ne vole pas jusqu'à ce que Bufolet y mette vraiment du sien.

Après ça, je le borde comme il aime, en commençant par ses pieds et en remontant jusqu'à son cou.

— Un petit burrito de Will, dis-je en m'asseyant au bord de son lit.

— William, s'il te plaît.

Je pousse un soupir.

— Franchement, mon pote, ça risque de prendre du temps.

Je fais doucement courir ma main sur son front et ses paupières se ferment ; et, pile à l'instant où je vais me diriger vers la porte, il dit :

— Tu crois qu'elle va mourir ?

— Je ne pense pas.

— Comment tu sais ?

Je continue à lui caresser le front, rien que pour le rassurer, lui indiquer que je suis là. Et que ça ne changera pas.

— Je sais pas. Mais tu m'as demandé mon avis. Et moi je crois que tout va bien se passer.

Il se penche de côté, ouvre le tiroir de sa table de chevet et en sort une BD.

— Je lui ai fait ça. Pour Noël. Ne répète pas.

Je tiens dans mes mains les quelques pages agrafées comme s'il s'agissait d'un texte sacré. Sur la couverture, dans des caractères des couleurs de l'arc-en-ciel, le mot « LUEUR » est écrit en majuscules. En dessous : *une BD originale de William Taft.* L'histoire est brève ; elle tient en une dizaine de pages. Elle comprend trois personnages – « maman », « Môme », et « le gentil alien » – qui vivent sous le même toit. Ils vont au parc, au zoo, et à la pizzeria Jet's. Au fil des pages, à chaque nouvelle aventure, le personnage de la maman diminue, de plus en plus chétif ; ses cheveux deviennent rêches, ses yeux sombres, jusqu'à ce que, vers la fin, tandis que les trois personnages visitent un musée, la maman ressemble à un bâton tordu. Sur les dernières pages, le cœur du gentil alien s'illumine (ce qui est évoqué par des traits colorés, comme les rayons d'un soleil au crayon), et l'extra-terrestre regarde la maman et dit : « Mon cœur brille pour toi, Mary. » Sur la dernière page, la mère se tient droite, sa tête est couronnée d'une crinière volumineuse, son regard est vif, et elle arbore un large sourire.

— Tu aimes ?

— C'est la meilleure BD au monde, William.

Il s'agenouille, approche sa bouche de mon oreille, et chuchote :

— Tu peux m'appeler Will. Mais juste toi.

Je range la précieuse BD dans le tiroir, borde à nouveau Will, et éteins la lampe en forme de lune. Sur le seuil de sa chambre, je murmure la seule chose qui importe vraiment, cette chose qui fait que nous sommes *nous* :

— Je bouge pas, Will.

Plus tard, ce soir-là, étendu dans mon lit, à contempler les ombres qui dansent au plafond, je songerais aux deux mots que Will a prononcés. Et je me demanderais comment une chose si complexe peut passer pour un truc si simple, ou bien s'il avait conscience de ce qu'il disait ; mais évidemment, c'est impossible, il ne pouvait pas vraiment savoir. Il ignore à quel point ce calcul, que je fais et je refais dans l'espoir qu'il finisse par donner un autre résultat, est épuisant pour moi ; il ignore la bande qui tourne sans cesse dans ma tête, cette joute infernale, ce dilemme qui me ronge, vingt-quatre heures sur vingt-quatre, sept jours sur sept, à coups de « je dois y aller, je ne peux pas le laisser, je dois y aller, je ne peux pas le laisser » ; il ne pouvait pas non plus imaginer la portée de sa réponse en deux mots. Voilà ce qui m'empêchera de trouver le sommeil ce soir, non pas les paroles que je lui ai glissées – « je bouge pas » – mais sa réponse, les mots les plus simples et les plus complexes à la fois, quelle que soit la langue dans laquelle on les prononce.

— Je sais.

SHOSH

Quatre

– Faut qu'on parle, Sho.

— Quoi ? demanda Shosh en enfilant ses bottines près de la porte d'entrée.

Sa mère se tourna vers les escaliers et cria en direction du premier étage :

— Jared !

Ça sentait le roussi. Shosh attrapa son chapeau sur le portemanteau, tâcha de se rappeler la dernière fois que l'un de ses parents avait eu besoin du renfort de l'autre pour avoir une discussion avec elle. Alors qu'elle enfilait ses gants, son père dévala les marches et, rien qu'en observant leur langage corporel, elle sut qu'ils avaient répété la scène qui allait suivre.

— On a quelques questions, déclara sa mère.

— OK.

— Pour commencer, on aimerait savoir où tu vas tous les soirs.

La réponse à cela était à la fois simple et compliquée. Tous les soirs pendant deux semaines – depuis qu'elle avait entendu distinctement les paroles de la chanson, lors du repas de Thanksgiving –, Shosh s'était rendue à Willow Seed Park. Emmitouflée, elle marchait à travers un vent glacial et cinglant. Situé non loin de chez elle, le parc était éclairé par un seul réverbère et toujours désert. Elle s'attardait près du ruisseau gelé, du toboggan et du tourniquet recouverts d'une fine couche de neige ; elle se laissait bercer par les grincements de la balançoire qui oscillait seule. La plupart du temps, elle s'allongeait sur le dos, sous les arbres. Les bras écartés dans la neige, elle contemplait les étoiles dans le ciel froid, envisageant les innombrables versions possibles de sa vie, à supposer que les choses se soient déroulées comme prévu.

Ses soirées à Willow Seed n'étaient pas solitaires. La chanteuse fantôme l'accompagnait toujours. À ce stade, elle connaissait toutes les chansons par cœur, les fredonnait de concert avec elle dans le parc désert, et elle avait vraiment l'impression d'attendre quelque chose. Mais quoi, elle l'ignorait.

— Je vais au parc, dit-elle, présentant la version simplifiée.

— Tu vas au parc.

— Willow Seed. J'aime bien. C'est… apaisant.

— Il fait un *froid de canard*, rétorqua son père.

— Tu y retrouves quelqu'un ? s'enquit sa mère.

— Genre qui ?

— Un ami ?

— Ah. OK. Je vois.

— Eh bien, je ne sais pas.

— Autre chose ?

Shosh saisit la poignée, pressée de déguerpir.

Ses parents se raclèrent la gorge et bafouillèrent.

— On a vidé toutes les réserves d'alcool de la maison, annonça son père. C'est fini.

Shosh sentit son âme quitter son corps, s'échapper par une fenêtre, et s'envoler dans la nuit.

— On n'a pas été assez présents pour toi, enchérit sa mère.

Shosh n'était plus un être humain mais un grand oiseau majestueux filant dans le ciel d'Iverton, à travers les flocons de neige qui martelaient le calme immobile.

— On est vraiment désolés.

Comme un poids mort, elle retomba d'un coup sur terre.

— Vous êtes quoi ?

— Ça ne résout rien, on le sait, reprit son père. (Il avait les oreilles rouges, et clignait des yeux à un rythme croissant ; Shosh comprit qu'il était à bout.) Mais on est désolés. On n'a pas été… à la hauteur. Quand je pense à elle, et que je nous vois comme ça…

Il s'arrêta net, les yeux humides ; près de lui, Lana Bell sanglotait silencieusement.

Shosh restait plantée là, à les observer, et pour la première fois depuis le décès de Stevie, sous le voile du deuil, elle entraperçut ses parents tels qu'ils avaient été avant le drame.

— Vous errez comme des fantômes depuis des mois. Et vous décidez soudain de repointer le bout de votre nez ?

— Sho…

— C'est des conneries. Vous pouvez pas aller et venir dans ma vie quand ça vous arrange. Et pour info, maman, je sais qu'« on l'a tous perdue ». La différence, c'est que moi j'ai perdu une sœur *et* mes parents. Alors pardonnez-moi de penser que ça… (Shosh désigna la situation d'un geste de la main.)… c'est *débile.*

Plus tard, elle se demanderait pourquoi elle n'était pas partie à ce moment-là. Elle en avait eu l'intention. Elle avait peut-être même tenté. Mais quelque chose l'en avait empêchée, une petite voix dans sa tête qui savait pertinemment contre qui elle était vraiment en colère, et le temps que le reste de son cerveau suive, il était trop tard pour faire une sortie théâtrale digne de ce nom sans avoir l'air stupide.

En larmes, ses parents lui dirent qu'ils l'aimaient, répétèrent à quel point ils étaient navrés, et Shosh les repoussa. Puis elle fondit en larmes elle aussi et, sans le vouloir, sans comprendre comment, ils se tombèrent dans les bras, une étreinte à la fois douce et désespérée, car ils savaient tous les trois que plus jamais ils ne seraient quatre, et ils se demandaient si un jour ils se sentiraient de nouveau entiers.

EVAN

Willow Seed

— Vous saviez qu'il y avait un truc comme Stonehenge tout au fond du lac Michigan ?

Maya plisse les yeux.

— Tu me fais marcher.

— Y a un mec dans mon cours d'écriture qui en parlait. J'ai cherché sur Internet. Un petit mastodonte est gravé sur une des pierres, juste là, au fond du lac. (Je laisse mes propos en suspens, regarde par la fenêtre ; dehors, la neige tombe dru.) C'est quelqu'un qui a fait ça, qui a gravé un mastodonte sur une pierre. Peut-être que c'était près de chez lui, peut-être que c'était dans un champ, peut-être qu'il ne faisait que passer. En tout cas, il a aperçu ce grand cercle de rochers, ou alors il l'a construit, et il s'est dit : « Je sais ce que je vais faire. » Et maintenant je suis assis sur une banquette, dix mille ans plus tard, triste comme la pluie, à raconter qu'il y a une gravure de mastodonte au fond du lac.

— Je ne savais pas que tu étais triste.

— Ça ne vous rend pas triste, vous ?

— Donc tu es triste à cause du mastodonte.

Toute la semaine, on a eu droit à un ciel gris et à une micro-tempête de neige. Dans un sens, je suis content que le ciel tienne ses promesses.

— J'ai découvert un lieu, je dis à mi-voix.

Je ne sais pas vraiment pourquoi, mais j'ai envie de parler à Maya du terrain boisé près de chez moi, avec ses arbres séculaires et son ruisseau sinueux. Alors je le lui décris, et je lui explique que c'est l'endroit rêvé pour tendre l'oreille. Mon petit bois, mon vestige d'une autre époque.

— Tu y as trouvé des gravures de créatures préhistoriques ?

Je réfléchis un instant.

— C'est peut-être comme ça que ça fonctionne, en fait.

— Que quoi fonctionne.

— Peut-être que graver un mastodonte sur une pierre, c'est le même… le même instinct qui pousse une personne à écrire « J'étais là » dans la cabine des W.C. On veut compter pour quelque chose, que ce soit aujourd'hui ou dans dix mille ans. Ce n'est pas une question d'immortalité, mais… une pierre tombale durable.

Dans un sens, je sais que mon angoisse découle d'une peur primale de passer à côté de quelque chose : j'aime ma vie, et je ne veux pas la rater. J'éprouve trop d'émotions, je réfléchis sans doute trop, et quand on est comme ça, la vie n'est pas toujours facile. Quand on préfère sa propre compagnie à celle des autres, on se replie sur soi-même, on se perd dans ses propres pensées, et on a l'impression qu'on ne trouvera jamais la sortie.

Je ne sais pas.

Parfois, j'existe si fort que c'est dur d'exister.

Je lève la tête. Maya m'observe sans mot dire.

— Vous me trouvez morbide.

— Tu as un cœur de poète. Ce qui, j'imagine, est souvent un fardeau.

Après quelques secondes de silence, elle demande comment ça se passe avec Will, et je lui raconte la bombe qui a éclaté au spectacle de son école, j'explique qu'il est au courant pour le cancer de maman, depuis cet été en réalité.

— C'est pour ça qu'il a arrêté de porter des pansements. Je crois qu'il lui en a collé un sur la cheville pendant qu'elle dormait, et comme ça ne l'a pas guérie… Enfin bref, il est au courant depuis aussi longtemps que moi. Sauf que moi, j'ai pu vous en parler à vous. Et à Ali. Et à maman, en fait. Will, lui, il n'avait personne à qui se confier. Sans compter qu'il a sept ans, mais ouais, vous avez probablement raison. Y a pas de quoi être triste.

— Je n'ai jamais dit qu'il n'y avait pas de quoi être triste.

…

…

Maya se joint à moi tandis que j'observe la neige qui fouette les carreaux.

…

…

— Comment va ta mère ?

— Bien. Elle boucle ses séances de radiothérapie la semaine prochaine.

— C'est super. (Je peux presque l'entendre sourire à l'autre bout de la pièce.) Donc… il y a de quoi être heureux aussi.

— Ah oui, elle devra prendre des comprimés pendant cinq ans au lieu de subir des injections, je trouve ça super. Et puis elle refuse que je l'accompagne à ses rendez-vous et elle veut pas me dire ce qui se passe, c'est génial ça aussi. Voyons voir, quoi d'autre. Oh ! le tamoxifène possède des effets secondaires plutôt violents. Bouffées de chaleur, sautes d'humeur, dépression, augmentation de la perte osseuse…

— Comment tu sais tout ça ?

— Quoi ?

— Tu as précisé que ta mère ne voulait rien te dire.

— J'ai trouvé l'ordonnance dans son sac à main.

Il y a des années de ça, papa m'a emmené à un match de baseball de deuxième division. On devait être une dizaine de spectateurs en tout et, chaque fois que le commentateur présentait un batteur à l'aide d'un haut-parleur, sa voix résonnait à travers le stade vide, amplifiée par le silence complet dans lequel baignait le lieu.

L'écho de ma dernière phrase s'attarde dans le cabinet de Maya et planera probablement au-dessus de l'immeuble pendant le reste de l'hiver.

— Je ne fouillais pas.

— On dirait pourtant que si.

— Ce n'est pas le sujet.

— C'est *un* sujet.

— Comment je suis censé l'aider si je ne sais rien ?

— Elle t'a demandé de l'aider ?

— Mieux vaut fouiller dans son sac que de se perdre sur Google, je vous assure. Tomber sur des blogs qui décrivent des expériences dans les moindres détails… Tiens, vous saviez que certains médecins, quand ils s'adressent à des patients atteints d'un cancer du sein, partent du postulat qu'il leur reste selon toute probabilité cinq à dix ans à vivre ? Je…

…

…

— … J'ai pas le droit d'être en colère ? Tout en admettant qu'on a eu de la chance ?

…

— Bien sûr que tu en as le droit.

…

…

— Ben voilà.

…

…

…

— Tendre l'oreille ? Écouter quoi ? demande Maya.

— Pardon ?

— Le petit bois où tu vas depuis quelque temps. Tu dis que c'est l'endroit idéal pour tendre l'oreille. Qu'est-ce que tu écoutes ?

Comme si elle répondait à un appel, Oiseau-de-nuit se fait soudain entendre. Son chant enfle, s'élève et s'écrase, accompagné d'une mélodie au piano, faible écho de sa voix, qui n'est pas particulièrement forte, quoique distincte, comme si elle chantait directement au creux de mon oreille.

Les lèvres de Maya bougent ; il me semble qu'elle prononce mon nom, mais il est étouffé par la chanson, comme tout le reste. Puis un passage du refrain que je n'ai encore jamais entendu résonne et la chanson se précise.

Alors je sais exactement où je dois me rendre.

Je descends Chestnut, bifurque sur Ash, mon pouls dans mes chaussures. D'un côté, j'aimerais qu'Ali soit avec moi, mais d'un autre, je sais que ce qui m'attend, je dois l'affronter seul. Je tourne à l'angle de Division, aperçois la foule devant moi, les lumières, le gigantesque bébé Jésus lumineux. La rue est un défilé de minivans aux couleurs de Noël ; il y a tellement de gamins que je suis obligé de rouler au pas jusqu'à ce que je parvienne à l'intersection de Brooklyn. Tandis que la clameur de Noël diminue dans le rétroviseur, la neige sur la route devant moi est fraîche et immaculée ; les réverbères telles des torches m'indiquent la voie.

Au bout de la rue, une impasse. Je me gare, descends de la voiture, et me plante sur le trottoir devant le parc de Willow Seed.

« À Willow Seed, où fredonnent les arbres. Treize en tout. » Les mots se transforment en fines volutes, minuscules preuves de vie tandis que je compte les arbres, histoire d'être sûr.

Treize exactement.

J'erre sans but à travers le parc pendant quelques minutes, submergé par les souvenirs d'enfance. Le petit ruisseau est gelé, et je me demande si c'est la même artère très ancienne qui court à travers mon petit bois secret, se faufilant le long des collecteurs d'eau de pluie, sous les routes, derrière les maisons, nourrissant tout le quartier. Sous le clair de lune, un petit kiosque se dresse sur une colline ; j'aperçois un toboggan couvert de neige et un tourniquet givré ; l'endroit semble paisible.

Je m'approche de la balançoire, essuie la neige et m'assieds sur le siège glacé. Lentement, je me balance d'avant en arrière ; les chaînes grincent sous mon poids.

Arrière, *Couic*

Avant, *Couic*

Maman m'emmenait ici avant la naissance de Will. On est venus à quelques reprises quand il était tout petit, mais jouer dehors, c'était pas trop son truc.

Arrière, *couic*

Avant, *couic*

En venant ici, j'ai l'impression d'avoir ressorti une vieille peluche du grenier, de tenir un cadeau oublié depuis longtemps.

Arrière, *couic*

Avant, *couic*

— Salut.

Je m'arrête.

Saute de la balançoire.

Me retourne.

— Salut, je réponds.

Son manteau est couvert de neige. Sa chevelure agitée par les bourrasques hivernales, plus féroce que chic. Et je ne sais pas comment je le sais, mais je le sais.

— Tu l'entends, toi aussi, dis-je.

Elle parcourt les lieux du regard, et fredonne doucement une chanson maintenant familière…

TOKYO

• 1953 •

Le matin de son départ pour l'université, Shizuko trouva un garçon, seul, sur le pas de sa porte. Il avait environ dix ou onze ans, et il avait beau être maigre, il semblait robuste. Comme si ses pieds s'ancraient fermement dans le sol.

— *Ojama shite sumimasen,* marmonna le garçon en s'inclinant légèrement.

Shizuko se demanda s'il s'était égaré, mais avant qu'elle puisse le lui demander, il leva la tête et, pendant une nanoseconde, elle aurait juré le connaître.

Le garçon lui tendit alors des deux mains un morceau de papier plié.

Elle hésita, puis le prit.

Le garçon tourna les talons et s'enfuit en courant.

La musique fait partie des premiers souvenirs de Shizuko. La petite maison à Nikko, son oba-chan qui jouait de l'okoto tandis que la jeune Shizuko, assise à genoux, en seiza, l'accompagnait en fredonnant. Et lorsque le père de Shizuko avait été appelé sous les drapeaux pour participer à l'effort de guerre, son oba-chan était venue aussi, et la musique l'avait donc suivie. Après la guerre, quand son père avait commencé à enseigner à l'université, elles étaient allées lui rendre visite là-bas, et ces visites restaient gravées dans la mémoire de Shizuko. Certes elle aimait beaucoup son père, mais c'est à cause du piano qu'il y avait à l'université que ces visites avaient été si mémorables. Et aussi en raison du regard de son oba-chan la première fois qu'elle l'avait vu : un air à la fois extrêmement grave et profondément ravi, comme si elle tentait de réfréner son amour de peur de briser l'instrument en deux. Aujourd'hui encore, des années plus tard, Shizuko sent ces mains charnues qui la guident sur les touches comme un navire à la mer, voguant sur les vagues calmes des gammes et des accords, lui faisant découvrir le monde.

En 1955, encore étudiante à l'Université nationale des beaux-arts et de la musique de Tokyo, Shizuko fait ses débuts sur scène en interprétant Mozart avec l'Orchestre symphonique de Tokyo. Deux ans plus tard, elle remporte le premier prix au concours international de piano Frédéric-Chopin à Varsovie et poursuit son œuvre en tant que pianiste et compositrice. En 1963, à l'âge de vingt-huit ans, elle déménage à Oslo pour intégrer l'Académie norvégienne de musique. De sa petite maison à Nikko – à Tokyo, Varsovie, puis Oslo –, la musique lui tient la main, vogue sur les vagues calmes, lui montre le monde.

Shizuko joue du piano car elle aime le piano ; sa maîtrise en revanche, elle la poursuit au nom de la personne qui lui a appris à l'aimer.

Comme un mirage, Shizuko vit le visage du garçon dans chaque foule : les enfants qui passaient dans la rue, dans les boutiques, dans les trains, au marché. Avec le temps, le mirage s'estompa, mais pas le souvenir de son visage ; son dessin plié s'estompa lui aussi, quoiqu'elle le conservât en lieu sûr. S'il était l'auteur du dessin, il était un artiste au talent indéniable.

Le garçon était un mystère à part entière, la meilleure sorte qui soit : pas tout à fait disparu, à chaque coin de rue aperçu.

Hiver 1966. Shizuko est invitée par l'Orchestre symphonique d'Oslo à interpréter le concerto pour piano n° 2 de Rachmaninov dans la salle de concert historique de la ville. Bâti en 1903, le Konserthus est un monument charmant prétendument hanté par les fantômes des innombrables musiciens qui ont joué dans sa salle magnifique. Malheureusement, les murs de cette salle sont emplis d'autres choses, de pourriture notamment. Si l'inspecteur des bâtiments avait été sobre le mois précédent, le concert aurait été transféré ailleurs, ce qui aurait épargné des centaines de vies.

Hélas, l'inspecteur est un poivrot incurable.

Le rituel était crucial. Dans les minutes qui précédaient son entrée sur scène, Shizuko trouvait un coin tranquille ; parfois même elle s'enfermait à double tour dans les toilettes et sortait le morceau de papier de sa poche. Ce n'était pas de la superstition, mais une forme de méditation. Elle se visualisait dans la peau de la femme du dessin, désireuse de posséder un même degré de concentration. Elle s'était résignée depuis longtemps au fait que le garçon resterait anonyme. : elle ne saurait jamais qui il était, pourquoi il s'était présenté à sa porte ce jour-là, pourquoi il lui avait donné ce dessin. Elle ne saurait même pas si c'était lui qui l'avait réalisé. Mais il possédait un petit quelque chose qui lui permettait de se recentrer, l'encourageait à donner le meilleur d'elle-même ; aussi le gardait-elle dans sa poche.

Le dessin en soi était simple mais puissant : une femme sur scène jouait au piano ; en plein dans la lumière d'un projecteur, un grand oiseau se juchait sur le bord de l'instrument, ses larges ailes déployées comme s'il était sur le point de prendre son envol ; le dessin adoptait le point de vue d'une personne du public, qui aurait été assise à gauche de la salle, à quelques rangées de la scène.

Tout raconte une histoire. Notre vie est comme un ensemble de fils pendus à une porte ouverte et, à l'instant où on attache un fil à un autre, un nouveau apparaît. Certaines histoires demeurent détachées au bout, et on oublie donc qu'au départ, elles prennent toutes leur origine au même endroit.

Pour sa dernière soirée sur terre, Shizuko est assise devant le piano dans la salle comble ; le fantôme de son obachan guide ses doigts sur les touches, lorsqu'un cri s'élève du public. Elle continue à jouer, déterminée à honorer la concentration de la femme du dessin. Puis un autre cri retentit. Elle ne cesse de jouer, pas même quand l'énorme oiseau atterrit sur le piano. Elle sent la présence de la créature, la devine dans son champ de vision périphérique, mais elle reste concentrée sur les touches, sur la musique. Les cris se sont tus, remplacés par un silence admiratif face au spectacle qui se déroule sur scène. Au plafond, les projecteurs changent d'orientation pour se positionner sur l'oiseau, et Shizuko sent son cœur s'emballer tandis qu'elle joue, animée par la passion d'une vie, l'amour de celle qui lui a appris à aimer. Tout en jouant, Shizuko se met à fredonner ; son esprit est de retour dans leur petite maison à Nikko, et elle ne saurait dire pourquoi, mais c'est à ce moment-là – jouant toujours, sans jamais s'arrêter – qu'elle lève la tête. Ses yeux se portent sur l'allée tout à gauche de la scène, poursuivant une quête qui n'avait jamais vraiment cessé. Elle descend quelques rangées, cherche un visage qui ne s'est jamais effacé, tandis que tous les fils de sa vie se rejoignent.

Là…

CINQUIÈME PARTIE

MENUET

SHOSH

nuit étourdissante

— Je l'ai surnommée « Oiseau-de-nuit ».

— Moi, c'était la « chanteuse fantôme ». Mais je préfère ton surnom.

Evan et Shosh étaient allongés sur le tourniquet ; lentement, ils repoussaient le sol de leurs pieds, contemplant les étoiles tandis qu'ils tournaient. Il était tard, ils étaient gelés, mais Shosh s'en fichait. Parler à Evan, c'était un peu plus comme un spectacle, et moins comme une répétition.

En plus, elle aimait bien le timbre de sa voix.

— Même avec les amis, dit-il, les chansons étaient comme… des douleurs étranges dans mon corps. Tant que je n'en parlais pas, personne ne pouvait faire mon diagnostic.

Shosh n'était pas étonnée qu'il ait entendu les chansons lui aussi, même si ça aurait dû la surprendre, en un sens. Elle ne s'étonna pas non plus quand, à la suite d'un bruissement dans un arbre voisin, un oiseau s'envola, et elle se souvint d'un poème de Dickinson qu'elle avait récemment lu, « J'espère que vous aimez les oiseaux aussi ». La soirée tout entière semblait irréelle, comme si sa vie avait été temporairement transférée à l'intérieur d'un kaléidoscope. Ou bien comme si chaque pas qu'elle avait esquissé ce soir, chaque mot, chaque brise, avait été déterminé des centaines d'années plus tôt et qu'elle ne faisait que veiller à ce que ça se déroule bien jusqu'au bout.

— Je comprends, répliqua-t-elle. Cela dit, je parle quasiment de rien avec personne, alors.

— Tu peux me parler à moi si tu veux.

Et ils échangèrent des anecdotes, décrivant quand et comment les chansons leur étaient apparues, ce qui conduisit à certaines hypothèses et théories foireuses à propos de la signification des chansons, et de la raison pour laquelle personne d'autre ne les entendait. Quand il devint évident qu'ils ne résoudraient rien ce soir-là, Shosh se rendit compte qu'elle n'était pas prête à partir. Dans le fond, elle savait que la scène qui s'était produite plus tôt avec ses parents avait été nécessaire, mais ça n'est jamais simple quand on établit de nouvelles limites, et elle ne savait pas encore ce que ça voulait dire.

Chez elle, tout lui paraissait compliqué ; mais ici, dans ce parc, c'était l'inverse.

— Quand j'étais gamine, dit-elle en contemplant les étoiles, j'étais obsédée par l'espace. Je lisais tout ce qui me tombait sous la main. Fiction, non-fiction, mémoires d'astronautes, tout. Il y avait cette histoire de la NASA dans les années 1960. Je ne me rappelle pas où j'ai lu ça, ni même si c'est vrai, mais des astronautes se trouvaient dans l'espace, en train de vaquer à leurs occupations d'astronautes, quand brusquement, ils entendent une vieille musique. Genre « You Are My Sunshine », le type de chanson de merde qu'on entend à la radio sur les stations pop. Évidemment, ils en sont tellement loin que tout ce qui leur rappelle l'existence sur terre, ça les rend dingue. Donc la chanson s'achève, et l'un des astronautes envoie un message radio à la NASA pour les remercier de leur transmission. Sauf que la NASA répond : « On sait pas du tout de quoi vous voulez parler. » Il s'avère que personne n'a rien transmis. Alors les astronautes se dévisagent les uns les autres, genre « Toi aussi, tu l'as entendu, hein ? ». Et ensuite la NASA enquête sur le sujet, et on ne trouve aucune trace de la moindre diffusion de cette chanson à ce moment précis où que ce soit sur terre.

— Alors ils ont entendu quoi ?

— La question, ce n'est pas quoi. Mais *quand.* Cette chanson avait été diffusée pour la dernière fois dans les années 1930.

— Ouah.

— Ouais. Je devrais chercher sur Google. Pour voir si c'est vrai.

Près d'elle, Evan inspira à fond et expira longuement ; un petit nuage de condensation se forma devant son visage.

— Il y a une part de vérité dans chaque histoire, je crois. Même dans celles qui sont inventées.

À mi-chemin entre le parc et chez elle, Shosh sortit son portable. Il était tard, mais Mrs Clark était un oiseau de nuit, c'était bien connu. Ça ne loupa pas. Au bout de deux sonneries, elle décrocha :

— Coucou, répondit Mrs Clark. (Elle était assise dans son lit, les lunettes sur le nez, les cheveux attachés ; elle bouquinait.) Qu'est-ce qui me vaut ce sourire ?

— Je ne souris pas.

— Je sais que ça fait un bail, chérie, et tu as peut-être oublié ce que ça fait, mais ça s'appelle un sourire.

Shosh se sentit soudain stupide.

— Je me suis fait un ami.

Ce fut Mrs Clark qui afficha à son tour un sourire.

— Qui ça ?

— Personne. Un garçon dans un parc. Arrêtez.

Dans une sorte de danse fondamentalement tragique, Mrs Clark se mit à incliner la tête d'avant en arrière en chantonnant un morceau tout droit sorti d'un porno des années 1970.

— Vous êtes trop bête.

— Et ce mystérieux garçon du parc, il a un nom ?

— Evan. Il va à Iverton, mais je crois pas qu'il fasse du théâtre.

— Permets-moi d'interroger la morale de ce jeune homme.

— Vous interrogez la morale de tous les gens qui ne font pas de théâtre.

Mrs Clark bâilla à s'en décrocher la mâchoire, et Shosh se dit que c'était maintenant ou jamais.

— Écoutez. Vous n'auriez pas… appelé mes parents ?

— N'aurais-je pas appelé tes parents… ?

— J'ai eu droit à une petite discussion ce soir, et je me suis posé des questions. Ils ont fait allusion à certaines de mes… habitudes. Du coup je me suis demandé si vous leur aviez parlé.

Mrs Clark hocha la tête, et Shosh crut entrevoir un léger sourire sur le visage de sa prof.

— Je ne peux pas dire que cette idée ne m'a pas traversé l'esprit. Si tu étais encore mon élève, il y aurait eu des coups de fil de passés.

— Donc… ça veut dire non.

— Peut-être que j'aurais dû. Mais non, je ne l'ai pas fait.

— OK, je voulais seulement…

— Je sais que tes parents luttent en ce moment, tout comme toi. Mais j'imagine qu'ils n'avaient pas besoin de moi pour relever certaines de tes *habitudes*, Shosh. Tu n'es peut-être pas aussi subtile que tu le crois. Quant à eux, ils sont certainement moins à la ramasse que tu ne le penses. Maintenant, avant que je tombe de sommeil… (Autre gros bâillement.) Un détail sur elle.

C'était peut-être à cause de l'oiseau, mais elle imagina soudain Stevie assise au bord de son lit, un manuel ouvert devant elle tandis qu'elle grattait un accord triste.

— Elle apprenait à jouer du ukulélé.

EVAN

seuls ensemble

J'ai chopé son numéro.

Le numéro de son téléphone cellulaire.

Elle me l'a donné, c'est pour ça que je l'ai.

On était au parc, j'ai proposé qu'on reste en contact, étant donné qu'on est les seuls sur terre à entendre ces chansons (à notre connaissance), elle a sorti son téléphone et a dit : « C'est quoi ton numéro ? » Comme ça, sans en faire tout un fromage, donc je le lui ai donné. Ensuite, elle m'a envoyé : C'est Shosh, et puis on a quitté le parc, Shosh en possession de mon numéro et moi du sien.

Le numéro de portable de Shosh Bell.

Que j'ai en ma possession.

Sur le trajet du retour, je suis sur un petit nuage.

Il y a autre chose. Je peux pas l'expliquer, mais je suis sûr que ce soir, ce n'était pas un hasard. Son apparition dans le parc, comme si elle était un arbre surgi du sol. Sa manière de fredonner la chanson, la conversation qu'on a eue, comme si on se connaissait depuis toujours. J'ai eu l'impression que c'était prévu, intentionnel, ce qui a rendu la soirée encore plus magique. Quand je pousse la porte de chez moi, que je flotte jusqu'à ma chambre sur mon petit nuage, je ne suis pas loin de tomber de fatigue lorsque, merveille des merveilles, mon portable vibre…

Shosh : Pour info, j'ai pas l'habitude de filer
mon numéro à des mecs au parc
C'est la seule et unique fois

Evan : j'en suis honoré ☺
Hé, au fait
Mon amie Ali organise une fête ce week-end. Un truc super kitsch qu'on fait chaque année pour les vacances de Noël
Ce serait cool que tu viennes

Shosh : Je kifferais
Mais tu as dû entendre parler de mon récent
exploit à l'occasion d'une fête :/

Evan : Certes, mais
***a)* On n'a pas invité le roi des cons**
***b)* Y a pas de piscine**
***c)* C'est pas vraiment une fête,**
plus une soirée tranquille

Shosh : Soirée tranquille, l'idée me branche

Evan : Le meilleur genre de soirée.

Shosh : Tu me laisses y réfléchir ?

Evan : Bien sûr

Shosh : Hé, merci au fait

Evan : ??

Shosh : Je vais avoir l'air en manque, mais ça faisait un bail que j'avais pas traîné avec quelqu'un à qui j'ai pas eu envie de casser la gueule.

Evan : Voilà, je préfère les soirées détente aux cassages de gueule

Shosh : 😂😂😂

Evan : Nan mais sérieusement, j'étais content de te croiser ce soir

Shosh : Pareil. C'est cool de pas affronter cette histoire seule

Evan : J'ai toujours préféré être seuls ensemble

Shosh : …

Une heure plus tard, étendu dans mon lit, les yeux exorbités, je passe au crible chaque phrase de la conversation à la recherche du moindre indice qui puisse m'expliquer ce qui m'a valu ces points de suspension suivi d'un silence radio. Finalement, je sombre dans un sommeil agité.

Le lendemain matin, à la place d'un café ou d'une douche, j'éprouve les effets dynamisants d'un SMS envoyé par mon nouveau crush : **Si l'invitation tient toujours, je suis partante.**

Du calme, Taft. Fais le mec détaché.

Je passe cinq minutes à composer ce qui est, je l'espère, un exercice de nonchalance, répondant que l'invitation tient toujours, que je suis content qu'elle se joigne à nous, et que je lui enverrai les détails bientôt. Dans la foulée, j'écris à Ali : J'invite une copine à la soirée tranquille – ok ?

Ali : Evan Frodon Taft

Evan : Pitié pas ça

Ali : Evan Merriweather Lewis Taft

Evan : OK, si je te le dis, c'est juste pour que tu dises aux autres de pas en faire tout un plat

Ali : Attends
C'EST QUI
???

Evan : *soupire* Shosh Bell
part en courant

Ali : TU MENS
EVAN
DÉVELOPPE

Evan : Seulement si tu promets
de dire aux autres d'être cool

Ali : D'acc

Evan : Je voudrais vraiment pas que Yurt fasse son Yurt,
qu'il la surnomme Big Bang Cuoco
ou une connerie dans le genre

Ali : D'acc

Evan : Et dis-leur dans une discussion groupée où chuis pas sinon ils vont se foutre de ma gueule

Ali : D'acc

Evan : Et je veux des captures d'écran en guise de preuves

Ali : Dis-moi, t'étais aussi détendu que ça quand t'as dragué Shosh ?

SHOSH

la soirée de Noël d'Ali

Ali Pilgrim était le genre de personne à vous faire croire en l'existence d'une puissance supérieure. D'après Evan, en tout cas. Une fille bienveillante, excentrique, qui était bien dans sa peau, qui n'avait pas peur d'être elle-même, et tant pis si ça ne convenait pas à tout le monde. Shosh la connaissait seulement de vue ; elles ne s'étaient jamais adressé la parole avant cette soirée. Dix minutes plus tôt, elles avaient officiellement fait connaissance. À présent, elles se tenaient ensemble dans la cuisine des Pilgrim. Ali préparait un plateau de trucs à grignoter, et Shosh commençait à comprendre. Cette fille irradiait une énergie solaire ; on était irrémédiablement attiré dans son orbite.

C'était une soirée en petit comité. Outre Ali et Evan, il y avait Sara, une pipelette avec une peau d'albâtre constellée de taches de rousseur et des boucles sombres retenues par un bandana bleu ; Mavie, une fille noire qui avait apporté un tote bag rempli de jeux de société ; et la petite amie de Mavie, qu'on lui présenta sous le nom de Balding, qui ne passait pas inaperçue avec sa chevelure rousse flamboyante encadrant un visage de porcelaine, un peu comme de la lave dégoulinant le long d'un sommet enneigé.

— OK l'équipe, revoyons ensemble les règles, vous voulez bien ?! s'écria un adulte en entrant dans la cuisine.

Vu sa ressemblance avec Ali, ce devait être son père ; il avait le regard espiègle, comme un avocat à la télé qui interrogeait la partie adverse et qui avait plusieurs longueurs d'avance.

— Comme ce sont des règles, je suis intransigeant. D'une détermination à vous faire froid dans le dos.

— OK, papa.

— Primo : si vous buvez ce soir, vous ne prenez pas le volant ce soir. Secundo : si vous buvez ce soir, vous ne prenez pas le volant ce soir. Enfin et surtout...

Et tout le monde entonna en chœur : « *Si on boit ce soir, on ne prend pas le volant ce soir.* »

Il hocha la tête, posant son regard sur chacun d'eux à tour de rôle.

— Uber, Lyft, appelez votre mère, appelez votre oncle, bon sang, appelez-*moi*, s'il le faut. Je viens d'entamer les mémoires de Tina Fey, le livre avec les mains géantes en couverture, vous voyez ? Alors oui. Je serai réveillé.

Shosh ne put s'empêcher de se demander si ce numéro lui était destiné. À Iverton, ça jasait ; ce qui était arrivé à Stevie n'était pas un secret. Au demeurant, Mr Pilgrim avait peut-être entendu parler de l'épisode de la piscine chez les Abernathy ; en ce cas, son speech était moins un discours de soutien qu'un avertissement.

— Moi aussi, je peux conduire, dit Mavie. Je ne bois pas, ajouta-t-elle à l'intention de Mr Pilgrim.

Le père d'Ali hocha la tête.

— Bon. Y a plein d'options, donc. Entendu ?

« Oui monsieur », on répondit à l'unisson dans la cuisine.

— C'est bon, tu nous as bien dégoûtés, papa, ajouta Ali.

Et sous le regard intéressé de Shosh, Mr Pilgrim attira sa fille dans ses bras dans un geste absolument naturel. Et pendant un très bref instant, elle se demanda si leur étreinte serait la même si Ali avait elle aussi eu une sœur décédée. Dans ces moments-là, Shosh s'en voulait de nourrir ce genre de pensées. Et elle aurait voulu boire, dormir, qu'importe, tout pour chasser cette peine qui n'en finissait pas de l'accabler. Mais rien n'y faisait.

La vie dans un trou noir était suffisamment moche sans qu'en plus le soleil vienne se vanter de son éclat.

La cave des Pilgrim offrait à l'esprit de Noël une nouvelle définition : pour commencer, il y avait un cheminée électrique, le manteau orné de chaussettes et de sapins lumineux ; un train électrique parcourait la salle, zigzaguant çà et là entre les monticules de fausse neige, des boutiques à l'ancienne, des petits groupes de choristes, et des bonshommes de neige à gogo ; dans un coin, un vieux téléviseur encadré de bois diffusait *Maman j'ai raté l'avion* en version VHS ; dans un autre angle, un sapin s'avachissait sous le poids des décorations, clignotant en cadence avec « Jingle Bell Rock ». Un peu comme si tous les rayons de Noël de tous les Target du monde avaient explosé pour prendre miraculeusement la forme de l'arbre.

— Red Drink ?

Evan lui tendit un gobelet empli d'un liquide limite fluorescent.

— C'est quoi ?

— Vodka, punch hawaïen, et genre un million d'autres trucs.

Shosh le prit avec un certain soulagement, et non des moindres. C'était bon, peut-être un peu trop fruité à son goût, mais après quelques gorgées, la boule dans son ventre se désagrégea un peu.

— Fais quand même gaffe. (Il avala une gorgée en frissonnant.) L'année dernière, j'en ai bu deux verres, et j'ai plus senti mes orteils pendant trois jours.

À l'autre bout de la pièce, près de la fausse cheminée, Ali s'écria :

— Il te parle de ses orteils, nan ?!

— Evan ne tient pas l'alcool, c'est bien connu, commenta Sara en se remplissant une tasse à ras bord.

— C'est faux.

— Yurt vient ce soir ? demanda Mavie.

En réponse, Balding leva les yeux au ciel : « Putain de Yurt. » Et Sara la fusilla du regard.

— C'est qui, Yurt ? demanda Shosh.

— Tu veux plutôt dire, c'est *quoi*, répliqua Balding avec un sourire narquois.

Elle aspira ensuite une gorgée de sa boisson.

— C'est un mec super gentil, merci bien, rétorqua Sara en s'effondrant sur le sofa.

Et tandis que tout le monde se réunissait autour du feu, elle expliqua que Yurt était un sacré personnage, et que comme tout personnage digne de ce nom, il fallait juste apprendre à le connaître.

— Il a un truc de famille, mais il nous rejoindra après. Il a dit de commencer sans lui.

Ali sortit un carton de dessous la table basse, et quelqu'un éteignit le plafonnier. Entre le feu électrique et la tonne de guirlandes lumineuses, la pièce demeura bien éclairée, avec une touche théâtrale.

— Oyez ! s'exclama Ali. Je déclare ouverte notre traditionnelle soirée détente de Noël susmentionnée, quatrième édition…

— Troisième, non ?

— Troisième édition, où, nous le peuple, désormais et à jamais…

— À jamais ?

— … où, nous le peuple, pendant les quelques heures à venir, nous nous livrerons à des joueries ringardes, des discussions animées…

— Pas sûr que « joueries », ça se dise.

— … et surtout… (Dans le carton, Ali saisit un pull absolument atroce représentant le Père Noël en train de faire de la muscu.)… Et surtout où nous nous engageons à porter des tricots affreux. Qui portera le Père Noël sous stéroïdes cette année ? (Balding leva la main ; Ali lui remit le pull-over, puis brandit un cardigan vert arborant deux cloches dorées sous un arbre incroyablement droit.) Jingle Balls revient cette année à Evan, de toute évidence…

— Et pourquoi ça ? marmonna Evan, acceptant le pull comme une peine de prison.

Mavie récolta le chandail le plus doux (orné de huit rennes avec un nez rouge en fausse fourrure) ; quant à Ali, elle récupéra le plus dégoûtant (Randy Quaid en robe de chambre vidant de la merde dans un caniveau), et Sara obtint le plus sexy (Marilyn Monroe avec un chapeau de Mère Noël).

— Et pour notre toute dernière recrue…

Ali présenta un pull avec une dizaine d'elfes alignés, chacun arborant le visage photoshoppé d'Elvis Presley. Y était inscrit en caractères gras : « ELFES PRESLEY ».

Ainsi, à moitié bourrée par une boisson fluo, vêtue d'un haut agrémenté du pire jeu de mots de sa vie, Shosh brandit son gobelet en l'air pour imiter le reste de la bande. Ensemble, ils trinquèrent à la soirée, applaudirent et poussèrent des cris de joie.

— Yo, yo, yo ! s'écria soudain une voix au sommet de l'escalier. (Quelqu'un dévala les marches en faisant un boucan de tous les diables.) Bordel ! *Yes !* C'est bon ça. Big Bang Cuoco, t'es venue ! s'exclama-t-il en apercevant Shosh.

Sara enfouit son visage dans ses mains ; Evan se leva du canapé ; mais il ne semblait pas certain de ce qu'il voulait. Balding vida le reste de sa boisson d'une traite, claqua des lèvres et prononça des paroles de circonstance :

— Putain de Yurt.

EVAN

Elfes Presley

Quand je sors des toilettes, Ali m'attend dans le couloir, adossée au mur.

— Elle me plaît, dit-elle.

— Évidemment qu'elle te plaît. Elle est géniale. Dommage, tu n'auras pas l'occasion de beaucoup la voir. Entre ce crétin de Yurt et la fin brutale et inexpliquée de nos échanges de textos hier soir, ça m'étonne qu'elle soit encore là.

Les W.C. de la cave sont nichés dans une alcôve derrière l'escalier. Ensemble, on jette un coup d'œil du côté de la salle. Mavie et Balding rejouent, en même temps qu'à l'écran, la scène de *Maman j'ai raté l'avion* où Harry et Marv se prennent une volée de pots de peinture. Shosh est assise sur le canapé à côté de Yurt ; ils rient.

— Ah ! les propriétés curatives du Red Drink, chuchote Ali. Je devrais breveter cette cochonnerie et la vendre ; je ferais fortune.

À cet instant, Sara s'approche de nous et fait mine de m'applaudir.

— Bien joué, Cervantès.

— Arrête.

— Franchement, je suis contente de voir que tu t'intéresses à une autre nana que Sherlock Holmes. Difficile de battre Baker Street, mec.

— Apporte-moi un peu de ce cocktail miraculeux, dit Ali le regard perdu au loin.

Sara se penche à mon oreille.

— Qu'est-ce qui lui prend ?

— Comme d'hab. Elle se projette en future magnat du Red Drink.

Je passe les mains dans mes cheveux, les y attarde, les y enfouis, laisse retomber mes mèches à leur guise, puis me gratte le cuir chevelu comme un animal.

Sara s'approche d'Ali.

— Qu'est-ce qui lui prend ?

— Comme d'hab. Il a envoyé des textos de merde hier soir, et puis Yurt a fait son Yurt ce soir, et voilà le résultat.

— Ah. (Sara reporte les yeux sur moi.) Bon, elle est venue, nan ? Contre toute attente, tu as réussi à ramener une fille canon à la soirée. Et elle n'est pas partie. À mon avis, c'est une réussite, Watson.

— On peut pas faire plus rouge.

Balding observe le contenu de son gobelet comme si elle contemplait un gouffre.

— Quand j'étais en quatrième, j'ai commandé le roman *Sphère*, dit Yurt.

— Il n'y a rien de plus rouge sur terre.

— Mais le magasin a oublié d'expédier le bouquin. Ou alors l'a expédié à la mauvaise adresse.

Il est tard, les guirlandes de Noël diffusent une lumière agréable dans la cave, et on s'assied, gagné par l'alanguissement qui précède le lever du jour. On a fait le tour des jeux – Charades de Noël, Lancer d'elfes, Qui Perd Boit, *etc.* On a fini de mater *Maman j'ai raté l'avion* et *Elfe*, et on est maintenant en train de visionner *La vie est belle* ; seule la moitié de la bande y prête attention, le reste d'entre nous est à moitié bourré.

Quant à moi, j'en suis encore à siroter mon premier gobelet, fermement résolu à ne souiller ce soir aucun buisson du quartier. Sans oublier que, comme Sara l'a si gentiment souligné, Shosh est encore là. Je préfère conserver mes esprits.

— Hé… (Sara se tourne vers Ali.) J'ai entendu dire que tu avais postulé à Baylor.

— Ouais. À Georgetown aussi, la fac pour laquelle j'ai une préférence. Je m'y suis prise un peu à la bourre pour les deux, donc… faudra attendre un moment avant de connaître les résultats.

— L'équipe de foot de Baylor, c'est les Bears. Et celle de Georgetown c'est quoi ?

— Hoya.

— Hooya ?

— *Hoya.*

— Quand le bouquin a enfin atterri sur le pas de ma porte, j'avais complètement zappé que j'avais commandé un livre.

— C'est tellement rouge que ça me brûle la rétine.

Sara se tourne vers moi, et je sens venir la question des Headlands. Je la devance et pointe l'écran du doigt.

— Donc, George Bailey va sur un pont pour sauter. Mais l'ange saute en premier pour que George le sauve. En gros, le plan de l'ange, c'est de faire sauter George pour l'empêcher de sauter ? Ça n'a pas de sens.

— Je n'ai jamais regardé *The Big Bang Theory*, commente Shosh.

Avant sa remarque, on avait l'impression d'être dans une salle de concert durant les quelques minutes qui précèdent le lever de rideau, quand chaque musicien répète sa propre partie séparément. À présent, c'est comme si le chef d'orchestre avait levé sa baguette…

— Moi non plus, chuchote presque Balding.

Mavie sourit.

— J'ai jamais vu.

Les uns après les autres, on confirme. Aucun d'entre nous n'a vu un seul épisode de *Big Bang Theory* en entier.

— Peut-être que tout le monde est dans notre cas, dit Sara.

Et Yurt d'ajouter :

— *Big Bang Théorie du Complot*, yo.

— Pourquoi j'ai quand même l'impression de l'avoir vu ? s'interroge Balding.

— Entre les extraits, les GIFS et les mèmes, on s'est formé une image composite, suggère Ali. Un peu comme le portrait-robot d'un suspect.

— Si ça peut te consoler, Shosh, intervient Sara, j'ai l'impression que c'est un peu le personnage de Cuoco qui tient toute la série.

— Les gens trouvent que je lui ressemble ?

Sara hausse les épaules.

— Vous avez pas les mêmes cheveux.

— Et puis, t'es beaucoup plus belle, j'ajoute.

Il y a des moments où notre bouche nous trahit, où notre cerveau agit tout seul sans nous consulter. La plupart du temps, cela se produit quand il y a trop de distractions autour – par exemple, lorsqu'on essaie de justifier les faiblesses d'un scénario dans un film classique, pendant que votre pote raconte les problèmes rencontrés lors de la commande d'un bouquin et que votre copine n'en finit pas de s'étonner sur l'intensité du rouge de sa boisson.

— Merci, répond doucement Shosh.

Son visage, éclairé par les guirlandes lumineuses, est le seul à ne pas me sourire.

SHOSH

trajets alternatifs

La banquette arrière de la Honda CR-V de Mavie n'était vraiment pas faite pour accueillir quatre passagers, mais pour éviter que l'un d'entre eux s'asseye sur les genoux d'un autre, Sara, Yurt, Evan et Shosh se serrèrent comme des sardines et firent en sorte que ça rentre. À l'avant, Balding gérait la musique, parcourant une playlist de rap des années 1990 pendant que Mavie négociait les virages le long des routes sinueuses de la banlieue d'Iverton.

Chez Ali, quand Mavie avait proposé de raccompagner tout le monde, Shosh lui avait demandé si elle se sentait en état de conduire. C'était par habitude qu'elle avait posé cette question. En réponse, Mavie avait sorti un collier de son décolleté et brandi un jeton.

— Six mois que je suis sobre.

Shosh avait bien conscience de l'ironie de la situation : l'alcool, qui avait coûté la vie à sa sœur, lui permettait aujourd'hui de survivre à l'absence de sa sœur. Sur un plan pragmatique, elle savait qu'il y avait des gens qui ne buvaient pas, des gens qui ne pouvaient pas ou ne devraient pas boire. Mais il y avait toujours eu une frontière nette entre les Phil Lessing, les Chris Bond de ce monde – des êtres faibles, dépourvus de toute volonté –, et des personnes comme elle, Shosh. Peut-être qu'elle buvait autant qu'eux, mais elle, au moins, avait complètement renoncé à la conduite.

Raisonnement : c'était pour cette raison qu'elle était différente d'eux, qu'elle était *meilleure* que les Lessing et les Bond de ce monde.

Du moins, c'est ce qu'elle s'était toujours raconté.

Mais maintenant, il y avait Mavie. Sa sobriété, elle ne l'arborait pas fièrement. Elle ne s'en vantait pas. Quand elle avait montré son jeton, elle avait affiché un sourire discret, tandis que dans son regard brillait une lueur de… quoi… de crainte ? de respect ? d'humilité ? En tout cas c'était énorme, c'était pur. Et Shosh repéra une fissure dans les fondements de sa logique : tout du long, elle avait confondu négociation et raison.

Elle aimait bien Mavie. Le contraire aurait été difficile. Mais son existence ne faisait que souligner la faiblesse de Shosh ; cela la rapprochait un peu des Phil Lessing et des Chris Bond. Et pour cette raison, Shosh avait hâte de descendre de cette voiture.

— Alors, t'en penses quoi ? (Comme si elle avait lu dans ses pensées, Mavie lui souriait dans le rétroviseur.) De ta première soirée tranquille de Noël.

— C'était… vraiment sympa, en fait, répondit Shosh.

— Tu as l'air étonnée.

— Ça fait un bout de temps que je m'étais pas amusée. Je commençais à oublier ce que ça faisait. (Et peut-être pour tenter de combattre son ressentiment préalable, elle éprouva le besoin d'ajouter :) Ali est super.

— C'est ce que tu penses maintenant, répliqua Sara. Attends qu'elle te casse les oreilles avec son histoire de catamaran-outan. Tu changeras ton fusil d'épaule.

Yurt acquiesça :

— Carrément pas la même épaule, yo.

Et Balding augmenta le volume de la musique.

— Ne fais pas attention à eux, dit Evan. Bon, OK, elle te va te soûler avec ses catamarans-outans, mais Ali est la meilleure.

La musique était tellement forte que Shosh ne l'aurait sans doute pas entendue s'il n'avait été si proche d'elle. Il se mit ensuite à lui raconter l'histoire d'un mec au CE2 qui avait voulu lui casser la figure.

— Mais Ali ne s'est pas dégonflée. Elle l'a remis à sa place, et c'était fini. Depuis, on est les meilleurs amis du monde.

Un souvenir lui revint alors. Un terrain de foot ; un camarade de classe costaud qui la prenait de haut, et Stevie, surgie de nulle part…

— C'est bien d'avoir quelqu'un comme ça, sur qui on peut compter, répliqua Shosh.

Pendant tout le reste du trajet, elle observa les rues qu'elle ne connaissait pas, et les arbres qui défilaient dans la nuit.

EVAN

bonne nuit

Quand on s'arrête devant chez Shosh, je descends aussi et je dis à Mavie que je vais finir la route à pied.

— T'es sûr ?

— Ouais, c'est pas loin. Merci de m'avoir déposé.

Shosh la remercie également, et tandis que la Honda disparaît au bout de la rue, on se tourne face à chez elle.

— Il fait super froid, commente Shosh, et je me sens soudain stupide d'avoir cru que c'était une bonne idée de descendre avec elle.

— J'aime bien le froid.

Ma théorie étant que si je mets suffisamment les pieds dans le plat, je finirai peut-être par y prendre goût.

On est sur le porche à présent, et elle pivote face à moi. J'imagine une version de moi-même qui la prendrait par la main, la ferait tournoyer et basculer en arrière si bas qu'elle penserait qu'on va tomber, mais non parce que je serais un putain de danseur (et je serais *tellement musclé*), et puis je l'embrasserais sur la bouche, et…

— Ali est ma meilleure amie, dis-je, et cette version-là de moi-même me rend dingue.

— Je sais.

— Voilà. C'est seulement que… tout à l'heure. Quand je parlais d'elle, et que je te disais qu'elle était incroyable. Je voulais pas que tu te fasses des idées. Enfin, on s'aime, mais pas comme ça.

Pitié, que quelqu'un abrège mes souffrances !

— OK, lâche Shosh.

Pendant une seconde, on reste plantés là, et j'envisage de nouveau une dimension où j'aurais les couilles de me pencher vers elle, et de tenter ma chance, mais hélas… on n'est pas dans cette dimension-là. À la place, dans ce que je pourrais seulement décrire comme une expérience extracorporelle, j'observe avec horreur mon bras droit qui se lève, ma main qui se tend, pouce levé, et je donnerais tout pour revenir en arrière, mais la seule chose pire que de serrer la main à une fille qu'on voudrait embrasser, c'est de retirer sa main au dernier moment.

Donc pas le choix : j'assume ma connerie.

La main tendue, les yeux plongés dans les siens :

— Merci pour cette chouette soirée, Shosh Bell.

Un silence, un battement de cœur.

Gloire des gloires : un sourire.

Elle esquisse un pas vers moi.

Me prend la main ; la sienne est délicate, douce, chaude.

La serre, puis la secoue de haut en bas, doucement.

Ouvre la bouche et son haleine m'effleure : acidulée, fruitée.

— Bonne nuit, Evan Taft.

Je ne peux pas prédire l'avenir. Mais si on a une histoire tous les deux, cette anecdote figurera tout en haut de la liste. Le premier baiser ? C'est un truc d'amateur ! Notre soirée était tellement géniale qu'on a préféré se serrer la main.

Je ne suis pas encore arrivé chez moi quand je reçois un message de Shosh. La nuit est tellement magique que je dois le relire plusieurs fois avant de comprendre de quoi il est question.

Shosh : Je ne l'ai pas entendue ce soir.

Evan : Moi non plus

Shosh : Ça fait un bail que je ne l'ai pas entendue

Evan : Moi non plus

Shosh : Je me demande pourquoi

Moi aussi.

SHOSH

passé, présent, futur

La famille Bell passait toujours une semaine à Elgin durant les vacances. Heureusement pour chacun des intéressés, oncle Bobby, tante Helen et cousine Karen fêtaient Noël en Floride chaque année (parce que, évidemment), donc Shosh se retrouvait juste en tête à tête avec ses parents, et ses chers Nona et Pop-pop.

La semaine se résumait à un mot : pyjama. Le matin, grasse mat', gaufres, et les fameuses boulettes de saucisse de Nona ; l'après-midi au coin du feu à bouquiner, et à picorer dans une assiette de charcuterie intarissable. Le soir, ils mangeaient encore davantage, puis lisaient encore davantage, regardaient des films, et étant donné la quantité de neige et de nourriture, et l'absence totale de contraintes, ces deux semaines auraient dû se dérouler comme dans un rêve. Et en général, c'était le cas.

Au début, la raison de cette agitation lui parut évidente : c'était leur premier Noël sans Stevie. On ne pouvait quand même pas leur demander à tous de faire comme si de rien n'était, de sourire et de rire aux éclats. Le jour de leur arrivée, elle avait surpris son père dans la salle de bains, qui pleurait au-dessus du lavabo ; à deux reprises au moins, après avoir saupoudré de la cannelle sur des gaufres maison (c'était comme ça que sa sœur les aimait), Nona avait appelé Stevie ; le silence qui avait suivi, rappel douloureux de son absence, n'en avait été que plus pesant.

C'était dur pour tout le monde. Mais c'était attendu.

Toutefois, au bout de quelques jours, Shosh ne put se mentir davantage. Il y avait autre chose, un truc qui la tracassait elle et seulement elle. Il lui manquait.

Elle n'en revenait pas, mais il fallait bien se rendre à l'évidence.

Avant son départ, ils s'étaient dit qu'ils se reverraient pour le nouvel an ; ils iraient voir un film au Discount. L'attente lui parut soudain une éternité. Elle était tour à tour fébrile à l'idée de le revoir, et complètement déroutée par la force de son affection. Elle se surprit à trouver des prétextes pour lui envoyer des SMS. Par exemple, le même sur lequel elle était tombée avec une citation communément attribuée à Nietzsche, et qui disait : « Et ceux qui dansaient furent considérés comme fous par ceux qui n'entendaient pas la musique. » Clairement, ça s'appliquait à leur situation avec Oiseau-de-nuit et, clairement, c'était un truc qu'il fallait transmettre à Evan de toute urgence.

Shosh : T'as vu ça ?

Evan : Ouah. C'est comme s'il était au courant pour nous.

Shosh : T'as vu !!!

Evan : C'est génial

Shosh : Nan, c'est Nietzsche : 😀

Evan : Sympa

Shosh : Et c'est un euphémisme

Et puis, après réflexion, elle ajouta : Bref, j'ai vu la citation, et ça m'a fait penser à nous.

EVAN

nous

QUATRE LETTRES, UNE SYLLABE, ENIVRANT.

SHOSH

dans la douce lumière

Elle ne tenait pas en place. C'était inévitable. Mais on a beau se languir d'un truc, on ne peut pas accélérer le temps, aussi cherchait-elle des manières de s'occuper l'esprit.

Depuis qu'elle s'était rendu compte qu'elle avait plagié les vers d'Oiseau-de-nuit, elle avait hésité à revenir sur son projet « distique du chalet ». Mais elle découvrit alors la dernière publication du compte norvégien qu'elle suivait – une minuscule maison blanche au beau milieu d'une immense forêt enneigée, le soleil se levant à l'horizon. Elle songea que ça faisait des lustres qu'elle n'avait pas entendu les chansons et elle se dit, *et puis merde.*

Chez Nona et Pop-pop, son lit n'était pas aligné avec la fenêtre ; en revanche, un fauteuil confortable était placé près de la vitre. Voilà qui lui servirait de QG poétique. Elle s'effondra dedans, commença à taper, et bientôt, elle eut une base :

Elle alla se coucher persuadée que la nuit ne s'arrêterait jamais
Et lorsqu'elle se réveilla le soleil lui prouva encore qu'elle avait eu tort.

Quand Mrs Clark lui avait posé cet ultimatum – créer quelque chose ou bien cesser de l'appeler –, Shosh avait opté pour la poésie, pour la simple et bonne raison que ça lui était totalement étranger. Mais plus elle écrivait, plus ce domaine lui semblait familier, jusqu'à ce qu'elle comprenne pourquoi : les poèmes étaient des chansons déguisées.

Elle publia « couplet du chalet n° 8 », puis elle descendit dans la cuisine et ouvrit le frigo, où un pack de canettes de Coca Light lui fit de l'œil. Elle en décapsula une, en but une gorgée. Elle en avait presque oublié le goût.

— C'est parti, dit-elle en s'emparant de trois canettes supplémentaires avant de regagner sa chambre.

Crépuscule.

Bois enneigés.

Une cabane près d'un torrent.

l'appel du sommeil, je l'entends maintenant, fort comme le jour est long

et le torrent agité, doux grondement hivernal, mon chant de prédilection

Le ciel gris à l'horizon.

Un chalet noir près de la mer.

De l'herbe verte qui pousse sur le toit.

garde tes bardeaux, tes tuiles, et ton plastique ondulé
j'ai mon jardin sur mon toit, c'est carrément stylé

Un petit lac où flottent des bougies.

Au centre, un chalet jaune.

Derrière, un sommet enneigé.

Des néons tournoient au-dessus, l'aurore boréale qui se déchaîne.

dans la douce lumière, l'espoir frémissant,
nous trinquons en souvenir du bon vieux temps

Le lendemain matin, Shosh se leva tard.

Quatre canettes vides de Coca Light gisaient par terre.

La tête claire, l'âme pleine.

Quatre messages sur ton portable.

Un premier de Ruth Hamish : Mais si c'est pas ma poto en train de tout déchirer sur Insta ! La Dickinson des temps modernes, on adore

C'était franchement mignon, mais ce furent les trois autres qui la firent flotter sur un petit nuage toute la journée.

> Evan : Hé. Ouah. Donc. Tu es écrivaine. C'est
> bon à savoir.
> D'ailleurs, c'est peut-être déplacé, et si c'est
> le cas, je m'excuse sincèrement, mais je peux
> pas ne pas le dire
> Tu me manques

Rapide comme l'éclair, sans chercher à faire la timide ou bien la fille cool, elle répondit : tu me manques aussi.

EVAN

tout est possible et tout est parfait

Le jour J arrive enfin ! Le jour où je suis censé retrouver Shosh au Discount après un break de deux semaines sans la voir. Et maman choisit ce jour pour m'annoncer qu'elle a accepté de faire des heures sup au restaurant.

— Ce soir ?

— Neil n'est pas dans son assiette. (Elle hausse les épaules comme si sa décision ne gâchait pas ma vie.) Je me suis dit que quelques heures en plus, ça pourrait pas faire de mal.

Les vacances de Noël ne sont pas terminées ; on mange nos céréales dans le salon tous les trois devant une série d'animation, le dernier coup de cœur de Will, une perle qui s'intitule *Les Octonautes*, et qui parle d'animaux anthropomorphes qui résident dans des quartiers confortables au fond de l'océan, et à qui il arrive diverses aventures aquatiques.

— C'est qui, Neil ? je demande.

— Oh. Rien qu'un ami du boulot.

« Un ami du boulot. » Elle avait employé la même expression quand il avait été question de sa biopsie, qu'elle m'avait raconté qu'un « ami du boulot » l'avait accompagnée et qu'elle avait pu se reposer chez lui après. La plupart des enfants ne veulent probablement pas imaginer leur mère avec un homme autre que leur père – et ce n'est pas que l'idée me ravisse, mais s'il y a une personne au monde qui mérite d'être heureuse, c'est bien ma mère. Alors ça ne me dérange pas qu'elle ait un Neil ou deux sous le coude, à condition qu'ils ne tombent pas malades au mauvais moment et qu'ils ne fassent pas foirer mes plans.

— C'est Shellington que je préfère, déclare Will, complètement absorbé par l'épisode de sa série.

— Celui avec l'accent écossais ? demande maman.

Will hoche la tête.

— En plus, il sait tout. Tu vois ?

Dans l'épisode, Shellington explique qu'une certaine créature des mers est en fait constituée de deux créatures séparées : un crabe avec un oursin accroché à son dos.

— Donc tu veux que je reste ici avec Will, dis-je.

— Si ça ne te dérange pas. (Maman désigne l'écran.) Comment s'appelle-t-il déjà ?

— Capitaine Bernacle, répond Will. C'est le grand patron.

— Maman ?

— Eh bien, j'aime bien Bernacle, dit-elle. L'autre, Kwazii, il a la grosse tête.

— *Maman.*

Elle se tourne vers moi.

— Quoi ?

— Je peux pas.

— Tu peux pas quoi ?

— Rester là, ce soir. J'ai un…

Elle sourit, incline la tête, et je devine qu'elle m'a grillé.

— Peu importe, dis-je.

— Tu as quoi… un rendez-vous ?

— Laisse tomber.
— Un exposé ?
Je m'impatiente.
— Will, tu peux monter le son ?
Maman se penche vers moi.
— Désolée. J'aurais dû te consulter avant.
— C'est pas grave.
— Tu peux la faire venir à la maison. Ou le faire venir. (Elle réfléchit.) Ou lia faire venir ! Quoi qu'il en soit, cette personne est la bienvenue ici ce soir.
— Merci, mère. On va reporter. C'est vraiment pas très grave, sérieusement.
Dans l'épisode, le crabe et l'oursin essaient de partir chacun de leur côté, mais il s'avère que le crabe a besoin de l'oursin pour le protéger et que l'oursin a besoin du crabe pour le nourrir.
— Ça s'appelle la *symbiose*, explique Will. (Puis, la bouche pleine :) Ils peuvent pas survivre l'un sans l'autre.
Je ne te le fais pas dire.

Evan : Salut. Donc.
Apparemment
ma mère a accepté de faire des heures sup ce soir
sans m'en parler
Je dois rester à la maison avec Will.
Je suis trop désolé de devoir annuler à la dernière minute.
On peut se voir demain à la place ?

Shosh : QUOI
J'TE DÉTESTE
Je déconne
Pas de souci. Enfin – chui deg – mais je comprends !

Evan : Merci 😬♥

Shosh : Du coup vous allez faire quoi ce soir ?

Evan : On va probablement regarder *E.T.*
pour la énième fois
VDM
(Mais pas vraiment)

Shosh : Cool !
Un de ces films cultes que j'ai ratés

Evan : Quoi ?

Shosh : *E.T.*

Evan : Désolé, j'ai cru que tu avais dit que t'avais jamais vu *E.T.*

Shosh : C'est le cas

Evan : Désolé, j'ai cru que tu avais dit que tu l'avais pas vu

Shosh : Je suis très bonne à ce jeu
Je tiendrai plus longtemps que toi

Evan : Certes
Et si tu venais chez moi à la place ?

Shosh : Ça dépend

Evan : De quoi ?

Shosh : Y a du pop-corn ?

Quand Shosh franchit le pas de la porte, Will est à fond. Il insiste pour lui faire faire le tour du propriétaire, comme si on vivait à Downton Abbey et qu'il était Carson, le majordome, lui présentant formellement chaque pièce de la maison. Après cela, il fait genre « Regarde ça », et il esquisse un saut très basique dans le salon, suivi par (ce qui ne peut être, j'imagine, qu'une tentative de) un pas de danse. C'est assez décevant, et je ne peux m'empêcher de me demander si la plupart des mômes se sentent obligés d'exhiber leurs compétences les plus ordinaires, ou si c'est propre à Will.

— C'est pour toi, dit-il à Shosh en lui tendant un chapeau festif du nouvel an.

— Merci, monsieur, vous êtes bien aimable. (Shosh le place sur sa tête avec un grand sourire et se tourne vers moi.) De quoi j'ai l'air ?

Très sincèrement, elle est *sensationnelle*, même avec ce stupide couvre-chef, mais je respire à fond, et je la joue détaché. Je repose mon menton sur ma main et hoche lentement la tête, comme un créateur de mode jaugeant une mannequin lors d'un défilé.

— En un mot ? (Je jette les deux mains en l'air.) Fabuleuse.

Will nous conduit jusqu'à son poste artistique dans le salon, où il nous confie l'une de ses tâches préférées : faire la chose qu'on fait le mieux.

— C'est simple, dit-il. Suffit de réfléchir à ce que tu sais faire de mieux. Puis faut le faire. Et ensuite chacun montre ce qu'il a fait. Si tu choisis de dessiner, par contre, faut que tu saches que Evan est le *meilleur* dessinateur au monde.

Shosh me décoche un sourire, et je marmonne un truc du genre, « Loin de là », tout en essayant de dissimuler ma satisfaction.

— OK, les frères Taft… (Shosh s'empare d'un crayon, d'une feuille de papier et va s'installer dans un coin.) C'est parti.

Pendant la demi-heure qui suit, on planche chacun sur nos projets respectifs dans le plus grand secret. Tout du long, Will continue son petit numéro, lâchant des prouts pour blaguer et racontant des histoires sans queue ni tête. Je serais tenté de lui dire de se calmer, mais Shosh se marre. Dans son coin, tandis qu'elle travaille sur « ce qu'elle fait de mieux », ses sourires sont de vrais rayons de soleil, et son rire s'est mué en une sorte de ricanement calme qui augmente au fil des mauvaises plaisanteries de Will.

Je pensais pas que je pourrais la kiffer davantage, mais quand je vois comment elle se comporte avec Will – et surtout, comment lui se comporte avec elle, à quel point il est à l'aise –, j'ai des cœurs à la place des yeux, comme les émojis dans les SMS.

À la fin, Will nous lit une histoire ridicule (mais hilarante, certes) qu'il a écrite, et qui s'intitule *Le Gros Rot de Barry*, et qui parle d'un mec dont le rot s'anime et prend conscience de sa propre existence. On applaudit et on le félicite, et il nous adresse une profonde révérence. Vient mon tour.

— C'est un robot qui se prénomme Q2-EV, qui est en gros comme le cousin diabolique de C-3PO et se spécialise dans la destruction gratuite.

Shosh me prend la feuille des mains et examine mon dessin de plus près.

— Nom d'un petit bonhomme.

— Je t'avais prévenue, commente Will.

— Evan. Je savais pas que tu dessinais comme ça !

Mes joues me brûlent.

— C'est rien.

— C'est du niveau de Pixar. J'ose pas montrer ce je sais faire maintenant.

— OK. (Je lui arrache mon dessin des mains.) Allez.

— Sérieux, je fais pas le poids face à ça.

— T'es obligée, intervient Will. C'est la règle.

Shosh contemple la feuille qu'elle tient.

— Bon. Mais je vous tourne le dos. Je veux pas que vous me regardiez.

— T'es sérieuse ? (Je lui souris.) T'as pas l'habitude de jouer sur scène devant, genre, des centaines de personnes ?

— Crois-moi. C'était beaucoup plus facile que ce que je m'apprête à faire.

Elle se tourne, s'éclaircit la voix, et je ne sais pas à quoi je m'attendais, mais lorsqu'elle se met à chanter, tout d'abord, je m'imagine qu'Oiseau-de-nuit a atterri dans le salon. La chanson est inédite, mais sa voix possède cette même pureté, et elle ondule comme des vagues au ralenti. Will et moi on se dévisage, puis on fixe l'arrière de sa tête tandis qu'elle fredonne.

Sa voix est tellement belle qu'elle me fait m'interroger sur ce dont l'Homme est capable : quand on chante comme ça, le monde nous appartient.

Une fois la surprise passée, je reconnais certaines paroles, extraites de ses posts sur Insta. Ça semblait inévitable, les poèmes étaient faits pour être chantés. Elle évoque des torrents et des espoirs frémissants, et un sentiment nouveau s'empare de moi, plus qu'un béguin, différent de l'amour : je suis reconnaissant de la connaître.

— C'était… *ouah*, s'exclame Will quand elle pivote face à nous. Je savais pas que tu savais faire ça !

Je la contemple longuement sans me soucier qu'elle me grille.

— T'es incroyable, dis-je. (Elle sourit, les yeux baissés, tandis que je me rends compte de ce que je viens de dire.) Enfin… *c'était* incroyable.

— Merci.

Dans la pièce, l'atmosphère est soudain plus légère, effervescente, emplie d'une énergie cinétique, comme si tout était possible et tout était parfait. Puis Will approche la main de son poignet, pose un doigt sur son tatouage ainsi qu'une petite question innocente qui gâche tout.

— Il se sent pas trop seul sans Ranelot ?

SHOSH

soirée cinéma chez les Taft

Ce soir-là, elle établissait un record : le plus grand nombre de minutes consécutives sans penser à sa sœur. Cette maison, cette famille… elle se retrouvait enfin. Dur de savoir ce qui était le plus choquant : qu'on la ramène brutalement à la réalité en lui rappelant la mort de Stevie, ou que ce soit un enfant qui le fasse.

Même s'il ne l'avait pas fait exprès.

Elle aspergea son visage d'eau, se contempla dans la glace de la salle de bains.

Will était la première personne à identifier correctement son tatouage. Il avait compris que ce n'était pas n'importe quel crapaud, que c'était le Crapaud. *Bufolet.*

Il se sent pas trop seul sans Ranelot ?

— Si, murmura-t-elle à son reflet.

Dans le salon, Evan et Will l'attendaient avec du pop-corn, lumières éteintes, *E.T.* prêt à l'écran. Will était assis sur un pouf par terre ; il regardait ses pieds.

— Désolé de t'avoir blessée. En parlant de Ranelot et Bufolet.

Evan était assis sur le canapé, un sourire nerveux aux lèvres ; visiblement, ils avaient parlé en son absence. Elle traversa la pièce, s'avachit par terre à côté de Will, et ramena ses genoux contre son menton.

— Le truc, c'est que ma sœur et moi, on adorait *Ranelot et Bufolet.*

— Moi aussi, dit Will.

— Ils sont géniaux, hein ? C'est laquelle ton histoire préférée ?

— Hum, « Le Cerf-Volant ».

— Elle est pas mal. Ils ont donné une belle leçon aux oiseaux, hein ?

— Ils ne pouvaient pas voler aussi haut que le cerf-volant.

— Loin de là. Notre préférée à nous, c'était « Seuls ».

Will hocha la tête.

— Celle-là, elle fait pleurer Evan.

Sur le canapé, Evan se racla la gorge.

— Enfin, pas tous les jours.

Shosh esquissa un sourire, réprimant ses larmes.

— Toutes les histoires de Ranelot et Bufolet me font pleurer. Surtout ces derniers temps.

— Pourquoi ces derniers temps ?

Le chauffage se mit en route, d'un conduit proche s'échappèrent de petites particules, éclairées par la lumière bleue de la télévision, et Shosh imagina soudain sa mère surgissant dans sa chambre le matin, écartant les rideaux dans un nuage de poussière. Une sorte de danse en apesanteur, illuminée par le soleil matinal – et elle essaya de se rappeler la dernière fois que sa mère l'avait réveillée de cette manière.

— Quand on était petites, quand l'une de nous deux n'arrivait pas à dormir, ma sœur et moi, on se racontait

« Seuls » en boucle. On le faisait ensemble, à voix haute, jusqu'à ce qu'on finisse par piquer du nez. Mais c'était toujours moi qui sombrais en premier, et elle restait là à raconter « Seuls » toute seule. Je ne sais pas pourquoi je m'en étais jamais rendu compte… (Elle déglutit, plongea son regard dans celui de Will.) Elle est morte, ma sœur. Donc, je pleure beaucoup maintenant.

Will remua dans son pouf pour se rapprocher d'elle et poser sa tête sur son épaule.

— « Ils mangèrent des sandwichs mouillés sans thé glacé. »

Shosh s'essuya les yeux et sourit. Elle appuya son front contre celui de Will.

— « Deux amis proches assis seuls ensemble. »

*

Regarder *E.T.* avec Will et Evan, c'était avoir la preuve que la magie existait bel et bien. Les deux frères partageaient un langage codé, et même s'ils veillaient à ne pas interrompre le film – pas de citation de réplique à voix haute, pas de pause sur le téléphone, pas d'exclamation ridicule genre « Oh, c'est là que ça devient intéressant » –, il leur fut impossible de cacher leur enthousiasme et le lien particulier qui les reliait à cette histoire. C'était gravé dans leur sourire, leurs réactions anticipées, les regards qu'ils échangeaient pendant les scènes importantes. Ce genre d'intimité, un partage de vulnérabilité et d'entente, Shosh le connaissait mieux que quiconque.

Elle n'osa intervenir qu'une seule fois, pour évoquer le fait que E.T. figurait déjà dans l'un des préquels de *Star*

Wars. En réponse, Evan ricana et Will fit mine de ne pas avoir entendu.

— Je suis sérieuse, insista-t-elle.

Will mit le film sur pause.

— Qu'est-ce que tu racontes ?

Shosh ouvrit l'application YouTube sur son portable, et lorsqu'elle trouva la vidéo en question – une très brève scène dans *La Menace fantôme* –, elle tourna l'écran face à eux, et l'expression de Will passa du doute à la joie. Elle leur expliqua que dans sa famille, la tradition voulait qu'on regarde tous les épisodes de *Star Wars* pour Thanksgiving ; par conséquent, chaque scène était gravée dans son cerveau. Ce fut seulement à ce moment-là qu'elle se rendit compte que cette année, la tradition était passée à la trappe.

On n'évoquait jamais la réalité du deuil sur le long terme : le chagrin était une mort à petit feu. Un séisme de magnitude dix suivi par des secousses réparties tout au long de la vie.

— J'arrive pas à croire qu'on ignorait ça, s'exclama Will, manifestement impressionné par sa culture cinématographique.

Evan lui sourit.

— Tu as conscience que tu te retrouves maintenant propulsée au rang de légende, hein ?

— C'est un honneur, dit-elle.

Et quand ils remirent le film, Shosh constata que l'espace qui l'avait séparée d'Evan sur le canapé s'était réduit. Toutefois elle n'aurait su dire lequel d'elle ou de lui s'était rapproché de l'autre. De toute façon on s'en fichait. Les lumières étaient éteintes et la chaleur de son corps l'irradiait. Dans le noir, leurs mains devinrent à la fois une boussole et une destination ; l'objectif à atteindre et le moyen d'y parvenir.

Telles des herbes sauvages, elles se faufilèrent l'une vers l'autre, et quand elles s'effleurèrent enfin, c'était inévitable ; la suite logique de leur poignée de main lors de la soirée tranquille, comme si le souvenir de la peau de Shosh s'était imprimé sur celle d'Evan. La main d'Evan était un peu moite, à moins que ce ne soit la sienne, et vu la proximité de Will, leurs caresses se limitèrent à leurs paumes, ce qui était déjà super, mais donna tout de même envie à Shosh d'étendre l'invitation à d'autres parties de son corps.

Une fois le film fini, ils se détachèrent l'un de l'autre et se redressèrent. Circulez, y a rien à voir.

— Alors ? s'enquit Will. T'en as pensé quoi ?

— Incroyable, dit Shosh.

— Ouais ?

— Un véritable chef-d'œuvre. J'ai une question, n'empêche.

— Oh non, geignit Evan.

Shosh lui fila un petit coup dans le pied.

— Ce n'est pas une *critique*. Rien qu'une question sincère.

— OK, répliqua Will d'un ton de défi.

— Donc, bon, super, ils ont aidé E.T. à rentrer chez lui. Mais maintenant Elliott n'a plus personne. Qu'est-ce qu'il devient, Elliott, dans tout ça ?

Un silence de mort, puis Will se tourna vers son frère, le fixant avec l'intensité d'une lionne en chasse.

— Evan, tu devrais l'épouser ! s'écria-t-il, extatique.

— OK, du calme. (Evan se leva d'un bond et frappa dans ses mains.) Dis bonne nuit à notre invitée, c'est l'heure d'aller au lit.

Will prit Shosh dans ses bras et lui chuchota quelques mots qui la surprirent et la hanteraient pendant des jours.

Ces paroles, elle ne les méritait pas. Mais peut-être pouvait-elle y remédier ?

— Mon cœur brille pour toi, avait murmuré Will.

Evan accompagna Will dans sa chambre jusqu'en haut des marches : un garçon dont elle tombait amoureuse, et un autre qui lui donnait envie de se relever.

EVAN
c'est une Tarantino

– Y a un truc qui a changé, commenta Maya.

Et je me demande ce qu'elle voit.

De l'euphorie, naturellement. Impossible de cacher la présence de Shosh dans ma vie.

Du soulagement, probablement. Hier soir, après avoir appris l'importance qu'elle accordait aux personnages de *Ranelot et Bufolet*, j'ai relu notre échange précédent, celui qui s'était arrêté de manière si abrupte : « C'est cool de ne pas affronter cette histoire seule », avait-elle écrit. Et j'avais répondu : « J'ai toujours préféré être seuls ensemble », citant sans le vouloir une *private joke* hyper lourde de sens qu'elle partageait avec sa sœur.

De la frustration, carrément. Après avoir enfin réussi à endormir Will, je suis redescendu, et j'ai trouvé ma mère, tout juste rentrée du boulot, en grande conversation avec Shosh. Bien entendu, maman a fait genre « Ne faites pas attention à moi, je ne suis même pas là », avant de feindre de rejoindre sa chambre, comme pour nous prouver à quel point elle n'était pas là. Mais, oh, elle était bel et bien là, vraiment, immanquablement là.

— Qu'est-ce qui a changé ? insiste Maya.

— Rien. J… rien.

— Evan.

— J'ai rencontré une fille.

Et en un éclair, je me jette à l'eau. Je raconte à Maya ma rencontre avec Shosh dans le parc (j'omets les chansons, bien entendu), je lui explique qui elle est, comment je me sens en sa compagnie.

— C'est comme si j'étais plus moi quand je suis avec elle. Comme si j'étais *vraiment* moi.

— Plus qu'avec Ali ?

— Non, ça a toujours été… je me suis toujours senti comme ça avec Ali, mais c'est différent. Je sais pas. Avec Ali, c'est difficile à expliquer, mais naturel, vous comprenez ? Avec Shosh, c'est facile à expliquer…

— Tu craques.

— J'ai dit pas mal de choses ici, pas vrai ? Plein de choses que je *crois* vouloir dire, ou bien des choses que je crois que *j'aimerais* vouloir dire, mais je ne suis pas sûr de ce que je veux dire, ou je ne suis pas sûr que je *devrais* dire autre chose…

— Tu peux être franc, Evan.

— Putain ! Elle est *beaucoup trop bien* pour moi.

— Shosh ?

— Cette fille, c'est un film de Tarantino. Moi, au mieux, je suis un Judd Apatow. Donc, pas rien, mais pas, vous voyez, un *auteur*.

— J'aime bien Judd Apatow.

— Le truc, c'est qu'elle ne se la *raconte* pas avec moi. Elle ne me prend pas de haut, ce qui la rend *encore plus* cool. Trop, pour moi. Et je ne vous parle même pas de sa beauté, d'accord ?

— D'accord.

— N'essayez même pas de m'entraîner sur ce terrain-là.

— Promis.

— Shosh fait sauter tous les critères de beauté désuets, misogynes de merde.

— D'accord.

— Elle ferait pâlir d'envie *Vogue*. C'est du putain de platine dans un monde de merdes en cuivre. Et je parle pas seulement de son apparence. C'est une personne stupéfiante, et je sais que ça fait ringard de dire ça, mais c'est vrai. En plus, elle chante, vous saviez, ça ?

Amusée, Maya secoue la tête.

— Eh bien, elle chante. Et elle a la voix d'un ange. Et puis, elle adore Will, et devinez quoi ?

— Will l'adore ?

— Will l'adore ! Et Ali aussi, et ma mère, et…

Je soupire comme un dirigeable qui se dégonfle.

…

…

— C'est bon, Evan.

— Je ne veux pas le dire, pas encore.

— C'est bon aussi.

…

…

— On pourra reprendre cette conversation quand tu le souhaiteras, insiste Maya.

— OK.

…

…

— Evan ?

— Quoi ?

— Où en est ton projet pour les Headlands ?

Quand je prends en considération la théorie du dix-septième siècle selon laquelle les oiseaux migreraient jusqu'à la Lune, je songe moins au scientifique qui a élaboré cette idée qu'aux gens qui l'ont cru : les mineurs et les pêcheurs, les forgerons et les fermiers, des personnes ayant tout un tas d'autres préoccupations que celle de savoir où les oiseaux peuvent bien aller se réfugier en hiver. Faut-il alors s'étonner qu'étant donné le peu de temps qu'ils ont eu à consacrer au sujet, ils se soient penchés non pas sur l'explication la plus *probable*, mais sur la plus *intéressante* ? Est-il surprenant qu'une existence ordinaire cherche à se tortiller un peu pour aller goûter à l'extraordinaire ?

— J'ai raté l'échéance.

Maya est la première personne à qui je le confie. J'ai pensé que ce serait préférable ainsi, lui annoncer la nouvelle en premier avant d'en parler à maman ou à Ali.

— J'ai loupé le coche, dis-je en haussant les épaules. (Comme pour dire : « Tu vois comme je m'en balance ? ») Voilà. C'est comme ça.

Je suis le mineur, le pêcheur, le forgeron ou le fermier.

Je suis l'existence ordinaire. Shosh est mon explication improbable.

— Bon. (Maya se lève, fourre ses mains dans ses poches.) C'est l'heure.

— Quoi ? (Je consulte l'horloge.) On a commencé y a vingt minutes.

Elle hausse les épaules – « Tu vois comme je m'en balance ? ».

— C'est la vie, comme on dit.

— OK, je vois clair dans votre petit jeu. Vous essayez de me la faire à la *Will Hunting*.

— Tu as évoqué le concept d'atrophie ici, Evan. Que crois-tu que cela soit ?

— Je ne mords pas à l'hameçon.

— Tout tend à s'effondrer partout. Tu ne peux rien y faire.

— Si ça vous tient tant à cœur, ce voyage en Alaska, vous n'avez qu'à y aller vous-même.

— Donc, tu ne *veux* plus y aller. Tu ne veux plus aller en Alaska. Tu ne veux plus faire partie de ce programme, et c'est pour ça que tu as laissé filer l'échéance ?

— Vous ne comprenez toujours pas. Je ne *peux pas* y aller.

— Si tu choisis de passer le restant de tes jours à attendre qu'un malheur survienne, devine quoi ? C'est précisément ce que tu vas faire.

SHOSH

sa vue préférée

D'une certaine manière, cette photo ressemblait à beaucoup d'autres : prise depuis le sommet d'une montagne, une forêt blanche qui s'étendait à perte de vue ; une poignée de chalets au premier plan, tous recouverts de neige ; à l'horizon, le soleil, qui se levait ou se couchait, spectacle majestueux.

Toutefois, l'image était très différente de celles qu'elle avait déjà utilisées. Et c'était dû à la présence d'une personne, emmitouflée dans une couverture, les yeux rivés au paysage. Et malgré la beauté grandiose qui s'étalait devant elle, c'était elle le point de fuite de la photo.

Dans le vaste cosmos (en perpétuelle expansion)
Ma vue préférée, c'est toi, debout face à l'horizon

En légende, elle tapa « distique du chalet n° 22 » et appuya sur « publier ».

Puis, des papillons dans le ventre, elle envoya la publication en privé à Evan, avec un message : J'en ai écrit un pour toi.

EVAN

l'excitation gagne du terrain

Ali met environ quinze secondes à réagir à la capture d'écran que je lui ai envoyée. La première dizaine de messages se résume à une suite d'émojis représentant des aubergines, suivies par des mains qui applaudissent, suivies par une flamme, suivie par des aubergines encore, et puis…

Ali : Elle a envie de toi

Evan : Comment c'est possible ?

Ali : L'univers est immense, au cas où tu serais pas au courant.
Tu la revois quand ?

Evan : Ce soir. On se retrouve au Discount.

Ali : LA CLASSE

Evan : C'est SON IDÉE

Ali : Donc

vous allez…
Tu vois

Evan : Eh ben…

Ali : Oui

Evan : J'aimerais vraiment beaucoup

Ali : Évidemment

Evan : On dirait vraiment que

Ali : En effet

Evan : Mais ce distique…
Fait monter la pression

Ali : Et pas que ça
(Cf. émojis aubergine)

Evan : Elle me plaît vraiment

Ali : Écoute. Elle est trop bien pour toi.
C'est clair.

Evan : Évidemment

Ali : Cela dit, trois points à soulever…
1. Tu te sous-estimes. Tu es drôle à ta façon, un peu geek certes, ce qui n'est pas dénué de charme par moments
2. Tu es intelligent et tu as de beaux cheveux et tu devrais tâcher de t'en souvenir
3. Parce que je te connais par cœur, je sais qu'à un moment donné, tu vas te persuader que c'est pas possible qu'elle t'aime bien.
À ce moment-là, souviens-toi…
Qu'elle t'a écrit un poème

On fait ça que si on a envie de se taper quelqu'un

Evan : Tu m'as déjà écrit de la poésie

Ali : C'était différent
Quand on lit ses vers, on sent l'excitation qui gagne du terrain

Evan : Je le sens effectivement

Ali : Rappelle-toi ce que je t'ai dit et tout ira bien

Evan : OK. J'ai de beaux cheveux.

Ali : Et un humour de geek.

Shosh m'apprend qu'elle s'est arrangée pour nous faire conduire au Discount, et qu'il faudrait que je me tienne prêt devant chez moi à dix-huit heures. Je lui réponds que je peux conduire, mais elle ne veut rien entendre, et comme annoncé, à dix-huit heures pétantes, une voiture s'engage dans mon allée, et Shosh descend par la portière arrière.

— Salut toi.

— Salut.

Il y a un mec au lycée qui porte le même tee-shirt tous les jours, un imprimé de Bowie, et quoique Shosh ne soit pas tout à fait au même niveau, elle porte elle aussi le même manteau et les mêmes bottes, sa belle crinière aussi indisciplinée qu'au premier jour. Elle est à tomber, franchement, et j'en suis déjà à donner raison au deuxième point d'Ali : y a pas moyen que cette fille s'intéresse à moi.

Pourtant, elle me serre contre elle, et sa main s'attarde sur la mienne.

— Will t'a fait ça, dis-je en lui tendant une fleur découpée dans un papier jaune, avec un cure-pipe vert en guise de tige.

Elle sourit comme un soleil levant, cale la fleur en papier derrière son oreille, et je meurs.

Tandis qu'on se dirige vers le véhicule, je lui demande si elle a commandé un Uber.

— En quelque sorte. (Elle se glisse sur la banquette arrière.) Evan, je te présente mon amie…

— *Ruth* ?

SHOSH

mains

Difficile de savoir si le film était proprement à chier, ou si c'étaient les circonstances qui le rendaient aussi merdique.

La salle n'était qu'à moitié remplie, mais le public s'était dispersé çà et là ; Shosh et Evan avaient dû s'asseoir au milieu d'une rangée, et même si leurs mains avaient fait de leur mieux, Shosh aurait voulu passer à l'étape supérieure.

En sortant, elle envoya un texto à Ruth, qui répondit qu'elle rappliquait illico.

— Tu la paies ? demanda Evan tandis qu'ils patientaient devant le ciné.

— Bien sûr. Enfin, elle me dit que c'est pas la peine, mais si on est amies, c'est grâce à ce boulot alors… (Shosh consulta son portable, le rangea, chassa ses cheveux de son visage ; en vain, le vent les y ramena aussitôt.) J'arrive toujours pas à croire que vous vous connaissiez.

— Bof. Pas vraiment.

— Tant pis pour toi alors. Cette fille est une perle.

Evan n'avait pas l'air convaincu. Il préféra changer de sujet.

— Will est super jaloux que je passe la soirée avec toi.

— Mec. Ce môme.

— Je sais.

— C'est genre…

— Je sais.

— … c'est le meilleur.

Retour du vent et des mèches dans son visage ; elle laissa faire, souffla dans ses mains pour les réchauffer, regarda Evan qui détourna les yeux.

Sentit ses yeux sur elle tandis qu'elle détournait le regard.

Il y avait du monde partout, allant et venant dans le cinéma, et au milieu de tout ça, leurs yeux se croisèrent en même temps.

Vent. Cheveux.

Sourires tout d'abord.

Et puis, fini les sourires.

Là, songea-t-elle en s'approchant de lui. Un brusque sentiment d'urgence.

Le sentait-il ? Pourvu que oui. Vraiment.

Elle lui prit la main, se pencha vers lui pour lui parler, et quand elle ouvrit la bouche, elle eut la sensation d'être à mi-chemin entre le sommeil et l'éveil. Et elle se demanda ce qu'elle avait voulu dire.

NEW YORK CITY

• 1988 •

Au lendemain de la nuit où Siggy entendit la Voix pour la première fois, il se persuada qu'il avait rêvé. *Ça m'apprendra à grignoter des barres chocolatées à pas d'heure,* songea-t-il, jetant le reste du chocolat dans la poubelle. On était en décembre ; l'air était d'un froid mordant. La veille au soir, il s'était emmitouflé dans des couvertures, si bien qu'au moment où la Voix l'avait réveillé en sursaut, il était en nage, son pyjama imprégné de sueur.

Cela faisait deux ans qu'il avait fini la fac, et tandis que sa bourse d'études touchait à sa fin, Siggy travaillait sur une comédie musicale originale dans un studio rudimentaire situé dans le quartier de Brooklyn Heights. Bien qu'il fût plutôt ouvert à l'idée qu'il existe une puissance supérieure (jamais il n'avait regardé un bébé sans songer au mot *miracle*), vouloir croire, ce n'était pas exactement croire. Peut-être certains attribueraient-ils la Voix à Dieu, mais Siggy demeurait, comme toujours, sceptique.

Les camarades de chambre d'Everett le surnommaient « le Croyant », une distinction qu'il arborait avec honneur. Chaque dimanche, on le trouvait à l'église épiscopalienne Sainte-Augustine ; son livre de chevet n'était autre que *Le Livre de la prière commune*, et même s'il ne pouvait prouver sa foi, il ne lui était jamais venu à l'esprit de le tenter. En dernière année à l'Université de New York, Everett étudiait l'histoire de l'art et vivait dans une résidence étudiante dans le quartier d'East Village. Quand il n'était pas pris par l'église ou la fac, il aimait achever ses journées par sa passion secrète : les puzzles.

Il avait récemment acquis une collection de ponts américains de mille pièces. Après avoir achevé le Golden Gate et le pont Mackinac, il était passé à son favori : le pont de Brooklyn. La peinture demeurerait à jamais son premier amour, mais les puzzles lui procuraient quelque chose que l'art lui refusait : un résultat décisif. En moyenne, il lui fallait dix jours pour compléter un mille-pièces, mais cela faisait bientôt trois semaines qu'il planchait sur le pont de Brooklyn sans en voir la fin. Le problème, c'était que la palette tout entière tournait autour du gris pâle. Le ciel, la route, l'eau – à l'exception des lumières de la ville et d'un minuscule oiseau dans un angle, c'est à peine si Everett pouvait distinguer les pièces.

— Tu sors par ce temps ? s'étonna un soir son coloc, alors qu'Everett enfilait manteau et chapeau.

Il était minuit passé et le vent hivernal hurlait dans la ruelle qui longeait leur résidence.

— Ce puzzle me fait loucher. J'ai besoin de prendre l'air.

Six pâtés d'immeubles plus loin, quand il se rendit compte de l'endroit où ses pieds le conduisaient, Everett ne put réprimer un sourire.

Ce n'était pas le chocolat.

La Voix avait rendu visite à Siggy chaque nuit pendant deux semaines, et toujours avec le même ordre : « DEBOUT. » Résolu à découvrir la source de cette voix, il avait essayé de rester éveillé, mais lorsqu'elle se faisait entendre, il n'y avait rien à voir ; rien qu'un oiseau qui battait des ailes sur le rebord de sa fenêtre. Ses journées étaient scandées de migraines et de siestes involontaires ; sa musique en souffrait, il mangeait à peine et, de surcroît, une angoisse sourde s'emparait de lui à mesure que l'heure du coucher approchait.

Une nuit, désemparé, il voulut fuir son appartement et se mit à errer dans les rues de Brooklyn, veillant à emprunter des itinéraires familiers. Il se retrouva finalement au milieu du pont de Brooklyn, à contempler l'East River.

— Salut.

Siggy n'était pas originaire de New York ; à Tromsø, où il était né et avait grandi, quand quelqu'un vous adressait la parole, la moindre des politesses, c'était de le saluer en retour. Mais après avoir vécu un an dans cette ville, il avait pris le pli. Il avait saisi l'accord tacite, communément adopté par l'ensemble des habitants de New York : garder les yeux rivés droit devant soi, coûte que coûte.

— Ça va, mec ?

La règle était pourtant claire. Autrement dit, ce type qui lui adressait la parole était soit un scélérat sur le point de l'agresser, soit (encore pire) un touriste. Mais lorsque Siggy pivota pour l'envoyer promener, il lâcha un petit cri de surprise.

La nuit prit un tour agréable et ils en vinrent bientôt à évoquer la comédie musicale que Siggy était en train d'écrire.

— C'est une histoire d'amour qui se passe au dix-neuvième siècle à Paris, dit-il en rougissant.

— Romantique, commenta Everett.

— En pleine épidémie de choléra.

— Ah. Donc… une histoire d'amour tragique.

— Il y a d'autres types d'histoires d'amour que ça ?

Everett esquissa un sourire.

— Je crois bien que non.

Sept ans plus tard, en 1995, Siggy et Everett raconteraient cette histoire à l'occasion de leur enterrement de vie de garçon commun. Siggy dirait que ç'avait été le coup de foudre, une rencontre épique, digne d'un roman. Everett secouerait la tête : « Tu devrais faire une thèse sur le révisionnisme », dirait-il avant de présenter sa propre version des faits, pas un coup de foudre, mais une intervention : « Tu avais cette expression dans les yeux, Sig. J'avais peur pour toi. » Et alors que leurs souvenirs de cette nuit-là différeraient de manière subtile, il y aurait cet échange qu'ils se rappelleraient tous deux parfaitement.

— Je ne dors pas depuis des semaines, déclara Siggy le soir de leur rencontre, le regard perdu sur le fleuve.

Quand Everett demanda pourquoi, Siggy rétorqua qu'il ne le croirait jamais.

— Devine le surnom que me donnent mes colocs ? répliqua Everett.

À leur enterrement commun en 2006, la mère d'Everett raconterait leur histoire en pleurant. Comment son fils avait rencontré l'amour de sa vie parce qu'il n'arrivait pas à terminer un puzzle. La sœur de Siggy dirait que son frère ne trouvait pas le sommeil ce soir-là, et que ç'avait été une chance pour eux. Elle en conclurait que certaines personnes étaient destinées à se trouver. Et, au premier rang de l'église épiscopalienne Sainte-Augustine, une fillette de six ans prénommée Birdie fixerait les deux cercueils, sachant que Papa et Far étaient à l'intérieur, qu'ils avaient eu un accident de montagne dans le pays froid où Far était né.

Assise là, elle se questionnerait sur la notion de temps : les quelques secondes qu'il fallait pour mourir ; l'éternité de la mort.

Tous leurs proches connaissaient l'histoire de leur rencontre. Mais l'existence de la Voix n'était connue que d'Everett et de Siggy.

— J'entends une Voix, confia Siggy à Everett quand ils se rencontrèrent sur le pont. Elle me répète le même mot en boucle.

— Que dit-elle ? demanda Everett.

Dix-huit ans plus tard, en plein milieu de l'oraison funèbre de sa tante, Birdie se lèverait et hurlerait : « DEBOUT ! »

SIXIÈME PARTIE

OPUS

EVAN

bleu

La chambre de Shosh est un bordel institutionnalisé : ça fait tellement longtemps que c'est le bordel, qu'on ne s'en rend même plus compte.

— J'aime bien tes cheveux longs, remarque-t-elle en dénouant quelques-unes de mes mèches pour en apprécier la longueur.

— Mes amis sont obsédés par les tiens.

— Ah bon ? Pourtant ils sont dans un sale état.

Quand on a pénétré dans son antre, elle a tenu à me montrer que son lit se trouvait dans l'alignement de la fenêtre, et m'a raconté qu'elle aimait bien s'asseoir à moitié dedans, à moitié dehors. Il fait trop froid pour ouvrir la fenêtre ce soir, mais ça ne nous a pas détournés du lit. Je ne pourrais pas vous dire comment on a fini dans cette position – Shosh à moitié étendue, ma tête sur ses genoux –, mais ce n'est pas pour me déplaire.

— Tu as entendu Oiseau-de-nuit ces derniers temps ? demande-t-elle.

— Non. Et toi ?

— Pas depuis l'autre soir dans le parc. C'est marrant, mais quand je pense aux chansons maintenant, je les imagine un peu comme des formes dans les nuages que personne d'autre n'a remarquées. Bien en évidence, mais seulement si on sait où regarder.

— Tu as la même voix qu'elle tu sais. Quand tu chantes.

Une minute passe en silence ; elle glisse lentement ses mains dans mes cheveux ; quand elle reprend enfin la parole, sa voix n'est qu'un filet, et je devine que ça lui demande du courage.

— Stevie disait que la musique, on y revient toujours. On la met de côté pour un temps peut-être. On peut penser qu'elle nous a oublié, mais quand on est prêt, elle est là. (Un silence, puis :) Ça me manque.

— La musique ?

— La musique. Le théâtre. C'est épuisant de faire comme si ça ne me manquait pas.

— Alors ne laisse pas tomber.

— On croirait entendre Mrs Clark.

— La prof de théâtre ?

Shosh acquiesce.

— Mais on n'a que neuf ans d'écart. En plus, on était tout le temps fourrées ensemble pendant quatre ans, donc c'est un peu comme si elle faisait partie de ma famille. Elle m'a beaucoup aidée pour ma candidature à l'université, et elle aimerait me convaincre de postuler à nouveau, mais… j'ai tourné la page.

Si le temps passé à discuter avec Maya m'a appris une chose, c'est qu'on est capables de se convaincre de choses totalement fausses. À chacune de mes tempêtes, j'étais persuadé que j'allais mourir. La moitié des choses que j'ai dites dans le cabinet de Maya étaient infondées, mais au moment où je les ai dites, j'y croyais dur comme fer. J'entends cette même conviction dans la voix de Shosh. Elle n'en fait pas des tonnes, elle ne cherche pas à se faire plaindre. Elle ne fait que présenter ce qui est, à ses yeux.

— Quand Stevie est partie à la fac, c'était affreux. On était tellement proches. J'avais l'intention de la rejoindre à Loyola. Et puis, le théâtre a pris de l'ampleur dans ma vie, et tout le monde me conseillait New York ou Los Angeles ; mais moi, Chicago, ça m'allait. Le programme de Loyola est très bien coté. Un soir au téléphone, elle avait l'air ailleurs. Elle parlait peu. Et puis, tout d'un coup, elle a dit que ç'était pas logique, que c'était pas parce que c'était elle l'aînée et qu'elle avait pu choisir en premier sa voie que c'était à moi de la suivre. Et c'était décidé. À compter de cet instant, elle a déclaré qu'elle m'accompagnerait, où que j'aille. À un moment donné, on s'est rendu compte qu'elle devrait changer d'université en cours de dernière année à moins qu'elle n'obtienne son diplôme plus tôt. Mais tu sais ce qu'il faut faire pour ça ?

Je ne réponds pas ; ce n'est pas vraiment une question.

— Elle était en route pour les sessions d'été quand le pick-up l'a percutée. Si elle était sur cette route à ce moment précis, c'est à cause de moi. De mon rêve, de mon ambition.

J'aimerais lui rétorquer que ce n'est pas sa faute. Et je suis à deux doigts de le faire ; et puis je songe à toutes les fois où j'ai entendu ce genre de paroles après le départ de papa, à quel point elles me paraissaient creuses et vides de sens. Et je pense à toutes les fois où Maya aurait pu me proposer une solution pourrie mais ne l'a pas fait, choisissant de se mettre à ma place.

Je veux que mes paroles comptent. Je veux me mettre à sa place.

Je lui parle donc du cancer de maman, des Headlands, du fait que je n'ai pas postulé, même si c'était mon rêve, parce que je refusais d'abandonner ma mère et Will.

— Ce n'est pas pareil, je sais. Mais je comprends ce que c'est d'avoir un rêve qu'on peut pas poursuivre.

Shosh réfléchit une minute avant de rebondir. Je vois bien qu'elle pèse ses mots.

— Désolée pour ta mère.

— Elle va bien, je pense. Mais ça peut revenir, tu sais ? Et si ça arrive je… peux pas m'imaginer ne pas être présent.

Délicatement, Shosh déloge ma tête de ses jambes et sort un ordinateur enfoui sous une pile d'oreillers.

— Je suis à fond sur Emily Dickinson ces derniers temps, dit-elle en l'ouvrant, tapant, scrollant. « Comme je ne pouvais m'arrêter pour la mort, aimablement elle s'arrêta pour moi ; la voiture ne contenait que nous deux et l'Immortalité[1]. » C'est Ruth qui m'a fait découvrir cette poétesse. Son obsession, c'était la mort et l'immortalité…

— Ruth ?

— Emily. Logique quand on connaît sa vie : tout le monde autour d'elle est mort jeune. Quand on est cerné par la mort, difficile de ne pas envisager l'immortalité.

— J'ai une bonne dose de respect pour ma propre mortalité. L'idée que la mort s'empare de l'être tout entier et le réduise à néant… (Ma voix s'éteint tandis que je m'aperçois combien ma remarque manque de sensibilité, notre discussion portant sur Stevie.) Merde. Désolé.

— C'est pas grave. Mais pour info, je pense pas que tu aies raison sur ce point.

— Ah bon ?

1. *Poèmes choisis*, traduction de Pierre Messiaen, Aubier, 1956.

— Oui. Je sais pas. Que crois-tu qu'il arrive après la mort ?

C'est drôle comme une question varie en fonction de la personne qui la pose. J'ai déjà réfléchi à ce sujet, évidemment. Sauf que maintenant, j'envisage les choses autrement.

— Un jour, j'ai entendu cette théorie sur la couleur bleue. Je vais la massacrer, mais en gros, quand on analyse la littérature rétrospectivement, le mot bleu n'apparaît pas pendant des siècles. Il ne figure dans aucun texte. Pour décrire l'océan, Homère le compare au vin. C'est comme si cette chose n'existait pas, mais, à ce qu'on sache, soit les gens ne voyaient pas la couleur bleue, soit ils n'avaient pas de terme pour la décrire. J'en conclus donc qu'on a dû évoluer pour finir par la voir. Mais si tel est le cas, c'est pas comme si tout le monde s'était réveillé un beau matin et que *bim !* il y avait du bleu. Autrement dit, il y a eu une période dans l'histoire durant laquelle certains voyaient le bleu et d'autres non. Et ceux qui en avaient conscience, ils croyaient que la couleur existait, n'est-ce pas ? Elle était juste là, sous leurs yeux. Pour les autres, en revanche, ce n'était pas tant une couleur qu'un concept. Une idée, genre… le grand amour. Soit on y croyait, soit on y croyait pas. Peut-être que la vie après la mort, c'est un peu ça.

Je sens le souffle de Shosh qui me caresse par vagues, et je pourrais rester allongé là pour toujours, ses mains dans mes cheveux.

— Je sais qu'elle n'est pas présente. Mais elle n'est pas le néant. Et elle n'est pas nulle part.

Quand je lui réclame d'autres poèmes de Dickinson, elle me lit quelques-uns de ses favoris, y compris un qui m'intrigue : les écrivains avaient-ils à cette époque déjà leurs propres Oiseaux-de-nuit ?

« *L'espoir est cette créature avec des plumes –*
Qui se juche sur notre âme –
Qui chante la mélodie sans les paroles –
Et qui ne s'arrête – jamais »

Après avoir récité celui-là, Shosh fait ce mouvement des épaules qui me fait fondre, et notre respiration se modifie ; l'air se charge d'électricité.

Je ne sais pas qui fait le premier pas.

Je redresse le buste ; elle rabat doucement l'écran de son ordi, le glisse sur le côté, et pose ses mains à l'arrière de ma tête, le regard embrasé d'un feu doux.

Je me penche en avant, nos fronts s'effleurent, nos galaxies se percutent – nos passés et nos avenirs aussi – toutes nos idées, nos rêves et nos craintes fusionnent.

— Je suis totalement paumée, murmure-t-elle.

L'odeur de ses lèvres me parvient, mais je patiente.

Baisse les yeux, m'écarte, rien qu'un peu.

Ses mots peuvent signifier « doucement », peuvent signifier « non », donc j'attends.

Puis je lève les yeux. Un sourire.

SHOSH

vrai bleu

— Personne n'est parfait, dit-il.

— Certains corps sont plus parfaits que d'autres, rétorqua-t-elle.

Shosh cligna des yeux, un long silence. Puis ils s'embrassèrent, ce fut volcanique et moléculaire, fébrile, un émerveillement ancien et nouveau.

— Tu m'as manqué, dit-elle.

Et le baiser explosa en un millier de baisers, parce qu'elle avait raison, ça n'avait pas de sens, mais elle avait raison. Elle le repoussa légèrement et se retrouva sur lui, et le temps n'était rien, les océans et les années n'étaient rien, il n'y avait plus que Shosh et Evan, leur bouche et leur langue soutenant le rythme de leurs mains. Le sentait-il ? Pourvu que oui, songea-t-elle. Elle l'embrassa avec plus d'ardeur encore pour lui montrer, plus de passion ; sa chevelure tombant sur le visage d'Evan comme les premières feuilles mortes en automne, son bassin épousant un mouvement d'avant en arrière, doucement, en avant puis en arrière, puis elle se figea – se redressa – ôta son tee-shirt, et replongea sur lui, lui baisant le front, le cou, la joue, l'œil.

— Je crois au bleu, murmura-t-elle en l'embrassant.

EVAN

la chose en soi

— Ainsi, si on replace ça dans le contexte général des années 1950 à Chelsea, quand Mila Henry écrit qu'il faut « sortir du robot », que pensez-vous qu'elle veuille dire exactement ?

Je n'ai jamais été aussi distrait pendant un cours de Hambright.

Ce qui, j'en suis sûr, n'a rien à voir avec les événements d'hier soir.

— Clairement, elle voulait dire qu'on « baise le patriarcat », répond Laura, une élève de seconde, qui a tellement la dalle que j'en viens à me demander si elle a déjà été satisfaite. Et comme ça, *bam.* Dans les dents !

Hambright hoche la tête et fait son Hammy.

— Ça, c'est une réponse, Laura. Et je t'en remercie.

Plus tard, alors que cela fait vingt minutes qu'on s'interroge par écrit sur l'écriture de Mila Henry, Hambright s'arrête à mon bureau, et lit par-dessus mon épaule tandis que j'écris.

— Hum.

Je pose mon stylo.

— Puis-je vous aider ?

— Tu affirmes que *June First* découle surtout du conflit émotionnel et financier qui ronge Mila Henry en tant que mère au foyer ?

Derrière moi, Yurt :

— C'est ce que tu affirmes, mec ?

— Non. J'affirme que *June First* n'existe *qu'*en raison du conflit – émotionnel et financier – qui ronge Mila Henry en tant que mère *célibataire.*

— Elle était mariée à Huston.

— Allons. Il n'était jamais là. Elle a tout fait toute seule.

— Hum. Alors à quoi bon faire ça ?

Il joue avec moi.

— Faire quoi ?

— Son premier roman fut un misérable échec, d'après l'opinion générale. Personne ne l'a lu – tout le monde s'en fichait, apparemment. Il n'y avait ni pression ni problèmes contractuels...

— Ce n'était pas une question de *commerce.* Elle devait écrire ce bouquin. La valeur, c'était dans le processus, dans la chose en soi. Pas seulement dans ce qu'elle allait devenir.

Hambright semble réfléchir à ma remarque ; il hoche lentement la tête, puis...

— Ta mère m'a dit que tu avais laissé passer l'échéance pour les Headlands.

Je déglutis de travers et parcours la salle des yeux d'un air désinvolte pour voir si on nous écoute. Tout le monde a l'oreille tendue, littéralement.

— Pas de Glacier Bay ? demande Hambright.

— Euh, ouais. Non. Enfin... J'ai décidé de ne pas y aller.

— C'est dommage. Je trouvais que ce programme te correspondait parfaitement. J'aimerais bien lire les essais que tu as rédigés pour ton dossier de candidature.

Silence de plomb.

— Je n'ai pas écrit ces essais.

— Pourquoi pas ?

— Je vous l'ai déjà dit, j'ai décidé de ne pas y aller. Ça aurait servi à quoi ?

Tel un champion international d'échecs, Hambright ne révèle jamais rien de sa stratégie. On se laisse porter par le jeu, tout a l'air normal, et puis *bam !*, d'un coup, on se retrouve au fond d'un trou qu'on n'avait même pas conscience d'avoir creusé.

— Je croyais que le but d'un essai, c'était l'essai en lui-même, Evan, répliqua-t-il d'un ton calme. La valeur se trouve dans la chose en elle-même, n'est-ce pas ? Et non pas dans ce qu'elle pourrait devenir.

SHOSH

prêt, feu, cuisinez

Ce que les vents d'hiver volaient – la chaleur, le souffle, le bourdonnement de la vie –, le printemps le rapportait à foison. Comme si l'air lui-même adoptait une stratégie différente le printemps venu, œuvrant main dans la main avec la nature au lieu de s'opposer à elle. Shosh avait beau adorer l'hiver, saison où elle se sentait le plus dans son élément, elle ne pouvait nier le bonheur que suscitait le réchauffement de l'air.

Il n'était pas encore là, le printemps. Mais face à la fenêtre, elle l'entendait presque venir. En tout cas, elle le sentait frémir au loin.

À moins que ce ne soit le fumet du gâteau qui lui chatouille les narines.

— Ça avait l'air si *facile* quand Giuseppe l'a fait, geignit son père.

Shosh se détourna de la fenêtre de la cuisine et le vit accroupi devant le four, à scruter l'intérieur d'un air dépité.

— Tout a l'air facile avec lui, acquiesça-t-elle en prenant une canette de Coca Light dans le frigo. C'est pour ça qu'il va gagner.

— *Allez, Jürgen !* hurla sa mère depuis le salon.

— Allons, rétorqua son père. Crystelle a choisi le bon moment pour exceller.

Le responsable de la toute dernière obsession familiale : son père. Un de ses collègues de travail avait raconté qu'il était devenu accro à *The Great British Baking Show,* une émission télévisée culinaire et, ce soir-là, quand il avait allumé la TV et mis le programme en question, Shosh s'était avachie sur le canapé à côté de lui, résolue à se moquer non seulement de l'émission, mais aussi de son père qui la regardait. Trois épisodes plus tard, elle se sentait grosso modo quatre cents fois plus sereine qu'à son arrivée dans la pièce. À un moment donné, sa mère les avait rejoints et, à présent, ils parlaient cette langue toute nouvelle, pleine de « plats trop cuits au fond » et de « gratins indigestes », soudain experts dans un domaine qui leur était totalement étranger jusque-là. L'émission était chouette, Shosh ne pouvait pas le nier. Mais ce n'était pas la qualité de l'émission qui motivait leur désir de la regarder ensemble si régulièrement, de même que s'ils cuisinaient, ce n'était pas pour la qualité de leurs plats.

Cuisiner n'avait jamais fait partie des passe-temps des Bell. Et comme ils n'avaient jamais cuisiné quand ils étaient quatre, c'était l'activité idéale pour une famille de trois personnes.

— Comment ça s'appelle déjà ? demanda Shosh en contemplant le gâteau raté que son père venait de sortir du four.

— Kouglof à la cerise amarena, répondit son père en consultant la fiche-recette qu'il avait imprimée.

— Ça m'a l'air plutôt kouglofeux.

— Peut-être un peu trop même.

— Eh ben, combien de kouglof tu étais censé mettre dedans ?

— Je ne sais pas. (Son père lui adressa un sourire.) On devrait peut-être le googler, ou plutôt le *kouglofer* ?

Elle brandit sa canette pour applaudir sa vanne, et le sourire de son père changea, s'intensifia. Comme un vent printanier, il apportait de la chaleur, du souffle, le bourdonnement de la vie.

Délicatement, il posa ses mains sur ses épaules et lui embrassa le front.

— On va s'en sortir, chuchota-t-il.

Plus tard dans la soirée, après avoir consommé un gâteau plutôt médiocre, et quatre épisodes extraordinaires de l'émission britannique, ils traînèrent leurs jambes chargées de sucre à l'étage pour aller se coucher. Shosh enfila son pyjama et se brossa les dents, et lorsqu'elle sortit de la salle de bains et se retrouva dans le couloir, elle vit une chose qu'elle n'avait pas observée depuis des mois : la porte de la chambre de Stevie était entrouverte ; une lumière brillait à l'intérieur. Chaussettes aux pieds, Shosh se faufila le long du couloir et hasarda un coup d'œil par l'embrasure. Sa mère sortait des effets du placard de Stevie, les disposait sur son lit à côté d'un carton ouvert. Ce faisant, elle fredonnait un air vaguement familier, un air de leur petite enfance ; sur le lit près du carton, le vieux ukulélé de Stevie, comme si on en avait joué la veille.

Shosh lâcha un sourire, prit la direction de sa chambre. Une fois à l'intérieur, elle referma la porte, tendit l'oreille…

Pas de chansons. Pas d'Oiseau-de-nuit. Rien que le bruit d'un bon dégel. Comme si on soulevait les planches qui recouvrent un vieux puits ou qu'on étendait une couverture au soleil.

Dans un geste quasi automatique, elle sortit son portable et envoya un message à Evan : Peut-être qu'on a tort. Peut-être que c'est bien d'aller bien.

Elle jeta son téléphone sur son lit, ouvrit son ordinateur, et rédigea un e-mail à l'intention d'un destinataire auquel elle n'avait plus écrit depuis des mois.

EVAN

la reine des glaces

Je dois relire l'e-mail cinq fois pour en saisir le sens. Et même là, je ne suis pas sûr de comprendre. La tête dans le coton, je me dirige dans la cuisine, où maman prépare un gratin de bœuf façon tacos pour la semaine, et je lui tends mon téléphone.

— Qu'est-ce que c'est ? demande-t-elle en s'essuyant les mains sur son tablier.

— Un des étudiants s'est rétracté du programme Headlands. Une place s'est libérée.

— Attends… (Elle me prend le téléphone des mains.) Je croyais que tu avais raté l'échéance ?

Je lui raconte comment Hambright m'a encouragé à rédiger mon essai. Donc je l'ai fait. Et je lui parle du texto inattendu de Shosh, qui m'a donné l'idée de soumettre mon travail, ce que j'ai fait.

— C'était une candidature tardive. Je ne pensais même pas qu'ils la liraient.

— Chéri… c'est une lettre d'*admission.*

— Si on veut. Il y a eu un étrange… imprévu.

Trop tard. Maman pleure, se dissimulant la bouche d'une main tout en relisant l'e-mail, et j'aimerais plus que tout au monde que ça se réalise.

— Maman…

Elle m'enlace.

— Je suis si fière de toi.

— Je ne vais pas y aller.

Elle s'écarte, scrute mon expression.

— Si tu n'y vas pas, je ne t'adresserai pas la parole pendant un an.

— OK…

— Oublie Glacier Bay, ce sera l'année de la Mère Glaciale. Tu y vas.

— Juste parce que tu refuses que je t'accompagne à tes rendez-vous, tu crois vraiment que je ne suis pas au courant ? Tu crois que j'ai pas lu tous les articles sur le sujet, mémorisé tous les articles sur les blogs consacrés à ça, que je google pas absolument tout ? Tu crois que je sais pas que trente pour cent des survivants du cancer connaissent une rechute ?

— Tu peux être sûr d'une chose : *cent pour cent* de mes enfants qui ne saisissent pas l'occasion de poursuivre leur rêve quand elle se présente à eux seront privés de sortie pour le restant de leur vie.

— Tu ne seras jamais *guérie*, maman. Il y aura toujours un risque que ça revienne, et si ça arrive, je veux être présent.

— OK, écoute-moi bien. Si tu décides un jour d'être père, tu seras le meilleur papa au monde. Bien meilleur que le tien, d'accord ? (À l'étage, on entend Will rejouer la scène du vélo dans *E.T.*, courant dans sa chambre comme s'il était poursuivi par des flics en uniforme.) Vous regarderez des films ensemble, vous *ferez* des films ensemble, vous construirez des maquettes de Lego, et au lieu des Bubba Nights, vous aurez les soirées père-fils, et tu voudras que ça soit toujours comme ça. Tu verras ton enfant grandir et développer sa propre personnalité, et tu seras vraiment fier de lui, même si dans un sens, tu seras triste que le temps passe et que les choses évoluent. Ton enfant grandira et changera de manière positive, et peut-être alors comprendras-tu ce que je ressens aujourd'hui. Qu'il y a pire que de voir son enfant s'en aller : le voir se fermer des portes.

Elle me serre dans ses bras et on pleure tous les deux à chaudes larmes en écoutant le vacarme délicieux de Will à l'étage.

— Pas question que tu mettes ta vie sur pause pour moi. (Et je me dis que tenir sa mère contre soi, c'est la meilleure manière de voyager dans le temps ; les lieux visités, les personnes rencontrées, tout est là.) Maintenant, dis « oui, maman ».

— Oui, maman.

— *La Reine des glaces*, c'est moi.

— Je ne vais pas relever la référence trop évidente à *La Reine des neiges*.

Maman éclate de rire, s'essuie les yeux du revers de la main, étalant son eye-liner sur ses tempes, et je me rends alors compte qu'elle porte du maquillage.

— Tu sors ?

Elle marmonne qu'elle doit « retrouver un ami du boulot », pivote face à la cuisinière, et se remet à préparer son gratin. Je ne peux m'empêcher de me demander si elle a aussi eu son Glacier Bay quand elle était ado. Je me demande si c'était aussi une occasion gâchée, une porte ouverte trop vite claquée.

— Maman.

— Oui, mon chéri.

— S'il y a une personne qui te rend heureuse…

Elle se fige mais ne se retourne pas.

— … j'aimerais beaucoup la rencontrer.

Un « d'accord » murmuré, comme une porte qui s'ouvre tout doucement.

SHOSH

dépêches de l'Entre-Deux

La seule chose qui manquait à la fête des Oscars de Mavie, c'était du gin.

Le thème de la soirée était « Hollywood d'antan », et tout le monde était sur son trente-et-un, ayant pour la plupart adopté un style années folles. Le petit groupe qu'elle avait rencontré chez Ali était présent, parmi d'autres visages que Shosh ne reconnut pas, ou qu'elle avait dû croiser à l'époque du lycée. Partout, des écrans ; un rétroprojecteur dans la cave, un écran plat dans le salon, et un autre dans la cuisine ; sur la terrasse à l'arrière, une TV suspendue au-dessus d'un jacuzzi ; il y avait même un iPad dans les toilettes, afin que personne ne puisse rater une minute de la cérémonie des récompenses de l'Académie. Tout avait été prévu.

À l'exception du gin.

Les martinis étaient étiquetés « tonic et fleur de sureau », quel nom à la con.

Shosh tenta de se convaincre que boire ne lui manquait pas, mais c'était un mensonge. Ça lui manquait énormément. Chez elle, les bouteilles avaient eu un côté rassurant et réconfortant, une chose dont elle ne s'était aperçue qu'une fois qu'elles avaient disparu.

— *Les chaussures dans l'entrée !*

Mavie faisait la sentinelle dans le vestibule spacieux, alpaguant chaque invité qui franchissait le seuil. (Apparemment, il y avait un noyer qui posait un problème dans le jardin à l'avant.) Vous n'allez pas disperser des noix dans ma maison. Ça va me poursuivre jusqu'à la fin de mes jours.

— Hey, *Vieilles Noix*, c'était mon surnom au lycée, dit Balding.

Mavie leva les yeux au ciel.

— T'es toujours au lycée, espèce de geek.

Balding brandit sa bouteille en direction d'un horizon imaginaire.

— Tiens, voilà Vieilles Noix, disait-on.

— Arrête. Personne ne dit ça.

Mavie se tourna vers Shosh.

— Evan vient ?

Shosh aspira une gorgée de son martini sans gin.

— Sa mère a fini tard, mais il devrait pas tarder.

— Il ferait mieux de se presser s'il veut participer au tirage au sort, commente Mavie. Je ne plaisante pas avec les venues tardives.

— Hé, *Venues tardives*, c'était mon surnom au lycée, dit Balding.

— Oh mon Dieu, pourquoi t'es relou comme ça ?

Mavie avait beau faire genre, lever les yeux au ciel et faire mine d'être agacée, vu la manière dont elle enlaçait Balding par le cou, l'embrassait sur la bouche comme si elles étaient seules sur terre, le style brut de décoffrage de

Balding et ses blagues à deux balles étaient visiblement sa tasse de thé.

Sara et Ali arrivèrent ensemble, et comme s'il avait calculé son coup, Yurt se pointa juste après. Une demi-douzaine de personnes débarquèrent (elles ôtèrent scrupuleusement leurs chaussures dans l'entrée), avant qu'Evan apparaisse enfin, les cheveux plaqués en arrière et vêtu d'un costume-cravate ; le portrait craché de Leonardo DiCaprio dans le rôle de Gatsby. Une brusque bouffée de chaleur envahit Shosh, la bouche sèche, le corps tout entier en proie à une émotion soudaine.

— Salut, dit-il sur le pas de la porte.

Elle ouvrit la bouche. Aucun son n'en sortit.

— Bordel, mec, dit Balding.

Sara applaudit lentement.

— Tu sais y faire, Cervantès.

— *Chaussures,* insista Mavie.

Après s'être déchaussé, Evan s'avança vers Shosh.

— Tu es… ouah, bafouilla-t-il.

Et elle fit mine de ne pas être touchée par son commentaire – dans sa petite robe à franges des années 1920, avec son bandeau à paillettes et son maquillage charbonneux. Mais c'était sympa de ne pas être la seule à ne pas réussir à exprimer ses pensées à cette soirée.

Pour rire, elle tournoya sur elle-même à deux reprises, atterrissant contre son torse.

— Tu es une vraie bombe, petit, et ne te méprends pas, dit-elle, adoptant un accent à la Katharine Hepburn et fumant une cigarette invisible. Le petit reste, dans le film, tu vois ?

Evan esquissa un sourire.

— Tu vas jouer ce rôle toute la soirée, hein ?

— Et comment !

Elle se hissa sur la pointe des pieds, lui planta un baiser sur le front, puis sur la bouche, et lui ébouriffa les cheveux. Evan resta planté là, un sourire aux lèvres, élégant Gatsby, et elle se demanda comment elle allait réussir à lui avouer qu'elle partait.

— Hé, c'est Machine. De la comédie *Hamilton.*

— Oh mon Dieu, c'est bien elle.

— Mec, c'est pas du tout elle.

— Carrément que si.

— Y a pas moyen que ce soit Machine de *Hamilton.*

— Philippa Soo, précisa Shosh en sirotant son breuvage à la fleur de sureau. Originaire de Libertyville, dans l'Illinois, diplômée de Julliard en 2012. A un chien qui s'appelle Billie. Et un talent indéniable. (Shosh jeta des coups d'œil autour d'elle, s'aperçut que tout le monde la regardait.) C'est bien elle.

— Je *t'avais dit* que c'était elle.

— Elle ne lui *ressemble* pas.

— Tu veux dire qu'elle ne *se* ressemble pas ?

Le groupe continua à se chamailler jusqu'à ce qu'on annonce la catégorie suivante – Meilleure Actrice dans un second rôle –, et que Balding fasse remarquer :

— Shosh, pourquoi t'es pas là-bas ?

— Quoi ? (Shosh garda les yeux vrillés à l'écran, priant pour qu'on change de sujet.) Arrête.

— Je ne fais que dire ce qu'on pense tous. On t'a vue jouer. (Balding pointa l'écran, où les nominés attendaient, le souffle suspendu, qu'on ouvre l'enveloppe contenant le résultat.) Tu as autant de talent qu'eux.

— Elle a raison, enchérit Ali.

Et, brusquement, la pièce tout entière acquiesçait en hochant la tête.

Mis à part Evan, elle ne s'était pas vraiment demandé si ces gens savaient qui elle était avant de les rencontrer. Mais entendre parler d'une personne, ce n'était pas la connaître.

— Tu penses que tu remonteras un jour sur scène ? demanda Sara.

— Putain, les mecs, intervint Evan.

— C'est bon. (Shosh posa la main sur sa cuisse, lui adressa un sourire, espérant qu'il capte qu'elle le remerciait – et s'excusait pour ce qu'elle était sur le point de lâcher.) Oui, dit-elle à la cantonade. Je vais remonter sur scène.

— Pour de vrai ?

Elle hocha la tête.

— En fait, j'ai envoyé un e-mail au bureau des admissions de l'USC il y a quelques jours. Mrs Clark, ma prof de théâtre, est en contact avec le doyen. Les échéances sont passées, mais au vu des circonstances de l'été dernier… il doit consulter certaines personnes, mais Mrs Clark se dit « plutôt optimiste ». Donc on verra, je suppose…

Sa phrase fut interrompue par une explosion de cris de joie. Yurt se précipita dans la cuisine et en revint avec un plateau de shots en l'honneur de Shosh, qui s'avérèrent être une sorte de boisson à l'érable vieillie en fût de chêne non alcoolisée. Puis Mavie annonça à Shosh qu'elle serait elle-même en Californie l'année prochaine, à l'Université de Los Angeles, et ils trinquèrent tous à « L.A. ou *nada* ! » dans une nouvelle tournée de shots sans alcool. Et Shosh eut toutes les peines du monde à se retenir de prendre Evan par la main pour l'entraîner dans la chambre la plus proche et s'occuper de lui. Rien que pour se vider la tête, se sentir en sécurité dans un environnement familier.

— Bon, autant l'annoncer maintenant, dit Yurt. Je n'ai pas été pris à Duke. (Une poignée de « désolé » et de paroles réconfortantes, puis le visage de Yurt s'éclaira.) Donc je vais à Wake Forest. J'ai reçu ma lettre d'admission hier.

Applaudissements et cris de joie. Nouveau toast sans alcool, hourras et félicitations en l'honneur de Yurt cette fois, puis soudain – à la surprise générale –, Sara traversa la pièce et fondit sur Yurt, enroula ses bras autour de son cou et le plaqua contre le mur, où ils s'emballèrent pendant une trentaine de secondes. « Alleeeeeeez ! » s'écria-t-on. Ali brandit une bouteille de cidre et Sara finit par s'écarter de Yurt, s'essuya la bouche, regarda tout autour, et dit :

— Bon, d'accord.

— Dacodac, renchérit Yurt.

Parfois, une pièce s'approprie la personnalité des gens qui s'y trouvent. Chacun regagna sa place et tous reportèrent leur attention sur l'écran, même si la cérémonie ne les intéressait plus vraiment. Ayant goûté au doux nectar des bonnes nouvelles, la pièce en voulait davantage et, alors, un sentiment d'espoir étouffé s'abattit sur eux. La pièce attendait qu'on l'alimente.

— Je devrais recevoir ma réponse pour Georgetown d'ici à deux semaines, dit Ali, un effort digne de ce nom, mais pas suffisamment nourrissant.

Des mots d'encouragement retentirent… un grondement de faim.

Et comme tous savaient qu'Evan avait raté l'échéance des Headlands, lorsqu'il annonça calmement : « Je pars pour l'Alaska », les célébrations n'en furent que décuplées. « Alleeeeeez ! » s'exclama-t-on à l'unisson, dans les hourras et félicitations et, au milieu de cette cacophonie, Evan et Shosh se trouvèrent.

Elle tournoya de nouveau sur elle-même pour rire.

— Tu vas voir du pays, petit, dit-elle dans une tentative ratée d'alléger l'atmosphère.

Mais sa phrase, et ce qu'elle signifiait vraiment, fit son chemin jusqu'à son cerveau.

— Toi aussi, apparemment.

Elle se hissa sur la pointe des pieds, déposa un baiser sur ses lèvres, et posa la tête contre son torse.

— Et comment, dit-elle doucement.

Ils demeurèrent ainsi, dans les bras l'un de l'autre, au milieu d'une salle en liesse, friande de bonnes nouvelles.

Plus tard, alors qu'on en était aux catégories techniques (« Quelqu'un connaît-il la différence entre le montage de son et le mixage de son ? » demanda Sara), Evan se leva pour aller aux toilettes. Et quand il en revint, il croisa le regard de Shosh et lui indiqua la porte de derrière. Ils sortirent sur la terrasse où les accueillit un silence bienvenu après le vacarme des bavardages à l'intérieur.

Dehors, la bruine s'était muée en une sorte de brume.

— Salut.

— Salut.

— Je voulais pas passer la soirée sans qu'on parle, amorça Evan.

Dans le brouillard, le jardin paraissait immense et menaçant, comme le parc d'un vieux manoir anglais, avec ses buissons taillés et ses sentiers sinueux.

— Eh bien, Mavie, dit Shosh.

— Ouais. Sa mère possède un de ces postes incompréhensibles dans la finance ; c'est encore plus imbitable quand elle essaie de nous expliquer. (Evan se racle la gorge.) Elle t'a dit qu'elle allait à la fac à Los Angeles, hein ?

Shosh hocha la tête, et Evan lui dit qu'il était heureux à l'idée qu'elle connaisse quelqu'un, une fois installée là-bas. Mais ses paroles lui semblaient creuses.

— J'ai essayé de te le dire, balbutia Shosh.

— Moi aussi.

— Le truc, c'est qu'avant de te rencontrer, je suis pas sûre que j'aurais eu le cran de postuler à nouveau.

— Moi non plus.

À l'intérieur, les bruits paraissaient lointains ; ils les narguaient. Comme pour leur montrer qu'ils pourraient passer à la place un moment léger. Au lieu de quoi ils scrutaient l'obscurité brumeuse du jardin, qui leur parut soudain beaucoup trop symbolique.

— Il se pourrait que la fac ne me prenne pas, dit-elle.

— Ça n'arrivera pas.

— C'est une éventualité.

— Oh je sais. Mais c'est sûr que non. Et… Shosh. Je ne veux pas que ça arrive.

Elle posa sa tête sur son épaule ; cette proximité lui permit de sentir son odeur, pas un parfum, mais celle de sa maison, de ses cheveux, de son être. L'odeur propre à Evan.

— C'est un peu comme si on s'était rencontrés dans cet étrange entre-deux, dit-elle. Sauf que d'habitude, on ne s'accroche pas aux entre-deux. Donc je sais pas comment ça va se passer ensuite. Y a pas de protocole.

C'était d'une logique exaspérante : finalement, en obtenant ce qu'ils voulaient – et en aidant l'autre à faire de même –, ils avaient mis en péril leur avenir commun.

— Shosh ?

— Oui ?

Mais il n'y avait plus rien à ajouter. Aussi, ils se tinrent immobiles dans la brume, à souhaiter que ce ne soit pas le cas.

EVAN

la boîte à remonter le temps

Il ne reste plus que sept Bubba Nights.

Ce n'est pas comme si on comptait.

Quand j'ai annoncé mon départ imminent à Will, il s'est cloîtré dans sa chambre pendant plusieurs jours. J'ai essayé de le lui dire en y mettant les formes, mais six mois, c'est une éternité quand on a sept ans.

Je le regarde par la fenêtre de la cuisine ; il lit un bouquin sous un pommier, juste à l'endroit où on a enterré notre capsule temporelle il y a des années de ça. Il se lève, ôte l'herbe et la terre de son jean puis se met à parler tout seul en se promenant dans le jardin, et j'essaie de deviner quelle scène de *E.T.* il rejoue, *E.T.* dont la vidéo est prête à être lancée dès que le livreur de chez Jet's sera là.

L'accord que j'ai passé avec Will : jusqu'à mon départ, ce sera Jet et *E.T.* tous les mardis soir. Maman a même approuvé la livraison *et* les gressins.

Je ne peux pas faire semblant d'être contrarié, c'est dire à quel point je ne le suis pas.

Pour m'empêcher de surprotéger mon frère, je décide d'aller attendre la pizza devant la maison. Sur le porche, j'allume mon téléphone et réouvre un e-mail que j'ai relu tant de fois que je le connais par cœur.

> Headlands n'a jamais accepté une candidature tardive, car cela irait à l'encontre de notre code communautaire et de notre responsabilité. Toutefois, le matin où une place s'est libérée, nous avons reçu votre travail incroyablement touchant, « Téléphone Maison ». Notre équipe prend en compte un grand éventail de facteurs pour sélectionner ses candidats, et quoique le destin n'en fasse certainement pas partie, l'instinct, si. J'ai donc la joie de vous annoncer que nous avons décidé de retenir votre candidature, et de vous inviter à rejoindre notre programme cette année, à une condition...

J'avais suivi le conseil d'Ali pour le sujet de rédaction – choisissez un livre ou un film favori et expliquez pourquoi il vous touche –, et j'ai basé mon exposé sur *E.T.* En guise de phrase d'introduction, j'ai écrit : « Mon petit frère et moi, on ne regarde pas *E.T.* – on le parle. » J'ai abordé le langage des films, j'ai analysé comment une passion commune renforce les liens entre les gens. J'ai argué que les films étaient inertes ; qu'ils n'avaient pas leur mot à dire dans l'existence de ceux qui les regardent. Mais lorsque deux personnes s'asseyent ensemble pour visionner un film, elles signent le meilleur contrat qui soit : la recherche d'une histoire commune. Et parfois, ai-je conclu, cette recherche les lie à jamais.

Ou un truc dans le genre.

Franchement, je ne suis plus certain de ce que j'ai soutenu. Ce jour-là, j'étais dans une sorte d'état second, et je me suis retrouvé à rédiger ma dissert directement en ligne sur la plate-forme dédiée. En bas de la page, quand j'ai vu l'onglet réservé au téléchargement de « contenu supplémentaire », ma fébrilité s'est poursuivie ; j'ai sorti mon carnet de croquis et j'ai dessiné la tête de Will dépassant d'un carton de réfrigérateur géant (à l'époque où la boîte était transformée en navette spatiale d'E.T.). J'ai représenté sa chambre comme je l'ai toujours connue : un méli-mélo de peluches, de Lego, de Minions, et de figurines de *Star Wars*. Puis j'ai écrit ces deux mots sur le mur, des mots qui sont devenus le titre de ma dissertation : *Téléphone Maison.*

C'est la dernière partie de l'e-mail qui suscite chez moi le plus d'émoi.

> Lors de votre séjour, en plus de votre participation régulière aux activités programmées, nous nous demanderons de réaliser un dessin par jour. Le sujet peut dépendre de vous, mais nous aimerions beaucoup découvrir quelques croquis du paysage local. Vous pouvez considérer cela comme une résidence d'artiste. Sans nul doute la première d'une longue série.

Ce n'est pas la première fois qu'on me qualifie d'artiste. En revanche, c'est la première fois que j'envisage la possibilité que ce soit vrai.

De retour à l'intérieur avec le carton de pizza, je suis en train de mettre le couvert sur la table basse quand un cri me surprend. Non, pas un cri, un hurlement, une plainte gémissante, à l'arrière de la maison. Je m'élance dans le jardin. Will est sous le pommier, couvert de boue, le visage barbouillé de terre et de larmes, et lorsque je vois ce qu'il a sur les genoux, ma gorge se noue.

— *Will.*

Quelques secondes pour me ressaisir, puis je me dirige vers lui d'un pas lent.

— Evan.

Il lève la tête et me dévisage, en pleurs.

— Hé, mon pote.

Sur ses cuisses, la boîte qu'on avait enfouie sous le pommier. Rouillée.

— Je l'ai déterrée.

— C'est ce que je vois.

Il s'essuie le nez, étale la morve sur son visage.

— Pourquoi tout le monde s'en va ?

Respire…

Respirer, c'est tout.

Pour savoir que j'existe.

Je m'écroule à genoux, cale sa tête contre mon buste, et le berce d'avant en arrière tandis qu'il pleure.

— Tu étais encore bébé quand on a planté cet arbre. Il s'est mis à pourrir presque aussitôt. Y avait un truc dans la terre, peut-être qu'on ne l'a pas assez arrosé, qui sait. Papa était super énervé, je me rappelle. Il passait son temps à regarder par la fenêtre dans cette direction, et il fixait l'arbre en se plaignant qu'il ne poussait pas correctement. Mais il n'a jamais rien fait pour arranger la situation. Déjà à cette époque, je ne le comprenais pas.

Délicatement, je place deux doigts sous le menton de Will, relève sa petite frimousse vers moi.

— Papa est parti. Je dois peut-être m'en aller, mais je ne partirai *jamais.* Je serai toujours là.

On s'étreint en silence pendant un moment, et lorsque les larmes tarissent, dans la fatigue réconfortante qui suit, on réenterre la boîte sans l'avoir ouverte.

Le lendemain matin au lycée, je suis en pleine conversation avec Sara dans le couloir quand Ali nous rejoint.

— Salut les amis. J'ai une blague pour vous. Qu'est-ce qu'un Hoya dit à un autre Hoya ?

— Attends…

Elle affiche un immense sourire d'une oreille à l'autre qui nous contamine. Et on éclate tous de joie en plein milieu du couloir jusqu'à ce qu'un prof nous regarde de travers en passant près de nous.

— J'arrive pas à croire que je sois une Hoya, dit Ali.

— Qu'est-ce que c'est que ça ? demande Sara.

— Je sais pas. Mais j'en suis une. N'en faisons pas tout un plat, d'acc ?

Sara et moi acceptons de ne pas en faire des tonnes jusqu'à ce qu'Ali soit hors de portée de voix. Alors, nous googlons la plus cruciale des questions : « Est-ce que Chili's prend des réservations ? »

SHOSH

Ali Pilgrim, je ne sais pas ce qu'est un Hoya

Le maître d'hôtel toisa Evan.

— Ah bon ?

— Oui. On est assez nombreux, donc je me suis dit que ce serait mieux de prévoir.

— OK. (Il consulta un carnet à spirale posé sur le comptoir d'accueil.) Personne n'a jamais appelé en amont, c'est tout.

— Eh ben, Chili's ne prend pas de réservations, donc bon.

Balding plissa les yeux.

— Tu as voulu réserver une table chez Chili's ?

— Frérot… (Yurt tapota Evan sur l'épaule.) T'es déjà venu dans ce resto ?

— Ouais, frérot, dit Sara. (Depuis qu'elle avait roulé une pelle à Yurt à la soirée des Oscars, elle faisait tout comme lui.)

— C'est adorable, je trouve, dit Shosh.

Mavie était d'accord, ce qui poussa Evan à protester.

— Ce n'est pas *adorable.* Cette journée, c'est pour Ali. Je tenais à être sûr qu'il y aurait de la place pour tout le monde.

Le maître d'hôtel, qui avait écouté ce petit aparté, se tourna lentement vers la salle de restaurant quasi déserte.

Une toux distante…

Le tintement d'un verre…

— Je pense qu'on va pouvoir accueillir votre petit groupe, dit-il en attrapant une pile de menus et en les invitant d'un geste à le suivre.

— Une petite seconde… qu'est-ce que vous portez tous ? demanda Ali.

Tout le monde était muni d'un sachet.

— Ne me dites pas que vous avez apporté des cadeaux.

— On n'en a pas apporté, répliqua Evan.

Ils traversèrent la salle et Shosh lui prit la main. Elle avait besoin de se sentir proche de lui. D'une part, il s'était récemment montré extra-méticuleux, limite psychorigide, et elle trouvait cette qualité absolument craquante ; d'autre part, leur avenir était en suspens, et ça la perturbait. Surtout, c'était le souvenir de leur dernière rencontre dans ce même restaurant, à la sortie des toilettes, qui la rendait nostalgique. Ce jour-là, elle ne s'était peut-être pas montrée sous son meilleur jour, mais ça lui faisait tout drôle de retourner là où tout avait commencé.

Sans plus de cérémonie, l'employé rassembla deux tables, leur souhaita de passer « la plus agréable des expériences culinaires », et disparut.

— C'est moi ou ce type nous kiffe ? demanda Ali.

Après que la serveuse eut pris la commande de tout le monde, Evan se leva, et tapota sa cuiller contre son verre.

— Comme vous le savez tous, nous sommes réunis ici ce soir pour célébrer l'incomparable Ali Pilgrim.

— Bien dit !

— L'incomparable Ali !

Evan vint à bout du discours qu'il avait préparé avec difficulté, peinant à retenir ses larmes, et une fois qu'il eut fini, ils levèrent tous leur verre en l'honneur d'Ali. Et selon les instructions fournies par Evan à chacun d'entre eux, ce fut à ce moment précis que tous posèrent leur sachet cadeau sur la table.

— Que se passe-t-il ? s'étonna Ali.

Evan encouragea Shosh à prendre la parole ; elle se leva, regarda Ali droit dans les yeux, et s'éclaircit la voix.

— Je dois avouer que j'étais très nerveuse à l'idée de faire ta connaissance. Mais tu as été adorable avec moi, aussi géniale que tout le monde le disait, et j'ai de la chance de te compter parmi mes amis. Ali Pilgrim, je ne sais pas ce qu'est un Hoya, mais je te remets humblement cette bouteille de vodka bas de gamme (Shosh sortit ladite bouteille de son sac) ainsi qu'un pack de boissons rouges, en guise de choses qui pourraient être des Hoyas. Que ton gobelet déborde de breuvage rouge à Georgetown.

Sous les applaudissements, Ali se leva et prit Shosh dans ses bras.

— Balding, à ton tour, annonça Evan.

Balding se mit debout, et prit la parole, visiblement bouleversée. Elle raconta une histoire qui s'était produite en quatrième. Après qu'elle eut fait son coming out auprès de sa famille et de ses amis, quelqu'un avait écrit au stylo indélébile sur les murs des toilettes, la traitant de tous les noms. C'était atroce. Elle fouilla dans son sac et en sortit un pot de peinture et un pinceau. Alors, Ali et Balding fondirent toutes deux en larmes.

— Ali Pilgrim, je ne sais pas ce qu'est un Hoya. (Et elles se mirent à rire à travers leurs larmes.) Mais je te remets humblement ce pot de peinture et ce pinceau, en guise de choses qui pourraient être des Hoyas. (Un battement de cœur ; Balding s'essuya les yeux.) Comme tu l'as fait pour moi, si quiconque te fait la misère à Georgetown, peins par-dessus.

Ce ne fut pas la dernière étreinte émue de la soirée. Le sachet de Mavie contenait une carte : « Ali Pilgrim, je ne sais pas ce qu'est un Hoya, mais je te remets humblement la recette de cookies au chocolat de ma grand-mère, que tu me réclames depuis des lustres, en guise de chose qui pourrait être un Hoya. »

Quant à Sara, elle sortit une photo signée et encadrée de Dan Levy.

— Je te remets humblement ce portrait avec autographe de David Rose, en guise de chose qui pourrait être un Hoya.

Le sachet de Yurt contenait plein de DVD.

— Je te remets humblement les onze saisons de *X-Files*, ainsi que les deux films, yo, en guise de choses qui pourraient être des Hoyas. Je sais qu'on les trouve en streaming, mais ils restent pas longtemps en ligne, et la vérité est *toujours* ailleurs.

Quand vint le tour d'Evan, puisqu'il avait déjà prononcé un discours, il se contenta de déclarer :

— Je ne sais pas ce qu'est un Hoya, Ali Pilgrim, mais je te remets humblement les trois articles suivants. Tout d'abord… (Il tira une écharpe tricotée de son sac.) Maman ne m'a jamais laissé l'accompagner à l'hôpital, donc je savais pas, mais apparemment, y a plein d'heures d'attente, et elle en a profité pour te confectionner ça.

Il étira l'écharpe d'un bout à l'autre ; on y lisait : TAFT DE CŒUR.

On aurait pu croire qu'Ali avait versé toutes les larmes de son corps et qu'il ne lui en restait plus en réserve, mais elle prouva le contraire. Puis elle s'essuya les yeux, s'empara de l'écharpe et l'enroula autour de son cou.

— Deuxièmement, déclara Evan. (Il brandit un paquet de feuilles agrafées et tout le monde comprit aussitôt que c'était ça, le gros lot.) Une BD originale signée Will Taft intitulée *Oh mince, c'est une Hoya…*

— J'y crois pas.

— Et pourtant si. Et enfin, mon cadeau pour toi… tu vas devoir patienter un peu. Jusqu'à la fin du repas.

— C'est un catamaran-outan, hein ?

— T'aimerais bien savoir.

— C'est un catamaran-outan.

— Je sais même pas comment ça marcherait !

Quand leurs plats furent servis, tout le monde s'installa pour dîner, et Shosh ressentit un truc indéfinissable. Était-ce du *contentement* ? Le bonheur de l'instant, malgré les craintes liées à l'avenir ? Quel que soit ce sentiment, elle aurait aimé qu'il perdure.

— Excusez-moi.

Elle fit discrètement signe à la serveuse, un peu plus âgée qu'eux, qui avait lorgné leur table toute la soirée avec une pointe d'envie. Shosh baissa la voix, une petite discussion légère entre filles.

— Je pourrais vous commander un Margarita Tropical Sunrise ? Un double, s'il vous plaît ?

Et avec un clin d'œil et un hochement de tête, la serveuse disparut.

EVAN

des gamins dans un parc

Contrairement à Willow Seed, ce parc est plutôt moderne : du matériel neuf, un terrain de basket, un kiosque équipé de barbecues. Je me gare dans la rue et on descend. Et bien qu'on n'ait pas mis les pieds ici depuis l'année dernière, le soir de la fête fatidique de Heather, on sait exactement où aller.

— Comment ça va ? demande Ali.

— Je suis dans la fleur de l'âge. Pourquoi cette question ?

— Je tiens à m'assurer que ton œsophage va bien.

Parvenu à hauteur des buissons, je porte le regard vers l'arbre où tout a commencé : il est plus petit que dans mes souvenirs, et pas un seul oiseau ne se juche sur ses branches.

— Bon. Tu te demandes probablement ce qu'on fout ici.

— La nostalgie n'est-elle pas une raison suffisante ?

Je désigne le sol, où un jeune buisson se dresse parmi les plus anciens.

— Ali Pilgrim, je ne sais pas ce qu'est un Hoya, mais je te remets humblement ce groseillier des Alpes en guise de chose qui pourrait être un Hoya.

— Quoi ?

Ali se penche en avant pour examiner la petite plante dans son terreau humide.

— Maman et moi on l'a planté cet après-midi. Le groseillier des Alpes est un arbuste très résistant.

— Ah bon ?

— D'après l'employé de la jardinerie. S'il survit au premier hiver, apparemment, tu es tiré d'affaire.

— Tant mieux.

— On l'a baptisé Ali, c'est plus court comme nom.

Personne ne sait serrer dans ses bras plus fort qu'Ali ou avec un « Mmmm » aussi satisfaisant.

— Merci pour mon arbuste.

— Je t'en prie.

Et même si une plante, c'est une drôle de manière de remercier une personne pour l'amitié d'une vie, comment exprimer autrement sa reconnaissance ? Tu comprends, Ali ? Dis-moi que oui, parce que, ce câlin et cet arbuste, c'est tout ce que j'ai.

— Personne ne nous comprend vraiment, hein ? dis-je.

— Non. Mais ça me dérange pas.

Ali s'assied en compagnie de son arbuste pendant un moment, lui parlant de certaines choses dignes d'intérêt dans la vie.

— Donc, à la fin de la saison sept, Duchovny *quitte X-Files.* Inutile de te dire à quel point la série est devenue merdique après son départ.

On finit par retourner à la voiture et sans crier gare, Ali me demande si je suis amoureux de Shosh.

— Je crois que… oui ? Ouais, non, je le suis, c'est sûr.

Elle sourit.

— J'allais te casser la gueule si tu répondais non.

— C'est pas très fair-play.

— J'ai horreur qu'on me mente, tu le sais.

Je réponds que oui, mais en réalité, je me demande si je retrouverai jamais une amie qui me connaisse mieux que je ne me connais moi-même.

On grimpe en voiture ; je mets le contact.

— Donc, dit-elle.

— Ouais.

— Vous êtes foutus, en gros.

— C'est le fin mot de l'histoire.

Ali hoche la tête.

— Rien ne t'empêche d'aller à Los Angeles.

Cette remarque n'appelle pas de réponse. Non seulement Shosh ne m'a pas proposé de l'accompagner, mais même si elle le faisait, j'ai déjà ma propre destination : c'est Glacier Bay.

— Qu'est-ce que tu vas faire ? demande Ali.

— En vrai ?

— Ouais.

— J'en sais rien.

SHOSH

la pire scène de chaque film

Son cerveau était un soleil levant.
Et voilà pourquoi.
Se sentir comme ça. Lâcher prise.

Pas seulement sentir tout, mais sentir le meilleur de chaque chose.

Voilà pourquoi ça lui manquait.

— Je m'inquiète pour toi, petite.

Par la fenêtre, tant de voitures défilaient, tous ces gens, qui étaient tous ces gens ?

— Tu es trop bien pour ce monde, Ruth Hamish.

— Écoute, je vais juste te ramener chez toi, OK ?

— Non. Fais pas ça. Pitié.

— Shosh. Chérie. Tu as beau être canon, le désespoir, ça ne réussit à personne.

— J'ai pas l'air désespérée.

— La dernière fois que j'ai vérifié, se pointer chez un mec à minuit passé complètement arrachée, c'est ce qui s'appelle être désespérée.

Quelque part, elle savait que Ruth avait raison. Mais le

soleil dans son cerveau était tellement éclatant que sa présence noyait tout le reste.

À la fin, Ruth accepta de faire une halte de cinq minutes chez Evan, mais elle insista pour l'attendre, et la ramener directement chez elle ensuite.

— Et ne sonne pas à la porte. Si tu réveilles le gamin, la mère va te tomber dessus.

*

Elle était sur le point de jeter des cailloux sur les fenêtres du premier quand Evan répondit enfin à son message : Je descends.

Il ouvrit la porte. Il était en pyjama, les cheveux en bataille. Il se frotta les yeux ; à cet instant, Shosh comprit que le soleil de Ruth était plus éclatant que le sien : elle aurait dû écouter son amie.

— Ça va ? demanda Evan.

Shosh pointa son visage du doigt.

— Une question raisonnable de la part d'un garçon raisonnable.

Evan jeta un coup d'œil par-dessus son épaule avant de la rejoindre sur le porche, refermant la porte tout doucement derrière lui.

— C'est fini entre nous.

— Shosh…

Elle le toucha à l'épaule comme si elle l'adoubait.

— C'est fini entre nous, monseigneur.

— T'es bourrée ?

— Non… très peu.

— Comment tu es arrivée jusqu'ici ?

Elle fit un signe en direction de la rue ; Ruth, visiblement inquiète, attendait à côté de la voiture.

— Tu es allée où après le resto ? demanda Evan.

— Et toi, t'es allé où après le resto ?

— J'ai emmené Ali au parc. Tu le sais, on en a parlé.

— Ah oui, Monsieur J'emmène-les-gens-au-parc. Eh ben moi j'ai emmené Yurt et Sara dans un bar.

— OK.

— J'allais souvent dans des bars. Je connais les endroits où on nous laisse entrer. (Elle lui donna une pichenette sur l'épaule.) Donc tu vois ? Tu ne me connais pas si bien que ça.

C'était la partie qu'elle oubliait toujours. La partie qui allait de pair avec le besoin. La partie d'elle-même qu'elle perdait quand elle lâchait prise. Et peut-être qu'elle ressentait chaque chose pendant un moment, mais chaque chose incluait *toutes les choses*, y compris les parties qu'on n'est pas de taille à ressentir.

Le soleil qui se levait était le même que celui qui se couchait.

Elle l'oubliait toujours.

— Rentre chez toi, Shosh.

— C'est comme ces scènes dans les films animaliers. Les films animaliers ont *toujours* cette scène à la fin. Un chien qu'on doit libérer, ou un putain de cheval qui devrait retourner à l'état sauvage, mais c'est un *animal*, Evan. *Ça* ne comprend pas. Tout ce qu'il sait, c'est qu'il aime son maître, et puis y a *cette scène* qui arrive où le maître doit hurler sur le chien pour le chasser. Et on est censé penser que c'est noble, parce que y a que comme ça que l'animal peut retrouver sa liberté ? Mais ce n'est pas noble, c'est juste *méchant*.

Un sanglot lui échappa ; elle ne l'avait pas senti venir. Et à présent, Shosh pleurait, et Evan enroula son bras autour d'elle, et ils s'étreignirent comme ça sur le porche.

— Oh mon Dieu, qu'est-ce qui ne tourne pas rond chez moi ?

— Ça va aller, la réconforta Evan.

— Je suis vraiment désolée.

— C'est pas grave.

Il descendit avec elle les quelques marches du perron et l'escorta jusqu'à la voiture.

— Je ne veux pas rompre, dit-elle.

— Moi non plus, murmura-t-il, saluant Ruth d'un signe de la tête en approchant du véhicule.

— Bon sang, j'arrive pas à croire que j'étais sur le point de jeter des cailloux sur ta fenêtre. Et que je t'ai comparé à un chien.

— OK, c'est… pas comme ça que j'avais interprété l'histoire.

Evan l'aida à s'installer sur la banquette arrière de la voiture de Ruth ; elle baissa la vitre, et continua à s'excuser.

— Je suis vraiment trop désolée, Evan.

Il lui tapota gentiment le sommet du crâne et se tourna vers Ruth.

— Tu la ramènes chez elle ?

— Les canards à une patte tournent-ils en rond ?

Evan plissa les yeux.

— J'en sais rien.

— Eh bien oui. Et évidemment, je la reconduis chez elle.

— Merci. Et puis, t'as beau être la petite amie du fils de la copine de mon père, t'es convenable.

Shosh gloussa dans la voiture, les paupières mi-closes, le menton posé sur la vitre ouverte.

— Pour info, ça fait *beaucoup* de mots.

Ruth décocha un sourire à Evan.

— On peut être amis, Evan Taft. Mais t'as pas intérêt à tomber amoureux de moi.

— Bordel, dit Shosh. Personne ne *m'écoute.*

Evan l'ignora, rendit son sourire à Ruth.

— Si je tombais amoureux de toi, je serais alors le petit ami de la petite amie du fils de la copine de mon père.

— C'est putain de présomptueux de ta part, Ev. Qui te dit que ce serait réciproque ?

— Hé ! s'exclama Shosh. *J'exige* qu'on me prenne *au sérieux.*

Ruth se tourna vers Shosh, se pencha vers l'arrière et remonta sa vitre.

— Dans ce cas, tu ferais mieux de te taire.

Outrée et résolue à le leur faire savoir, Shosh frappa contre la vitre et s'apprêtait à hurler encore un peu, mais son soleil était presque totalement couché, et elle se sentait si fatiguée, assez pour sombrer là, sur la banquette arrière de la voiture de Ruth…

Le lendemain matin, assez tard, après trois comprimés de paracétamol, deux mugs de café, et une bonne heure de regard perdu dans le néant, Shosh prit son téléphone et appela une personne à qui elle avait seulement envoyé des textos jusque-là, mais qu'elle avait envisagé d'appeler à maintes reprises.

— Salut Sho.

— Salut Mavie. Tu as une seconde ? J'ai des questions.

EVAN

fier heureux triste amour

Ça fait deux heures que je suis assis dans la même position quand je reçois enfin un message de maman : Presque à la maison point d'exclamation désolée si ça s'affiche bizarrement smiley smiley cœur

— Evan.

— Désolé.

Je range mon téléphone.

— C'est pas grave, dit Will. D'après le livre, je dois me montrer patient avec les modèles qui posent pour la première fois. (Son expression change brusquement, comme s'il venait de penser à un truc.) Tu as déjà fait ça ?

— Non. C'est ma première fois.

Il hoche la tête comme un professionnel désabusé.

— Ouais, ça se voit.

Hier, Will est rentré de l'école avec un nouveau projet en tête. En cours d'art plastique, on leur a raconté comment, avant la photographie, les gens faisaient peindre leur portrait pour des amis, la famille, la postérité, ou autre. Alors il s'est dit qu'avec mon départ prochain, il aimerait bien me dessiner. « Pour avoir un souvenir de toi », a-t-il déclaré, comme si, six mois en Alaska, c'était l'équivalent d'un voyage à durée indéterminée dans l'espace. Hélas, il était sérieux, et j'étais partant, donc voilà où ça nous a menés.

— Peut-être qu'un jour, je serai un artiste aussi doué que toi, dit-il.

Avant que je puisse trouver quoi répondre à cette remarque, mon portable vibre à nouveau ; et ce n'est pas que je ne redoute pas l'Ire de William l'Artiste en devenir, mais j'ai besoin de savoir où en est maman.

— Hé, mon pote ? On peut faire une pause pipi ?

Il programme son chronomètre sur sa montre.

— Deux minutes.

Dans la salle de bains, je verrouille la porte, mais lorsque je sors mon téléphone et consulte l'écran, ce n'est pas un texto de maman qui s'affiche.

> Shosh : Salut. Coucou. Bonjour.
> Je suis vraiment désolée pour hier soir
> Même si ça suffit pas, je tenais à ce que tu le saches
> Ça fait cliché
> mais je crois que j'ai un problème
> je vais me faire aider
> et je suis vraiment désolée

Sans me laisser le temps de répondre, maman m'écrit : ON EST LÀ. Dans l'allée, on est prêts. W se doute de quelque chose ?

L'esprit surchargé, je réplique à maman : Il ne suspecte rien !! Donne-nous une minute, on sort.

Je retourne sur ma conversation avec Shosh, je relis ses messages, et c'est un de ces moments où la langue me fait défaut. Je suis fier qu'elle cherche de l'aide, d'accord, mais ce mot implique un peu que la personne nous appartiendrait, ce à quoi je ne peux prétendre. Je suis heureux qu'elle essaye d'avancer sur son problème, mais également triste qu'elle doive l'affronter, et pour couronner le tout, même si on ne s'est jamais dit *je t'aime*, techniquement parlant, pour une raison que j'ignore, je n'ai jamais autant eu envie de le lui dire que maintenant.

Fier heureux triste amour.

Il faudrait trouver un mot pour exprimer ce sentiment mélangé.

À la place, je mets un cœur à chacun de ses textos, lui réponds que j'accepte ses excuses, et que je suis là pour elle, de quelque façon qu'elle ait besoin de moi.

De retour dans la chambre de Will, je le trouve assis sur son tabouret, les jambes croisées, le menton dans les mains, étudiant son dessin tel un artiste parisien au Louvre.

— Prêt ? me demande-t-il.

— En fait, tu peux venir avec moi une seconde ? Il faut que je te montre un truc dehors.

— Quoi donc ?

— Tu verras.

Il affiche alors un air de curiosité intense, un peu comme s'il était persuadé de pouvoir résoudre le mystère de ce qui nous attendait dehors avant même qu'on sorte.

En un éclair, on dévale l'escalier, et tandis qu'il se dirige vers le jardin à l'arrière de la maison, je le retiens.

— C'est à l'avant, en fait.

Sa curiosité est à son comble. Je sors en premier et me positionne de manière à voir son visage. Et ça ne rate pas. À la seconde où il pose le pied dehors, il s'illumine comme l'étoile Polaire, et je me demande à combien de reprises la langue va me faire défaut aujourd'hui.

Le chien est exactement comme sur la photo présentée sur le site de la SPA. Il est de taille moyenne, marron foncé, une sorte de chien de chasse croisé, et on voit d'emblée à quel point il est joueur.

— T'en penses quoi ? lance maman, tout sourire, s'efforçant de contenir l'animal frétillant en laisse.

Will demeure sur le porche ; il observe la scène à la fois avec surprise, joie et perplexité.

— Je peux le garder ? demanda-t-il, se faisant sans le savoir l'écho de nombreux enfants à travers le monde.

— Il est pour toi ! Enfin, pour nous. (Maman s'avance vers le porche, entraînant doucement le chien dans son sillage.) Il s'appelle Abraham Lincoln, mais il est assez jeune, donc il est encore temps de le rebaptiser si tu le souhaites.

Il y a certains moments dans la vie qu'on ne mérite pas : les mariages, les naissances, les retrouvailles d'amants se réunissant après des années de séparation. Mais je crois que les moments immérités les plus spectaculaires sont ceux qui se produisent quand on s'y attend le moins.

Celui où Will et le chien font connaissance est une image qui restera gravée dans mon cerveau pour le restant de mes jours, la vision de deux âmes errantes trouvant leur chemin l'une vers l'autre. Tandis qu'ils se roulent ensemble par terre, fous de joie, on se dévisage, maman et moi, elle sourit, et je sais que notre famille va s'en sortir.

Will baptise le chien Elliott.

OSLO

· 2109 ·

La vie d'Eivin se divisait en deux centres d'intérêt majeurs : un chat sibérien très collant qui s'appelait Yuri et un travail requérant quasi toute son attention, au grand dam de son compagnon poilu. Mais Eivin n'était pas seul, tout du moins, il n'en avait pas l'impression. Tous les gens qu'il rencontrait l'ennuyaient, tout simplement. Il avait des rencards, durant lesquels il se surprenait à songer à la pile de livres d'art qui patientait sur sa table de chevet ou au bain chaud qu'il se ferait couler en rentrant chez lui. Et il se demandait ce qui était le plus triste : qu'il rentre seul chez lui quasiment tous les soirs, ou qu'il s'en réjouisse.

Si la jeunesse était une échelle, Eivin s'accrochait au premier barreau de toutes ses forces. Il était à un âge où le mariage d'un ami était suivi du mariage de quatre autres, et soudain, sous ses yeux, son existence se réduisait à la célébration de l'amour d'autrui. Quand cette saison s'acheva, celle des bébés commença, les familles bourgeonnaient, et bientôt, la vie de ses amis était emplie de promesses d'avenir ; dans cette chronologie, Eivin appartenait au passé.

Plus que tout, il aimait peindre. Rien que pour lui, rien de très sérieux. Les nuits où le ciel était dégagé étaient rares, mais quand les étoiles faisaient leur apparition, Eivin transportait son chevalet sur la terrasse arrière, et de là, tandis que Yuri faisait sa toilette, il peignait le ciel étoilé. Parfois – en certaines occasions – il se demandait s'il était passé à côté de l'amour.

*

Enfant, Søl ne rêvait que de l'espace. Adolescente, elle y avait consacré ses études et, adulte, elle s'était engagée à suivre l'entraînement rigoureux des cosmonautes de l'Agence spatiale norvégienne. Son désir de voyage interstellaire était si fort qu'elle ne prêtait que rarement attention à ses congénères et trouvait le postulat de l'amour inutile. Mais au centième jour de son vol de trois cents jours en solo à bord de la station spatiale norvégienne *Nima II*, la faille qui s'était profilée dans son esprit se mua en un gouffre béant qu'elle ne pouvait plus ignorer : Søl se sentit terriblement seule. Quand elle n'était pas occupée à bosser, dormir, manger ou s'entraîner, elle se postait devant le hublot de la station, à fredonner des chansons de son enfance rien que pour entendre le son d'une voix humaine. Tandis qu'elle chantait, elle scrutait le vide froid de l'espace, et cette sphère bleue tournante qu'elle avait tant voulu quitter. Et, par moments, elle se demandait si elle n'était pas passée à côté de l'amour.

*

Tout raconte une histoire. Le monde est fait de mouvement et de mystère : on a beau filer à travers le cosmos, on a l'impression d'être statiques ; entouré d'une foule, on s'ennuie ; nous ne sommes que les intrigues secondaires passagères dans le récit de l'univers.

Mais même les intrigues secondaires ont des histoires à raconter.

Au cent unième jour de son voyage dans l'espace, Søl chantait devant son hublot quand elle observa un phénomène étrange : une série de lumières flottantes qui dérivaient à travers l'espace, disposées en un vaste hexagone. Au début, elle crut que c'était un mirage, le lever de soleil orbital jouant avec sa vision. Mais non, c'était bel et bien là, un immense hexagone, chaque lumière pulsant en cadence tandis que la forme géométrique fonçait à travers l'espace ; elles vacillaient. *Comme un battement d'ailes*, songea-t-elle. À vue de nez, l'hexagone mesurait de trente à cinquante mètres de hauteur, environ la taille d'un immeuble de dix à quinze étages. Plus tard, elle regretterait de ne pas avoir eu le réflexe de saisir immédiatement l'appareil photo de bord – mais pour l'heure, elle ne pouvait que contempler ce spectacle d'un œil émerveillé.

Tandis que Søl était figée dans l'espace, captivée, Eivin se trouvait dans les toilettes de son boulot ; il examinait ses yeux dans la glace. Il avait déjà eu des migraines, mais là c'était nouveau : quelques minutes plus tôt, un halo était apparu dans son champ de vision. La douleur était minime, mais le halo très gênant – son œil gauche était quasiment aveugle. Il s'aspergea le visage d'eau et, pensant que le mal de crâne finirait par se résorber, retourna à son bureau, où il entendit le *bip* d'un hologramme provenant de *Nima II.*

Søl patientait devant l'holo-cam, dans l'espoir qu'un employé du centre de contrôle de la NOSA lui confirme ce qu'elle venait de voir. Lorsqu'un contrôleur lui répondit enfin, elle lui décrivit l'hexagone de lumière en détail, et lorsqu'elle eut fini, l'homme lui demanda calmement de répéter les faits.

Depuis son poste de travail à Oslo, Eivin écoutait, stupéfait, tandis que la cosmonaute en orbite autour de la Terre dépeignait à la perfection son aura.

Tout raconte une histoire. Certains emploient la mécanique simple : *ceci* se joint à *cela* pour constituer *l'autre.* Mais les histoires sont connues pour être des machines peu fiables et lorsque les supérieurs hiérarchiques de Søl à la NOSA lui demandèrent de prouver ce qu'elle avait vu, elle ne put leur fournir *ceci*, *cela*, ou *l'autre.* Quant aux machines du centre de contrôle de la NOSA, aucune n'avait enregistré le supposé « hexagone de lumière », et ainsi, sans autre preuve que les paroles d'une cosmonaute – dont la santé mentale était maintenant fermement remise en question –, le récit ne fut pas pris en compte, classé comme invérifiable. Søl elle-même aurait sans doute mis en doute sa vision sans les trois mots que le centre de contrôle lui avait fait parvenir ce jour-là. « *Jeg trot deg* », avait dit Eivin, d'un ton calme, ferme et définitif.

Je vous crois.

Pendant les deux cents jours qui suivirent, le contrôleur et la cosmonaute se parlèrent aussi souvent que possible. Elle était un peu plus âgée, avait toujours su ce qu'elle voulait ; il était plus jeune, ne savait que ce qu'il ne voulait pas. Elle comptait les heures entre les transmissions ; il était son lien à la réalité, la seule personne avec laquelle elle avait vraiment désiré établir une connexion. Quand il était de congé, il inventait une excuse pour venir au travail ; la compagnie de la cosmonaute, c'était la seule qu'il préférait à la lecture d'un bon livre dans un bain chaud.

Sur sa terrasse, la nuit, Yuri à ses pieds, Eivin travaillait sur une série de peintures qu'il intitula *Je te trouverai*. C'étaient toutes des variations sur un même thème : le *Nima II* filant à travers l'espace, le visage de Søl face à un hublot, comme si elle cherchait Eivin à travers l'immensité étoilée. Et dans ces moments-là, l'esprit d'Eivin errait dans les couloirs d'un avenir commun possible : les enfants, les années, les Yuri. Il s'imaginait en sa compagnie, à des soirées, racontant comment ils s'étaient rencontrés. « Des amants bénis par les étoiles », diraient-ils, et leurs amis les verraient comme le couple le plus heureux au monde.

Devant le hublot du *Nima II*, Søl contemplait la sphère bleue tournante et songeait à lui, sur terre, qui la croyait. Elle fredonnait des chansons du passé, et pour une raison qu'elle ignorait, une phrase creuse résonnait en boucle dans sa tête : « *Jeg trot pa bla* », chantait-elle encore et encore. « Je crois au bleu. »

SEPTIÈME PARTIE

CODA

SHOSH

joyeux anniverfaire

Le thème du quatrième anniversaire de Charlie était « que la forf foit avec toi », ce qui était adorable à cause de son cheveu sur la langue. Il insistait pour annoncer le thème de la fête à chacun de ses invités à leur arrivée, comme si les ballons Étoile de la mort, les sabres lumineux, et le gâteau C-3PO n'avaient pas vendu l'info.

Ni son anniversaire ni *Star Wars* n'étaient à prendre à la légère.

Lorsque Shosh arriva ce matin-là, Charlie se précipita dans ses bras pour la serrer contre lui.

— C'est mon *anniverfaire*, Fosh, dit-il, le menton baissé, fronçant les sourcils.

— Je *sais*, répondit-elle en tâchant d'adopter un ton aussi solennel que le sien. Et c'est pour cette raison que je t'ai apporté ça.

Elle lui tendit un cadeau de taille moyenne et quand il prit la boîte, son empressement se mua en joie. Il pivota sur lui-même et se précipita dans le salon.

Shosh ôta son manteau, le pendit à une patère et se dirigea

vers la cuisine où Mrs Clark était entourée d'une flopée d'enfants surexcités et de parents fatigués. Elle ne connaissait personne, et pendant un bref instant, elle regretta de ne pas avoir apporté sa flasque. Mais elle était différente à présent, du moins, elle essayait de l'être. Voilà pourquoi elle assistait à « l'anniverfaire » d'un môme qui réussirait sans doute à réaliser un triple axel avant de prononcer correctement son prénom.

— Tu es venue ! s'exclama Mrs Clark en faisant à Shosh le plus sincère des câlins.

En un éclair, le groupe – composé pour la plupart de voisins et de parents de l'école maternelle de Charlie – l'adopta. Ça lui rappelait la soirée de Noël d'Ali : l'amitié par propriété transitive. Tout le monde ici aimait Charlie et Mrs Clark, donc tout le monde ici s'aimait les uns les autres.

Shosh resta dans son coin pendant une grande partie de la journée, simplement contente d'être là. À un moment donné, Mrs Clark sortit une guitare, la tendit à Shosh, qui fit comme si elle n'avait rien vu venir. En réalité, elle avait préparé un petit quelque chose – un remix de « Joyeux anniversaire » sur l'air de « La Marche impériale », qui fit un malheur.

— Encore ! Encore, tante Fosh !

Et Shosh rejoua le même morceau : les enfants en étaient fous.

Plus tard, après que le gâteau eut été servi, Shosh se retrouva en tête à tête avec Mrs Clark dans un coin de la cuisine. Elle repensa au jour où, au poste de police, elle avait fait un FaceTime avec son ancienne prof qui cuisinait avec Charlie, dans cette même pièce. À l'époque, elle n'avait qu'une envie, faire partie de cette magnifique petite famille, et elle se rendit compte que dans un sens, c'était maintenant le cas.

— Merci, dit-elle, se demandant comment elle pourrait un jour dédommager cette femme qui avait changé fondamentalement sa vie. Pour tout.

Mrs Clark se détourna de la cuisine animée pour la regarder.

— Tu vas casser la baraque, petite. J'ai hâte de voir ça.

*

Après le gâteau vint l'heure des cadeaux, une annonce qui fit bondir les enfants dans les airs comme un canon à confettis. Tandis que Charlie déballait les paquets, Mrs Clark, assise près de lui, lui lisait chaque étiquette à voix haute afin qu'il sache qui remercier. Shosh se tenait en retrait ; elle avait tellement souri qu'elle en avait mal aux joues.

— Voyons voir, dit Mrs Clark en brandissant le présent de Shosh. Celui-ci est de la part de tante Shosh.

— Merfi, tante Fosh, dit Charlie avant même de l'ouvrir.

Et tout le monde gloussa.

Alors qu'il déchirait le papier, Shosh continua de sourire pour réfréner les larmes qui, elle le savait, finiraient par couler.

— Le premier est un peu bizarre, prévint-elle.

Et quand Charlie sortit le disque, Mrs Clark plaqua sa main sur sa bouche.

— Qu'est-fe que f'est ? demanda Charlie en le tendant à sa mère.

Mrs Clark sourit et déglutit.

— C'est un disque, chéri. Un groupe qui s'appelle les Beach Boys.

Mais l'attention de Charlie était déjà happée par le second cadeau de la boîte.

— Une guitare ! s'écria-t-il en sortant le ukulélé du carton.

Stevie n'avait jamais appris à en jouer, pas vraiment. Mais ça ne l'avait pas empêchée de le titiller constamment. Shosh la revoyait, assise sur le bord du lit, à gratter les mêmes notes encore et encore, dans un chant d'une tristesse infinie, venu du fond du cœur.

— Ça appartenait à ma sœur. (Et même si le cadeau était pour Charlie, elle regardait Mrs Clark : professeure, amie, cygne. Elles pleuraient toutes les deux, et avant que Mrs Clark ne puisse le lui demander, Shosh précisa :) Un détail sur elle – elle *adorait* la musique.

EVAN

*folie à deux**

Maya dit qu'elle est fière de moi.

— Pourquoi ?

— Sérieusement ? Tu n'as pas eu un seul épisode de tempête depuis des mois. Tu as obtenu ton bac, tu t'apprêtes à partir en Alaska pour une année de césure. Écoute, mon métier consiste en partie à aider l'autre à admettre quand ça va mal – mais c'est tout aussi important de reconnaître quand ça va bien.

En vrai, Maya va me manquer. Elle me dit qu'elle sera là à mon retour, et on a six appels de prévus – un pour chaque mois passé à l'étranger –, bien que ces derniers soient incertains jusqu'à ce que j'aie un aperçu de mon planning à Headlands. Néanmoins, je ne peux nier la qualité de ma vie à présent en comparaison de ce qu'elle était avant de commencer à la consulter.

Commentaire à chaud : si la thérapie était un décret universel, l'univers connaîtrait une amélioration significative.

Elle prend des nouvelles de maman, et je lui parle du traitement hormonal. D'accord, il y a beaucoup de bouffées de chaleur et de sautes d'humeur, mais dans l'ensemble, les choses se passent bien.

— Je crois que maintenant, le souci, c'est… et si ça revenait ?

Maya me rétorque que parfois, la crainte est logique, mais qu'il ne faut pas qu'elle prenne toute la place.

C'est tout – elle ne palabre pas pendant des heures. Et je me dis que ça va me manquer ce langage codé, ces phrases entières en un seul hochement de tête.

Je lui parle d'Elliott, du fait qu'il nous donne du fil à retordre mais que ça en vaut la peine. Je lui raconte qu'il ne quitte pas Will d'une semelle, qu'ils sont inséparables. On évoque maman et Neil, je lui confie que ça me fait un peu bizarre qu'il soit dans les parages, mais que d'un autre côté, c'est sympa. Il donne un coup de main avec Elliott, construit des maquettes de Lego avec Will et, surtout, il fait sourire maman comme je ne l'avais pas vue sourire depuis des années, voire jamais.

— Tu crois qu'elle l'aime ? demande Maya.

— Si c'est le cas, c'est pas la seule Taft amoureuse.

Maya sourit.

— Le film de Tarantino ?

— Ouais, mais maintenant que je la connais mieux, ça ne me semble pas approprié. Je pense qu'elle ressemble plus à un Sofia Coppola.

— Et est-ce que Miss Coppola ressent la même chose pour toi ?

— Je crois. On n'a pas… vraiment… *dit les mots,* mais…

— C'est ce que tu ressens.

— J'arrive pas à savoir si c'était un coup de chance ou de malchance qu'on se soit rencontrés au moment où ça s'est produit. On avait besoin l'un de l'autre. Et ceux qu'on est devenus depuis – le moi qui a décidé de donner sa chance à l'Alaska et la Shosh qui a finalement repostulé à l'USC –, la seule raison pour laquelle ils existent, ces gens-là, c'est parce qu'on s'est rencontrés. Donc, dans un sens, le même amour qui nous a attirés l'un vers l'autre a ensuite conspiré pour nous séparer.

— Six mois. (Maya claque des doigts.) Ça va passer à la vitesse de l'éclair.

— OK, mais… elle va devenir une star hollywoodienne. C'est comme si c'était fait. Je sais que ça a l'air ridicule, mais il suffit de la regarder. Elle irradie un truc mystique. Tout le monde se retourne quand elle entre dans une pièce.

— Et alors ?

— Alors quoi, je vais faire une descente à Hollywood, fraîchement rentré de Glacier Bay, et épouser une star ?

— Je suppose qu'il y aurait quelques étapes intermédiaires.

— Je suis sérieux, je rétorque.

— Parlons sérieusement. Tu m'as dit que tu l'aimais.

— Oui.

— Tu penses qu'elle t'aime.

— Oui, mais ça n'est pas si simple.

— Et si ça l'était ?

— C'est pas possible.

— Et si ça l'était ?

— Alors je fais quoi ?

— Tu lui as parlé ?

— C'est pas si simple.

— Certes, mais ce que je te propose, c'est… (Maya se penche en avant.) Et si ça l'était ?

Le parc de Willow Seed est différent au printemps. Toujours minimaliste, mais moins cosy, d'une certaine manière, comme si les balançoires et le toboggan étaient conçus pour être recouverts de neige. Sans elle, l'endroit semble incomplet.

— Peut-être qu'on a perdu temporairement la tête ? suggère Shosh.

— En même temps ?

— Ça semble improbable, en effet.

— En plus, on a entendu les mêmes paroles. Difficile d'imaginer deux étrangers partageant exactement la même hallucination.

Comme cet hiver – après avoir poursuivi Oiseau-de-nuit jusque dans ce parc, où on s'est rencontrés –, on s'allonge sur le tourniquet, et on le pousse lentement du pied, les yeux rivés au ciel. C'est l'époque de l'année où les soirées fraîches succèdent aux après-midi chauds ; l'air est agréable, les étoiles brillent, même si on n'a pas le cœur à les contempler.

Shosh fredonne le refrain d'une des chansons d'Oiseau-de-nuit : « De la Seine à l'océan, ta voix m'accompagne. Dans cette folie à deux, je te trouverai. » Puis elle répète doucement « *Folie à deux**. »

— *Folie**… ?

— … *à deux**, achève Shosh. C'est une maladie psychiatrique. Une psychose partagée. Mais je crois que ça concerne surtout les membres d'une même famille, ou des personnes qui se connaissent déjà. Ils se transfèrent leur délire. Je sais pas trop comment je connais ce phénomène.

La psychose partagée pourrait expliquer certaines choses, mais ça ne me semble pas juste. On discute pendant un moment d'Oiseau-de-nuit, et du fait qu'elle est peut-être française : mis à part la folie à deux, il y a cette référence à la Seine, ainsi qu'un vers dans « Division Street », qui me fait rougir dans l'obscurité. « *Je t'aime, je t'aime, je t'aime** », chante Shosh en français. La traduction demeure suspendue dans les airs comme une récompense.

J'inspire à fond et me jette à l'eau.

— Y a un truc qui me lâche pas : on a entendu les mêmes paroles, la même mélodie. C'est partagé, oui. Mais un délire ? Je n'y crois pas.

— Peut-être que… (Shosh tourne sur le flanc, repose sa tête sur mon épaule.) Peut-être qu'on devrait arrêter de se poser des questions. Elle nous a conduits l'un vers l'autre, et peut-être que c'est tout ce qui compte.

— Juste à temps pour se dire adieu.

— Les adieux sont un cadeau, Evan. Ne sois jamais triste d'avoir pu échanger des adieux. (Elle incline la tête, ses lèvres effleurent à présent mon oreille et son souffle me chatouille.) Bref, se rencontrer à temps pour se dire au revoir, ça veut dire qu'on s'est connus à temps pour se dire bonjour.

Je pourrais vivre un millier d'existences sans jamais rencontrer personne qui soit comme Shosh Bell. Les quelques centimètres qui nous séparent se chargent d'électricité, et ce n'est pas un baiser d'adieu mais d'au revoir, empli de toutes ces émotions qu'on ne sait pas comment exprimer, tous ces chemins possibles devant nous qu'on n'ose pas nommer. Et je ne sais pas si Maya a raison – je ne sais pas si pour être avec Shosh, il suffit de l'aimer, mais si c'est comme ça que ça se termine, je veux que ça compte.

Tu comprends, Shosh ? S'il te plaît, dis-moi que oui. Je t'en prie, dis que tu sais ce qu'on vaut, et pas seulement ce qu'on pourrait devenir.

SHOSH

madness of two

Le sentait-il ? Sentait-il combien il allait lui manquer ? Pourvu que oui, mais juste pour être sûre…

Elle l'embrassa avec plus d'ardeur, et plus langoureusement aussi, pour le lui faire comprendre. Et la sensation de son être, de son corps contre le sien, était à la fois ancienne et nouvelle, et comment expliquer que, il aurait beau lui manquer infiniment, ce n'était rien en comparaison de la force avec laquelle il lui avait déjà manqué ? Elle n'avait pas les réponses, elle était lasse de chercher, et en l'absence de raison, elle lui offrit ce qu'elle avait à offrir : elle l'embrassa jusqu'à ce qu'ils s'abandonnent l'un à l'autre, jusqu'à ce que leurs âmes soient indissociables.

QUATRE MOIS PLUS TARD

SHOSH

Los Angeles

Shosh pliait son linge propre en écoutant un podcast intitulé *Dead Eyes*, quand son portable se mit à sonner comme un client pressé à l'accueil d'un motel. Le podcast – où un homme tentait de tirer les vers du nez à Tom Hanks ou bien d'explorer la notion d'échec dans les arts – était devenu sa toute dernière obsession. Résolue à ne pas l'interrompre, elle laissa la sonnerie retentir jusqu'à ce qu'elle n'en puisse plus.

Kendra : LES AMIS. Le groupe de Josh joue au kibitz room ce soir

Court : 😂😁☠️☠️☠️

Ross : OMG quelle heure

Kendra : Ça commence à 22 h mais on ferait mieux d'arriver tôt

Roo : Je suis partant

Court : Ça va être hilarant

Et par hilarant, j'entends « sympa » ???

Kendra : Franchement le groupe s'appelle Big Spicy Beefs, c'est pas comme s'il se prenait au sérieux

Roo : PUTAIN le sandwich au thon de chez Canter

Ross : Ce sandwich au thon est une TUERIE

Kendra : OMG pour le sandwich au thon, c'est si bon que ça ?

Roo : SACRILÈGE

Court : Je vote pour qu'on retire Kendra du groupe

Kendra : J'allais faire le chauffeur pour tout le monde, maiiiiiiiiis

Court : J'ai rien dit

Ross : Tu peux rester !

Kendra : 💁‍♂️💁‍♂️💁‍♂️💁‍♂️
OK on se retrouve là-bas en Uber, je prendrai la relève après
On peut voir ce qui se prépare ailleurs

Court : Au Kitbitz à 22 h

Kendra : Ça marche !

Roo : Holla

Kendra : Tu nous suis, Sho ?

Après une brève recherche sur Google, Shosh découvrit que le lieu en question était en fait un rade avec une petite scène et une poignée de tables, ainsi qu'un menu cocktail exhaustif. Le Kibitz Room se targuait d'avoir accueilli une longue liste d'artistes au fil des ans, de Joni Mitchell à Guns N' Roses ; apparemment, le bar était attenant à Canter, un traiteur dont le sandwich au thon était sans doute un cran au-dessus.

Elle revint sur le fil de la discussion, les doigts sur l'écran, en pleine réflexion…

— *Merde.*

En retournant sur ses messages, elle s'était plantée, avait répondu à une autre discussion : C'est beaucoup trooooop compliqué

Quelques secondes plus tard, son portable sonna. Elle répondit.

— Salut.

— T'es où ? demanda Mavie.

— Dans ma chambre. Avec du linge jusqu'au cou.

— *Dead Eyes* ?

— C'est *trop* bien.

— Je t'avais dit.

— Ça me rappelle un peu le *Mystery Show,* paix à son âme.

— Starlee Kine est notre trésor national.

— Dans ce domaine, oui. (Shosh s'éclaircit la voix.) Tu te rappelles, à midi hier, quand je t'ai parlé de mon groupe de théâtre ?

— Du cours d'introduction.

— Ouais. Donc on a ce petit groupe de discussion, et ils vont tous à un spectacle ce soir, et je me demande… si je peux y aller ?

— Tu devrais rester à l'écart des lieux où tu gères pas.

— D'accord, mais… comment je sais si je peux gérer ou pas ?

— J'ai mis un certain temps à trouver comment être sociable sans boire. Genre, pour moi, tout ce qui touche de près ou de loin à la rave, c'est interdit. Toute la scène électro, ça me réussit pas ; je me réveille deux jours plus tard, Dieu sait où, complètement à la ramasse. Je peux pas. Mais ça dépend des gens. On a tous des limites différentes.

— OK.

— C'est quoi l'endroit de ce soir ? demanda Mavie.

— C'est genre… un traiteur ?

— Hein ?

— Mais y a un bar attenant, et genre, une scène…

— Oh, tu veux parler de Canter ?

— Oui ! Attends – t'y es déjà allée ?

— Mais oui ! Un mois à UCLA et je connais déjà tous les endroits où on peut manger convenablement. Écoute, si tu veux y aller ce soir, je peux gérer Canter sans souci.

— Tu m'accompagnerais ?

— T'as de la veine, les traiteurs ne sont pas dans la même catégorie que les raves. En plus, c'est à une vingtaine de minutes de chez moi, et je tuerais pour un sandwich au thon, là.

Le Kibitz Room était fidèle à la présentation trouvée sur Internet : un rade amélioré, des murs décorés de photos de rock stars et une fresque murale sur scène représentant la langue légendaire du logo des Rolling Stones attaquant le logo ailé d'Aerosmith. La salle était meublée de banquettes en cuir et éclairée par des néons Budweiser, et c'était chelou d'être au bar sans boire, mais grâce à la présence de Mavie, Shosh se sentit à l'aise.

Leur bande occupait l'une des tables proches de la scène ; ils mangèrent, burent (des sodas pour Mavie et Shosh), et encouragèrent un peu trop vigoureusement des groupes un peu trop nuls. Bientôt, ce fut au tour de Big Spicy Beef de jouer. À l'image de la soirée, le groupe était comme on l'attendait : loufoque à souhait. Mais il s'en amusait, ainsi que le public, et quand le set s'acheva, les musiciens les rejoignirent à table. Le bassiste, un type de près de deux mètres qui se prénommait Seth – surnommé Très Grand Seth – craqua rapidement sur Shosh.

— Tu me fais penser à la musicienne dans la série *New Girl*, en plus jolie.

Shosh avait l'habitude des prototypes comme le Très Grand Seth, un modèle d'usine qui requérait peu d'imagination. Il y avait environ un milliard de Très Grand Seth en circulation.

— Zooey Deschanel, dit-elle.

Il prit une longue gorgée de sa boisson.

— C'est de là que tu viens ?

En le regardant, elle ne voyait que des coudes et des genoux.

— Oui. Je suis originaire de Zooey Deschanel.

— Trop bien.

Son royaume pour une bière.

De l'autre côté de la table, on évoquait une nouvelle boîte de nuit à Echo Park.

— J'ai entendu dire que c'était putain de ouf, disait Josh.

Et avant que le groupe suivant n'ait terminé son set, la bande en avait déjà marre de Kibitz et était prête à bouger.

Tandis que les musiciens rassemblaient leurs affaires, Mavie chercha des infos au sujet de l'autre lieu sur son portable.

— Oula ! Si tu tiens à y aller, ce sera sans moi.

— Proche du domaine des raves ?

— Une rave à l'état pur, on dirait.

Que ce soit à cause de son niveau de caféine dans le sang (le Coca Light, bien meilleur à la pression), du plaisir de la compagnie de Mavie, ou du désir de prendre ses distances avec certaines personnes aux membres extra-longs, Shosh n'y réfléchit pas à deux fois.

— Allez-y, dit-elle à la bande. Mavie et moi on va rester ici et papoter ; on a des choses à se raconter. Entre représentantes de l'Illinois.

— T'es sûre ? demanda Kendra.

Très Grand Seth pencha son très long torse sur la table.

— Tu devrais vraiment venir. Tout le monde dit que c'est putain de ouf.

— Je sais pas ce que ça veut dire, répliqua Shosh, qui finit son Coca Light en aspirant bruyamment à la paille.

— Tu crois que Seth voulait que tu y ailles ? demanda Mavie après leur départ.

— J'aurais bien aimé savoir à quoi il pensait, rétorqua Shosh.

Elles pouffèrent de rire et se concentrèrent sur l'artiste suivant – le premier solo de la soirée –, en train d'accorder sa guitare.

— Il était quand même mignon, remarqua Mavie.

Shosh renâcla.

— Du haut de ses deux mètres cinquante !

Il y avait un truc dans le hochement de tête de Mavie, comme si elle la réconfortait plus qu'elle n'approuvait.

— Quoi ? (Shosh fit un signe à leur serveuse, lui indiqua son verre vide.) Tu crois que je devrais avoir un rencard avec Très Grand Seth ?

— Je sais pas. (Mavie posa son téléphone.) Ne m'écoute pas. Je suis la dernière personne au monde à pouvoir donner des conseils en matière de relations.

— Comment va Balding ?

— Balding est… adorable. Et insupportable. Elle est insupportablement adorable.

— OK.

— Les deux premières semaines, on a fait comme si c'était pas grave. On s'est appelées en FaceTime tous les soirs. Elle blablatait sur « les arbres, les montagnes, le sirop d'érable », et moi je blaguais au sujet du nuage de pollution, ou de la circulation, parce ce que c'est ce qu'on fait quand la vie est dure, on plaisante. Mais franchement – le *Vermont* ? J'arrête pas de me dire que je vais casser avec elle, mais c'est là qu'elle va me raconter comment faire le meilleur sandwich au beurre de cacahuète, et je serai là… Genre, je peux pas la quitter, tu sais ? Ce serait plus facile si elle craignait, rien qu'un peu.

— Hélas, Balding ne craint pas.

— Loin de là.

Qu'on vous comprenne d'un coup d'œil et se sentir compris, ce n'était pas la même chose. Depuis qu'elle avait emménagé à L.A. et qu'elle avait rencontré de nouvelles têtes et tâché de trouver sa place dans un lieu si peuplé qu'elle pouvait à peine respirer, Shosh avait beaucoup réfléchi à la différence entre les deux. Toute sa vie, les gens lui avaient glissé des coups d'œil : sur scène et dans les couloirs, ses cheveux, ses vêtements, ses multiples actions (plonger un pick-up dans une piscine, s'asseoir à une table, assister à des concerts médiocres). Certaines personnes passaient leur vie dans l'ombre, et Shosh veillait à ne jamais se plaindre de rencontrer le problème inverse, sachant à quel point elle était privilégiée de ne pas être invisible. Mais en fin de compte, tout revenait à ça : être vu vraiment et compris.

Les paroles de Mavie s'enracinèrent et trouvèrent un sol fertile dans le cœur de Shosh. Et pour la première fois depuis qu'elle avait quitté l'Illinois – depuis qu'elle avait dit au revoir à Evan –, elle *se sentit* comprise.

Sur scène, ayant fini d'accorder sa guitare et d'ajuster ses niveaux, l'artiste suivant prit le micro.

— Ce mec a l'air super nerveux, fit remarquer Mavie.

Shosh s'apprêtait à lui dire à quel point elle appréciait qu'elle soit venue ce soir, combien elle était heureuse qu'elles aient atterri à Los Angeles toutes les deux, quand elle l'entendit…

La chanson était aussi frêle que dans ses souvenirs, légère et aérée, un milliard de particules de poussière au soleil, sauf qu'il y avait un truc de différent, un truc qui clochait.

— Je sais pas trop si j'aime, commenta Mavie en observant la scène.

Et lorsque Shosh se tourna, le temps ralentit avant de se suspendre, comme si elle s'était réveillée d'un rêve pour tomber dans un autre.

« Moque-toi de moi ou perds-moi à jamais », chantait l'artiste sur scène ; Shosh le contemplait en transe. (« Je m'en fiche, fais-le. ») Pour la première fois, en live, une chanson qu'elle avait entendue à tant de reprises. (« Tu as du sang sur les mains, un oiseau, ce serait mieux. ») Et elle se demanda dans quelle mesure la fiction pouvait rejoindre la réalité. « Je l'ai écrit dans une chanson, un livre, une lettre. »

— Shosh, ça va ?

— Oui, dit-elle sans détacher son regard de l'homme, sans cesser de l'écouter…

Je suis la peinture fantasque d'un mystérieux paysage
Mes mains sont taillées pour encadrer ton visage
Il existe un lieu où l'on aime se réfugier
Les secrets s'y cachent dans les cimes enneigées
Le souffle se mue en fumée, l'intérieur veut s'échapper
Ravale ton cri, chuchote, ne hurle pas
De la Seine à l'océan, ta voix m'accompagne
Dans cette folie à deux, je te trouverai.

Sans le vouloir, Shosh s'était construit un portrait d'Oiseau-de-nuit dans sa tête : une jeune femme vêtue d'habits blancs flottant au vent, une longue chevelure blonde ; elle chantait probablement pieds nus au bord d'une rivière, ou au sommet d'une montagne enneigée, dans un lieu mystique adapté à une femme dont la voix défiait les lois de la physique. Et voilà qu'il y avait cet homme – quarante-cinq ans peut-être, blanc, le visage barbu, chemise en flanelle –, qui interprétait ces chansons-là dans l'arrière-salle d'un bar connu pour ses putain de sandwichs au thon.

C'était complètement dingue.

Lorsque la chanson s'acheva, il se présenta sous son nom de scène : Neon Imposter. Elle avait vu un certain nombre de mains agitées et de tics nerveux au fil des ans – la scène avait le chic pour saper la confiance en soi, même chez les personnes les plus sûres d'elles –, mais jamais elle n'avait vu un artiste aussi mal à l'aise sous les projecteurs.

— La suivante, je l'interprète d'habitude au piano, marmonna-t-il. Donc soyez indulgents avec moi si c'est un peu faux.

Et il se mit à fredonner un air que Shosh avait souvent entendu. « Pitié, ne demande pas pourquoi jamais je n'essaie. » La lumière baissa dans la salle, la fresque murale s'illumina sur scène. Neon Imposter était positionné juste devant le logo ailé d'Aerosmith. On aurait dit que des ailes géantes avaient poussé soudainement dans son dos.

À ce moment-là, plus que boire, elle désirait parler à Evan.

*

— Je comprends pas, dit Mavie.

— Bienvenue au club.

— OK, mais bon j'ai cours demain matin.

— Rien qu'une minute. Promis.

Ce quartier de Fairfax était typique de Los Angeles : des rues flanquées de palmiers, une circulation de dingue, une vie nocturne animée, et Shosh avait beau savoir que c'était idiot, elle préférait cette ville à la tombée de la nuit. Ce qu'elle aimait, c'était ce tableau de Hollywood au réalisme cru (même dans des quartiers qui ne reflétaient pas vraiment Hollywood).

Mavie et elle faisaient le pied de grue depuis une demi-heure sur le trottoir devant le Kibitz Room, à attendre que Neon Imposter sorte du bar. Et juste au moment où Shosh allait lâcher l'affaire, il surgit du bâtiment, sa guitare à la main.

— Je suis pas loin si jamais t'as besoin de moi, dit Mavie avant de se mettre en retrait avec son portable.

Et Shosh se retrouva nez à nez avec la manifestation barbue d'une voix qu'elle avait naguère prise pour celle d'un fantôme.

Il brandissait son téléphone en parcourant la rue du regard, visiblement dans l'attente d'un taxi.

— Salut, lança-t-elle.

Il se retourna, sourit.

— Salut.

— Désolée, je me demandais… (Elle luttait pour trouver les mots justes.) Je me demandais d'où vous teniez vos chansons.

— D'où je les tiens… ?

— Oui. Où vous les avez entendues ? Avant de les interpréter.

— Ce sont des compositions originales. Je ne les ai entendues nulle part. Je les ai écrites.

Il consulta à nouveau son écran et observa le haut de la rue.

— Je me rends compte à quel point ma question peut sembler étrange. Et je cherche pas à vous coincer. Je ne dirai rien à personne, mais… (Shosh se pencha vers lui, esquissa un sourire en coin, comme s'ils étaient de mèche.) On sait tous les deux que vous n'avez pas écrit ces chansons.

Et brusquement, l'atmosphère changea, et le ton de l'artiste aussi.

— OK. Ça devient vraiment chelou, là.

— Je connais ces chansons, mec. Je les ai déjà entendues. Je pourrais te les chanter.

— *Cool,* dit-il d'une voix chargée de sarcasme.

Shosh sentit le vent tourner.

— Écoutez. Reprenons à zéro. Je peux vous offrir un café ?

— C'était sympa, mais mon taxi est là.

Au même instant, une voiture se gara devant eux. Il ouvrit la portière arrière, glissa sa guitare sur la banquette et s'y installa ensuite.

— Attendez…

Mais il ne l'écoutait plus, et tandis que le véhicule disparaissait dans la nuit, Shosh eut l'impression de se fondre dans le tableau cru de Hollywood. Si seulement elle était ailleurs. Dans un pays froid. Quelque part dans le nord.

EVAN
Glacier Bay

Cet endroit n'est pas du tout comme je l'ai cru.
En ligne, les photos de forêts qui s'étendent à l'infini et de montagnes aux sommets enneigés offrent un tableau très serein. En réalité, les forêts sans fin et les sommets enneigés sont beaux, mais cette beauté, c'est un peu comme partager un enclos avec un éléphant : elle est sauvage, captivante, potentiellement dangereuse.

J'ai lu le premier paragraphe du site internet si souvent que je le connais par cœur : « Headlands propose une expérience immersive enrichissante où les étudiants vivent ensemble pendant six mois, se concentrant sur leurs études, l'autogestion démocratique, la vie en communauté, l'exploration de la nature et le travail sur le campus. Que ce soit en pagayant sur les fjords glacés, en construisant des poulaillers, en participants à des cours rigoureux, en pelletant de la neige, ou en faisant des saucisses de chevreuil, les élèves de notre programme apprendront l'importance de l'indépendance, certes, mais aussi celle de l'interdépendance entre les écosystèmes humains et naturels. »

Pas d'objection, vraiment, sauf qu'ils ont omis la partie où on s'allonge le soir dans son lit avec les muscles en charpie comme s'ils étaient passés par le broyeur à saucisse avec la viande de chevreuil. L'Alaska est plus sauvage, plus dur, plus humide, plus vaste, plus beau que je n'aurais pu l'imaginer. Et je kiffe.

— Ça va, Ev ?

— Ouais. J'attends que mon corps se remette. Et toi ?

— La prochaine fois qu'ils précisent « excursion facultative », rappelle-moi de me désister.

Je n'ai jamais rencontré personne de plus fier de ses origines (fin fond du Kentucky), de ses croyances (socialisme démocratique), de son accent (du fin fond du Kentucky), et de ses ambitions (devenir président, genre, des États-Unis.) que Reese Jones. En CM1, quand maman m'a demandé pourquoi mes notes étaient si mauvaises en maths, et que j'ai répondu que c'était parce que les maths, c'est chiant, elle m'a rétorqué : « Il n'y a pas de discipline chiante, seulement des profs chiants. » À notre arrivée à Glacier Bay, personne ne cernait Reese, mais je crois qu'à ce stade, ils nous auraient proposé un après-midi de divisions et de soustractions, on aurait tous accepté avec joie.

Il est tard selon les critères des Headlands – vingt et une heures passées. Je viens de rentrer au dortoir après deux jours d'excursion en pleine nature, et j'imagine que le reste de la cohorte est dans le même état que Reese et moi à l'heure actuelle : rincé, perclus de courbatures, trop fatigué pour trouver le sommeil.

Dans le lit superposé au mien, Reese écoute de la musique sur son téléphone ; je suis allongé sur le dos ; je passe en revue mon carnet de croquis ; au tout début de mon séjour, j'étais tellement captivé par le paysage que je ne faisais que dessiner des montagnes et des lacs, la faune et la flore, et des plantes dont j'ignorais le nom. Finalement, je suis passé aux portraits de Will, maman, Ali et Shosh, comme si l'âme de ceux que j'aime était piégée dans mon crayon, et qu'en les croquant, je pouvais les libérer.

Apparemment, d'autres âmes cherchent à s'échapper.

Il y a quelques jours, de nouvelles images me sont apparues dans mon sommeil : un pianiste avec un grand oiseau juché sur son instrument ; deux hommes au milieu d'un pont contemplant un fleuve, un oiseau les survolant ; le portrait d'une fille avec des taches de rousseur et une chevelure retenue par un bandeau orné d'ailes ; et la plus déroutante : une femme nue debout face à une fenêtre grande ouverte, des plumes immenses poussant sur son dos.

— Les oiseaux, y a que ça de vrai, a fait remarquer Reese en tombant sur le carnet où je dessine mes rêves. S'ils chassent pas, c'est qu'ils rentrent chez eux. Dans un sens, on sait toujours où ils vont.

Étrangement, ces rêves m'ont toujours paru dangereux. Comme si je m'approchais trop d'une vérité que je ne suis pas censé découvrir.

Quoi qu'il en soit, Oiseau-de-nuit s'est clairement frayé un chemin jusqu'à mon inconscient et, ce, à n'importe quelle heure du jour comme de la nuit, donc… super pour moi.

— Mec, dit Reese. T'as l'intention de répondre ?

— À quoi ?

— Ton portable vibre.

Distrait, lorsque j'attrape mon téléphone sur ma table de chevet, je fais tomber la photo de Will et Elliott par terre et mon carnet de croquis m'échappe des mains. Finalement, je glisse le portable dans mon lit et découvre une succession de textos de Shosh. Les quelques premiers sont des messages pour prendre des nouvelles et me dire que je lui manque, mais le dernier me fout un coup : Je sais que tu as un accès limité, mais appelle-moi dès que tu peux. Rien de grave, j'ai juste besoin de parler. ♡

— Tu ferais mieux de rappeler ta meuf, fait remarquer Reese, dont la tête se balance dans le vide, depuis le lit supérieur.

— Je le ferais bien, mais ta mère n'est pas calée sur le même fuseau horaire que nous.

Il me lance une chaussette sale, et je lui jette un oreiller ; c'est comme ça que ça marche entre nous.

— Je vais voir si je trouve du réseau.

J'ai toutes les peines du monde à poser les pieds par terre ; heureusement, quand je suis tombé de fatigue sur mon lit tout à l'heure, j'étais trop crevé pour retirer mes bottes.

— D'après Henry, y a un bon signal près de l'énorme épicéa.

— Lequel ? je demande.

— Celui qu'on aperçoit par la fenêtre près du poêle à bois. Face à la montagne.

J'enfile mon manteau, mon bonnet et mes gants.

— Au fait, c'est pas ma meuf.

Reese lève les yeux au plafond.

— Vous vous écrivez beaucoup.

— On est amis.

Il jette un coup d'œil à mon carnet, qui est resté par terre à l'endroit où il est tombé ; il s'est ouvert sur un portrait particulièrement chaleureux du visage de Shosh.

— Hum hum.

Je me dirige vers la porte sans pouvoir réprimer un sourire.

— Je reviens.

Le dortoir est un petit bâtiment d'un étage : au premier, les chambres avec couchettes superposées ; au rez-de-chaussée, un débarras pour chaussures et manteaux, ainsi qu'une salle de séjour ; il est entièrement chauffé par un poêle à bois, qu'on alimente à tour de rôle durant la nuit. Je descends et sors dans la nuit fraîche.

Parfois, habituellement au cours d'une des corvées les plus ingrates, comme couper du bois ou planter du chou kale – je porte le regard vers le ciel, et je jurerais me trouver dans un autre monde. L'Alaska remet en question l'idée que l'atrophie, c'est juste un inconvénient. Peut-être que l'atrophie, c'est nécessaire ; peut-être que c'est ce qui vient après qui compte.

Bref, cet endroit, c'est la nature à l'état pur.

Je me dirige vers l'épicéa et compose le numéro de Shosh, mais ça ne marche pas. Au bout de quelques tentatives – la montagne devant moi, l'arbre derrière, le dortoir hors de mon champ de vision –, ça sonne…

— *Salut*, répond-elle, et j'éprouve l'envie soudaine de la serrer dans mes bras.

— Salut.

— Ouah.

— Je sais.

— On dirait que ça fait…

— Ouais.

— Tu es où, là ?

— Je suis… dehors. Près d'un épicéa. Face à la montagne.

— L'Alaska dans toute sa splendeur. Attends, ce serait pas… le jour là-bas ?

— Pas à cette saison. Il fait nuit, là.

…

…

— On revient d'une excursion en pleine nature.

— Tu pourrais pas vivre l'expérience plus à fond.

— J'ai pensé à toi, à vrai dire. On est passés devant un vieux chalet. Ça m'a rappelé tes poèmes. Tu en écris toujours ?

— En ce moment, avec les cours, j'ai pas trop le temps…

— Je vois.

…

…

— Ça fait du bien d'entendre ta voix.

— Ouais.

…

…

…

— Écoute. Je ne suis pas vraiment sûre…

— Ça va ?

— Oui, c'est juste que… tu as entendu parler d'un musicien qui s'appelle Neon Imposter ?

— Je crois pas.

— Moi non plus. Mais je suis allée à un concert avec Mavie…

— Comment va-t-elle ?

— Super. Elle se pose plein de questions sur son histoire avec Balding qui est dans le Vermont, mais je pense que c'est une bonne chose qu'on puisse compter l'une sur l'autre, là.

— Donc vous étiez à un concert…

— Oui, des amis d'amis jouent dans un groupe ridicule, mais après leur passage, un autre artiste est monté sur scène.

— Neon Imposter.

— Voilà, mais, Evan… c'est Oiseau-de-nuit.

…

…

…

— Comment ça ?

— J'étais en pleine discussion avec Mavie quand j'ai entendu les chansons. Genre… *nos chansons.* Sauf qu'elles ne tombent pas du ciel, elles viennent de la scène. De ce mec barbu de quarante balais.

…

…

— Je comprends pas.

— Donc à la fin du concert, je décide de le prendre entre quatre yeux. Enfin, gentiment. Mais je lui pose des questions sur les chansons, et il me jure qu'il en est l'auteur. Il est sur Spotify, Apple, sur toutes les plateformes.

— Mais on a cherché sur Internet…

— Il n'y est que depuis quelques mois. Il est apparu en ligne bien après qu'on a arrêté de chercher. Encore aujourd'hui, sa présence est limitée, mais tiens-toi bien : au lieu de citer des références ou de préciser son parcours, dans sa bio, il est simplement écrit : « Neon Imposter s'inspire de ses rêves pour écrire des chansons. »

…

…

Mes yeux sont fixés sur la montagne tandis que mon esprit retourne dans le dortoir, à l'étage, dans ma chambre, pour se poser sur le carnet qui gît par terre.

Je me représente les dessins : la pianiste ; les hommes sur le pont, la fille au bandeau ailé ; la femme à la fenêtre avec ses ailes majestueuses. Et j'ignore ce qui me perturbe le plus : la précision de chaque image, ou la sensation flippante de connaître chacun de ces visages.

…

…

— Je sais que ça paraît dingue. Mais j'arrive pas à m'ôter de la tête qu'elle était là, hier soir. Dans le bar.

— Oiseau-de-nuit, tu veux dire.

— Et que ce mec n'était qu'un intermédiaire.

…

…

…

— Les chansons ont cessé après notre rencontre. Presque comme si…

— Elle nous avait conduits l'un à l'autre.

— Et maintenant on est à nouveau séparés…

…

…

Les oiseaux ne manquent pas en Alaska. Celui-ci doit être gros, étant donné la distance et l'heure de la nuit. Je le regarde s'élever au-dessus de la montagne, je l'imagine s'envoler dans l'espace, jusqu'à la Lune, seul et endormi, et c'est une image incroyablement apaisante.

— Shosh.

…

…

…

— Je le sens aussi.

— Oui ?

— Surtout quand on est proches. Genre… physiquement.

— Pareil. Et c'est comme si…

— Je te cherchais.

…

…

…

L'oiseau a disparu.

Mais ce n'est pas grave, je sais où il est allé.

ÎLES LOFOTEN

• 2066 •

Depuis la terrasse, ils observèrent la mouette survolant le fjord, et de lointains souvenirs de jeunesse papillonnèrent entre eux. Dehors, il faisait froid, et ils s'étaient chaudement emmitouflés.

— « L'espoir est cette créature avec des plumes », dit-il.

Et elle imagina cette mouette voler en apesanteur jusqu'à la Lune.

— Tu irais dans l'espace si tu en avais l'opportunité ?

Il réfléchit à la question.

— Je ne pense pas. Et toi ?

— Je crois que oui. (Et elle se demanda d'où lui venait ce rêve récent, s'il avait été là tout du long.) Je crois que ça me plairait.

La Norvège n'était pas un coup de tête. C'était un fantasme qu'ils avaient nourri pendant des années, qu'ils avaient chuchoté en secret de peur qu'il s'envole. Ils avaient survolé du regard maintes photos sur Internet, lu des récits de voyageurs ayant randonné à Reinebringen et des descriptions d'aurores boréales et de nuits polaires, de la vie au sein du Cercle arctique. « Un jour », disaient-ils toujours. Et puis il y avait eu les migraines de Shosh. Et les médecins : les urgences, les diagnostics, les spécialistes. Les yeux baissés, les voix étouffées, tous ces médecins comme un jardin de fleurs fanées. Les résultats donnèrent lieu à des consultations et, finalement, à une prise de conscience : un jour, ça n'existait pas ; il n'y avait qu'aujourd'hui qui comptait.

Leur rêve prit forme. Ils réservèrent leurs billets. Dix jours à Lofoten. « Une retraite temporaire », annoncèrent-ils à leurs amis, pour ne pas dire ce que c'était vraiment : une ultime aventure.

À leur arrivée, leur chalet leur avait paru petit mais suffisant, niché au cœur des montagnes et des fjords, situé dans le relief le plus magique de la planète. C'était rouge, c'était boisé, c'était parfait. Le paradis du randonneur, le délice du pêcheur – mais ils n'étaient pas venus pour *faire*, ils étaient venus pour *être*, et rien n'égalait le fait d'être ensemble. Ensemble, ils passèrent leurs soirées sous les lumières dansantes de l'aurore boréale, son éclat vert à donner des frissons, annonciateur de science et de merveille. L'après-midi, lorsqu'une sterne majestueuse ou une mouette volait bas, un poisson dans le bec, ils réfléchissaient à leur corps dans un émerveillement muet : *Franchement*, songeaient-ils, *les vaisseaux qui transportent notre essence devraient être plus durables que ça.*

Hélas tout tend vers l'atrophie. Et, bien que l'atrophie soit imparable, lorsque Shosh souriait à Evan, il lisait dans son expression autant de défi que de résignation.

Elle mourait peut-être, mais cela ne la rendrait pas amère.

Dans le grenier, des toiles et des peintures étaient éparpillées partout, un chevalet disposé au pied d'une énorme fenêtre donnant sur le fjord. Et lorsqu'il la peignait, les contours de son corps prenaient vie sous son pinceau. Parfois, elle ouvrait la bouche et une chanson douce s'échappait de ses lèvres, mais la plupart du temps, ils profitaient l'un de l'autre en silence. Et le neuvième jour, alors qu'ils faisaient leurs bagages, elle dit :

— Dix jours, c'est trop juste, non ?

Et sans réfléchir, il répondit :

— Je vais envoyer un message aux propriétaires.

Les dix jours devinrent deux mois et, ensemble, ils assistèrent au soleil de minuit, quand la lumière du jour refusait de se coucher et que le soleil ras embrasait les montagnes à l'horizon. Le matin, ils saluaient leurs voisins d'un chaleureux « *Hej* », et quand Shosh se sentait d'attaque, ils se rendaient à pied au marché dans l'après-midi. Les deux mois touchèrent à leur fin et elle dit :

— Ce n'est vraiment pas assez.

— Je vais les appeler.

Et cette fois, au lieu de prolonger leur séjour, ils achetèrent carrément le chalet.

Ils se sentaient chez eux à Lofoten comme nulle part ailleurs. Peintres et poètes visitaient souvent la région, musiciens et écrivains recherchaient l'inspiration dans les couleurs éclatantes de l'Arctique : les montagnes blanches et sauvages, les lumières vertes du nord, et l'heure bleue de la nuit polaire, cette époque de l'année où le soleil n'était jamais loin mais jamais là, comme s'il attendait en coulisses pour donner la réplique.

— Je crois au bleu, disaient-ils.

Ici, difficile de faire autrement.

Avec le temps, ils éprouvèrent le désir d'explorer le pays.

— Tu es sûre que c'est ce que tu veux faire ? s'enquit-il.

Et elle lui répondit d'un regard, un regard qui lui rappela ce que font les gens quand ils sont en vie : ils vivent.

Ils découvrirent les dômes de glace de Tromsø, puis s'envolèrent pour Stockholm, où Evan pleura dans une demi-douzaine de musées. À Oslo, au cours de la visite de l'Agence spatiale norvégienne nouvellement rénovée, Shosh s'imagina voler parmi les astres ; au Konserthus (une œuvre d'art moderne à part entière), un concerto pour piano les bouleversa d'une étrange manière. Ils se déplacèrent lentement, firent les choses à leur rythme, et lorsque, un soir, Shosh déclara :

— Je pense que j'en ai vu assez.

Evan répliqua :

— Rentrons à la maison.

À bord de l'avion qui les ramenait à Lofoten, ils aperçurent les îles Shetland au loin.

— On ira là-bas plus tard, dit Evan, sachant pertinemment qu'ils ne le feraient pas.

Tout du moins, pas ensemble.

*

De retour à Lofoten, sur le trajet depuis l'aéroport, ils firent une halte à Svolvaer pour voir la statue de la femme du pêcheur. Mais ce fut plus loin sur la côte, au pied d'une autre statue qu'ils éprouvèrent un véritable sentiment de conclusion, comme s'ils étaient parvenus à la fin d'un très long voyage.

Cette statue-là mesurait la moitié de celle de la femme du pêcheur. Elle représentait une jeune femme remarquable vêtue de guenilles, sa longue chevelure agitée par le vent du port. Dans une main, elle tenait un couteau, dans l'autre, un oiseau. Une grande plaque ornait le pied de la statue et comme leur norvégien demeurait rudimentaire, ils s'aidèrent de leur téléphone pour traduire :

SOLVEIG : FILLE DU SOLEIL

En 1798, le futur roi de Norvège épousa Désirée Clary, auparavant fiancée à Napoléon Bonaparte. Connue comme la protectrice des orphelins, la reine Désirée prit sous son aile une fillette dénommée Solveig Bonnevie. Solveig serait plus tard emprisonnée pour meurtre dans la forteresse de l'île de Røstlandet, dont elle s'évadera en 1832, détournant un navire vers Lofoten. Là, l'histoire cède à la spéculation : certains pensent que Solveig Bonnevie – surnommée Sølvi la Terrible – était en fait la fille illégitime de la reine Désirée et de Napoléon Bonaparte.

Représentée ici avec un couteau et un oiseau, brandissant à la fois la culpabilité et l'innocence, elle est le symbole de la dualité de l'esprit de Lofoten : nuits polaires et soleils de minuit ; climats froids et foyers chauds ; fjord et montagne, paysages à la fois périlleux et généreux.

Sølvi la Terrible fut aperçue pour la dernière fois à cet endroit précis.

*

Le trajet vers le chalet s'effectua dans le silence. Il était tard, l'aurore boréale était à son apogée. Tandis qu'Evan conduisait, il prit la main de Shosh dans la sienne. Elle était fatiguée comme jamais, comme si ses os s'étaient repliés sur eux-mêmes. Elle appuya son front contre la vitre froide, contempla les lumières flottantes, et sa vie défila par séquences : les personnes qu'elle avait aimées, celles qu'elle avait été. Elle vit sa sœur, assise seule sur un rocher au milieu d'une rivière, qui l'attendait. Et elle se demanda ce qui l'attendait d'autre, espérant que ce soit quelque chose de beau, quelque chose.

— Je te trouverai, chuchota Evan.

Shosh lui pressa la main, une chose en devint sept, les souvenirs se multiplièrent comme apparaissent les premières étoiles dans le ciel, la nuit venue. Puis elle ferma les yeux et tourna la page.

REMERCIEMENTS

Comme Evan, j'ai tendance à éviter de parler de ma propre thérapie. Pas par honte ou embarras, mais par souci de propriété et de vie privée. Dans le livre, Evan critique ceux qui arborent leur thérapie comme une « médaille », et je dois avouer que, moi aussi, j'ai eu ce sentiment par moments. Mais, comme le rétorque si sagement Maya : « Il y a des gens qui ont besoin de cette médaille. » Et donc, voici la vérité : j'ai connu des passages où l'angoisse me suivait comme mon ombre, où les crises de panique étaient les principes qui gouvernaient ma vie. Aussi, il me semble approprié, dans un livre qui évoque (du moins en partie) un personnage qui, aidé de sa thérapeute, traverse une période sombre, de remercier mes propres thérapeutes – ainsi que les médecins, les amis, et la famille – pour m'avoir aidé de la même manière.

En second lieu, j'aimerais adresser ma gratitude à une femme que je n'ai jamais rencontrée : ma grand-mère, Lakie Boggs, qui est décédée en 1975 au terme d'un combat de dix ans contre un cancer du sein et des os. Les talents musicaux de Lakie, son sens de l'humour et son immense cœur : autant de qualités qui se retrouvent chez ma propre mère (une sorte de réincarnation en soi). Dans ce livre, l'expérience de Mary Taft avec le cancer diffère totalement de celle de ma grand-mère – on a fait d'énormes progrès depuis 1975 –, aussi, bien que Lakie m'ait inspiré ce scénario, il m'a fallu plus que de l'inspiration pour le rédiger. J'ai eu besoin d'aide. Dans cette mesure, je suis à jamais redevable à Lauren Thoman et Stephanie Appell qui ont partagé leur vécu de bonne grâce avec moi, lu mes premiers jets, et m'ont fourni de précieux conseils. Ce livre n'existerait pas sans vous deux, et je ne saurais vous en être plus reconnaissant. Merci aussi à ma mère, qui n'a jamais refusé de raconter des anecdotes sur sa propre mère, et qui, ce faisant, a partagé un peu cette grande dame avec moi. Je ne l'ai jamais rencontrée. Ce qui ne veut pas dire que je ne la connais pas.

Merci à l'incroyable équipe de Penguin, tout particulièrement : à mon éditrice, Dana Leydig, pour tous les appels, les séances de brainstorming, et les GIFs *Bienvenue à Schitt's Creek* ; au merveilleux Ken Wright, qui m'écrit toujours au bon moment ; à Theresa Evangelista, qui crée invariablement les meilleures couvertures qui soient, et à Sam Chivers dont l'illustration est parfaite pour ce roman ; à Lucia Baez, pour la magnifique déco intérieure ; à Marinda Valenti, Jackie Dever, Sola Akinlana, et Kaitlin Severini pour leurs corrections perspicaces ; à Lathea Mondesir, Jen Loja, Felicity Vallence, Jenny Bak, Tamar Brazis, Carmela Iaria, Venessa Carson, Emily Romero, Alex Garber, Brianna Lockhart, Christina Colangelo, Ginny Dominguez, Gaby Corzo, Shannon Spann, et James Akinaka ; à Julie Wilson, Todd Jones, et toute l'équipe de Listening Library ; et un grand merci à tous les acteurs commerciaux, qui demeurent trop souvent des héros de l'ombre.

Merci à mon agent intrépide, Dan Lazar, et à toute la bande de Writers House, tout particulièrement : Victoria Doherty-Munro, Cecilia de la Campa, Alessandra Birch, et Sofia Bolido. Merci à mon éditrice britannique, Emma Matthewson, et à tous les employés de Hot Key. Et un grand merci à Josie Freeman et à l'équipe entière de CAA.

Toute ma gratitude : à Court Stevens, Becky Albertalli et John Corey Whaley, pour leurs lectures précoces, leurs conseils et leur amitié ; à l'équipe éditoriale de Salt & Sage Books, et tout particulièrement à Sachiko Burton pour sa sagacité, son expertise et sa générosité ; à Jasmine Warga, Adam Silvera, Jeff Zentner, Emily Henry, Bri Cavallaro, Justin Reynolds, Silas House, Gwenda Bond, Christopher Row et tous les employés de Lexington Writers Romm ; à Nina LaCour, David Levithan et Steph Perkins pour les sessions Zoom durant le confinement qui m'ont permis de garder toute ma tête ; à Nathaniel Ian Miller pour les petits verres virtuels de grande qualité ; à Jen McNely et Brian McNely pour leur aide lors les passages français et norvégiens ; à Pål Stokka, pour l'aide poussée offerte pour les traductions norvégiennes, et à Alison Kerr pour les traductions françaises ; à Lauren Redford, pour ses conseils précoces ; à mon frère, AJ, qui m'a prêté son œil expert en ce qui concerne quelques endroits clés ; à Caroline Reitzes, pour les terminologies théâtrales ; à mon ami et partenaire créatif de longue date, Trevor Nyman (*aka* Frogers), sans qui les chansons de Neon Imposter n'existeraient pas ; à Ryne Hambright et à Ashley Balding, qui m'ont autorisé à utiliser leur noms parfaits dans mon roman ; et aux habitants de Lucignano, ma terre d'accueil – et tout particulièrement l'ensemble du magnifique clan Malberti, Simone Brogin, et

Enrico Battelli du Caffe del Borgo, Anselme Long et Margherita de la cave à vin – *grazie mille.*

Merci à Julianna Barwick, Sufjan Stevens, Alaskan Tapes, et William Basinski, dont la musique baigne chaque page de ce roman. Merci aussi à David McCullough et Peter Davidson dont les livres – respectivement *Le Voyage à Paris : Les Américains à l'école de la France*[1] et *The Idea of North* – ont très tôt eu un grand impact sur ce roman.

Je me suis un jour rendu compte que, bien que je sois tombé amoureux à un très jeune âge, je n'avais jamais écrit de véritable histoire d'amour. Ce fut l'occasion pour moi de rectifier le tir à ma façon, aussi étrange soit-elle. Steph, merci d'avoir traîné avec moi dans ce parc à l'époque, et dans un million d'autres parcs depuis, et d'avoir toujours été toi-même quand j'avais besoin de toi. Je suis à la fois perplexe et ravi de te voir continuer à franchir des caps avec moi. J'adore notre vie (nos vies ?) à deux.

C'est le deuxième roman que je dédie (tout du moins en partie) à mon fils, mais c'est le premier où je dois le remercier pour son aide. Wingate, merci de m'avoir repris sur toutes les références à *Star Wars* et à *L'Étrange Noël de Monsieur Jack*, et d'avoir ravivé mon amour pour *E.T.*, et pour la fois où on est entrés dans des toilettes publiques et que tu as dit : « Ça sent succulent et épuisant là-dedans », et pour cette carte que tu m'as confectionnée et qui disait : « Mon cœur brille pour toi », et pour ton livre génial, *La Question de Wingate*, pour les anecdotes que j'ai employées dans ce roman avec ta permission, et vraiment, littéralement, merci pour tout. Tu es le plus brillant des gamins et je suis heureux que tu sois mon fils.

---

1. Vuibert, 2014.

Ce livre existe grâce au travail de toute une équipe.

Communication : Caroline Babulle, Solveig de Plunkett, Sabrina Bendali, Inès Paulin, Adélaïde Yvert.

Coordination administrative : Martine Rivierre.

Studio : Pascaline Bressan, Barbara Cassouto-Lhenry, Joël Renaudat.

Fabrication : Muriel Le Ménez, Céline Ducournau, Bernadette Cristini, Sophia Paroussoglou, Isabelle Goulhot.

Commercial, relation libraires et marketing : Catherine Lauprêtre, Ombeline Ermeneux, Élise Iwasinta, Arthur Rossi, Joséphine Saint-Paul, Aurélie Scart.

Cessions de droits : Elisabeth Stempak, Benita Edzard, Lucile Besse, Sonia Guerreiro, Costanza Corri.

Gestion : Sophie Veisseyre, Chloé Hocquet, Isabelle Déxès, Pierre Ekel.

Services auteurs : Viviane Ouadenni, Jean-François Rechtman, Catherine Reimbold, Anita Sevenant.

Ressources humaines : Mylène Bourreau, Carine Duchampt.

Juridique : Laëtitia Doré, Anaïs Rebouh, Valérie Robe, Lucie Bergeras, Julia Crosnier.

Avec le soutien des équipes d'Interforum et d'Editis qui participent à la création, la diffusion et la distribution de ce livre.

Canoros Vehit Canentes

Composition et mise en pages
Nord Compo à Villeneuve-d'Ascq

Pour plus d'information :

#lisez! engagé

www.lisez.com

Imprimé sur du papier issu de forêts gérées durablement.

Cet ouvrage a été achevé d'imprimer en février 2024
dans les ateliers de Normandie Roto Impression s.a.s.
61250 Lonrai (Orne)
N° d'édition : 66917/01 – N° d'impression : 2400593

Imprimé en France

Composition et mise en pages
Nord Compo à Villeneuve-d'Ascq

Pour plus d'information :

#lisez! engagé
www.lisez.com
Imprimé sur du papier issu de forêts gérées durablement.

Cet ouvrage a été achevé d'imprimer en février 2024
dans les ateliers de Normandie Roto Impression s.a.s.
61250 Lonrai (Orne)
N° d'édition : 66917/01 – N° d'impression : 2400593

Imprimé en France